Une liaison pour le Dr Kennedy

*

La route du désir

1.

Calé à l'arrière de la voiture de maître qui quittait la gare de Liverpool Lime Street, le Dr David Kennedy tentait d'évacuer sa tension.

Derrière la vitre tombait un crachin humide, et le son des essuie-glaces se superposait à la pulsation dans son crâne. Une migraine le tenaillait, probablement due au manque de sommeil.

Un peu plus de trois semaines, voilà tout ce qu'il lui restait avant le début de la campagne Rallye du Don, et il y avait encore tant à faire. Il avait travaillé sans relâche sur la logistique : il s'était mis en relation avec les clubs de rallye et de voitures anciennes, avait suscité les médias dans toute l'Angleterre, étoffé les manifestations lorsque c'était nécessaire. Ce matin, il avait déjà parlé trois fois à son assistante, répondu à une tonne de mails et donné une interview-radio par téléphone, le tout avant son arrivée à Liverpool à 8 h 15.

Cette interview avait mis sa patience à rude épreuve. Au lieu de se focaliser sur le rallye ou même sur le travail de la Fondation GDK, le présentateur avait cherché à ressortir son passé. La capacité de David à ramener la conversation là où il le voulait ne l'avait pas empêché de s'énerver. Seize ans, c'était plus qu'il n'en fallait pour que l'affaire devienne de l'histoire ancienne. Pourtant, rien de ce qu'il avait accompli ou tenté ne suffisait à détourner l'attention des gros titres du passé.

Un financier milliardaire meurt en laissant sa fortune à un fils qu'il n'a jamais rencontré.

L'enfant de l'amour de Sir Arthur Knutson avec une artiste noire américaine hérite d'une fortune.

La famille de Knutson intente un procès pour annuler le testament.

Les campagnes de diffamation et le procès qui en avait résulté avaient alimenté les journaux d'une abondance de gros titres trash. Mais ça n'intéressait plus personne, si ?

Il devait l'admettre, le problème venait en partie de sa décision initiale de profiter de cette publicité indésirable. Un projet conçu à l'un des moments les plus difficiles de sa vie. Une période où il avait l'impression d'avoir perdu presque tout ce qu'il chérissait et dont il voulait à tout prix tirer quelque chose de bon.

Sa mère lui avait dit un jour : « Davie, souviens-toi de cela : choisis tes rôles avec soin, et ensuite, engage-toi à fond. »

Sur le coup, il avait pensé qu'elle parlait de show-business, et il avait donc ignoré le conseil. Déjà à l'époque, il était fasciné par la science et rêvait d'une carrière dans la médecine ou l'aéronautique. Mais, avec l'âge, il avait compris que ces paroles constituaient un précepte de vie.

Il choisissait soigneusement ce qu'il allait faire, et cela fait, il s'engageait pleinement dans le projet.

Il voulait apporter une contribution positive dans la vie des gens, ce qui l'avait conduit à être médecin. Ensuite, poussé par le mentorat d'un des meilleurs experts en greffes de France, un ami de sa mère, il s'était spécialisé en chirurgie de transplantation et hissé au sommet de son domaine.

Quand il avait épousé Georgie, il s'était engagé à être le meilleur mari et le meilleur père pour Josh, le fils de Georgie, d'autant que, comme lui-même, l'enfant ne connaissait pas son père biologique.

Ces décisions l'avaient mené à ce qu'il considérait comme une vie parfaite. Normale, très loin de l'existence itinérante et show-biz dans laquelle il avait grandi, mais délicieuse par sa simplicité même. La personnalité brillante de Georgie, aussi dorée que ses cheveux, était le cœur naturel, chaleureux, de leur famille. Josh, méfiant au départ, avait fini par se dégeler et même accepter qu'il l'adopte légalement. Le travail de David l'occupait autant qu'il le satisfaisait. Sa mère, toujours aussi glamour, faisait des allers et retours dans leur vie, les aimant et les gâtant tous.

La perfection.

Hélas, la mort par anévrisme de Georgie, à peine cinq ans après leur mariage, avait failli le briser. La douleur et la culpabilité étaient trop lourdes à supporter. Le travail, et Josh qui avait plus que jamais besoin de lui, avaient été les seuls éléments à lui permettre de tenir le coup durant la première année.

Mais le destin n'en avait pas fini avec lui, ainsi qu'il l'avait découvert brutalement un an plus tard.

Un diagnostic de fibromatose palmaire mit un terme à sa carrière de chirurgien, juste au moment où il apprenait qui était son père et qu'il allait hériter d'une colossale fortune. Comprenant que sa mère avait été en contact avec Sir Arthur au fil des années, il avait fulminé de rage. Cette rage l'avait aidé à traverser la bataille juridique, mais elle l'avait laissé distant sur le plan affectif pour tout le monde hormis pour Josh. Après tout, avec autant d'argent en sa possession, à qui pourrait-il se fier pour s'intéresser à *lui* plutôt qu'à sa fortune ?

Une fois que les tribunaux avaient déterminé que le testament de Sir Arthur était légitime, sa mère avait tenté de calmer le jeu.

« Davie, si tu restes en dehors des projecteurs, ça s'apaisera. Tu verras. »

Trop accablé de chagrin et de colère – contre elle, contre la vie –, il ne l'avait pas écoutée. À la place, il avait utilisé un gros morceau de son héritage pour créer la Fondation Georgina Dolores Kennedy, dédiée à la promotion de la recherche, de l'éducation et du travail en réseau dans le domaine des greffes. Puis, comme à son habitude, il s'était engagé à faire fonctionner et à développer l'hommage à son épouse défunte, tout en maintenant une pratique de consultant.

Rester sous les feux de la rampe lui avait permis de rendre la fondation vraiment valable, et il s'impliquait dans son expansion comme dans tout ce qu'il faisait.

Regardant par la fenêtre la pluie à présent battante, il poussa un soupir. Qu'il pense ainsi au passé indiquait son degré d'épuisement. D'ordinaire, il balayait ces années atroces pour se concentrer sur le présent et l'avenir. Et l'avenir immédiat, c'était le Rallye du Don.

Il avait pensé que c'était un bon moyen de faire connaître l'important travail des équipes de transplantation à travers le Royaume-Uni. Ce rallye, envisagé au début comme une courte course de voitures anciennes dans la veine du Londres-Brighton, avait pris beaucoup d'ampleur. Dès que ses chargés de promotion avaient consulté leurs contacts pour évaluer l'intérêt du projet, celui-ci avait considérablement gonflé. Et il avait laissé faire.

Quelques administrateurs de la fondation avaient exprimé leur inquiétude quant à la quantité d'argent investie. David leur avait fait remarquer qu'ils avaient déjà sensibilisé le public et suscité un débat important sur le necessité du don d'organes et de sang, mais cela ne les avait pas satisfaits.

— Tout ce que vous avez fait, c'est gaspiller du temps et des ressources et transformer la fondation en foire avec vous dans le rôle de l'aboyeur, avait brutalement déclaré Sir Malcom, le plus virulent des opposants.

Ce n'était un secret pour personne, le petit groupe de Malcom souhaitait l'évincer de son poste de président et démanteler ses programmes les plus progressistes. Pour eux, la fondation était au bord de l'effondrement parce qu'il était résolu à tirer parti des nouvelles technologies et des médias sociaux pour accroître sa visibilité. En plus du reste, c'était épuisant de devoir affronter leur bêtise.

Ce voyage à Liverpool constituait d'une certaine manière une distraction bienvenue. Dans le cadre de sa pratique de consultant, il était souvent appelé pour évaluer les bénéfices potentiels de greffe à hauts risques. La jeune fille qu'il allait voir souffrait à la fois d'un diabète de type 1 et d'une maladie rénale progressive, et il fallait décider s'il convenait de l'inscrire sur la liste d'attente.

Être hors de son bureau à la fondation le rendait moins accessible et lui permettait de filtrer ses appels et mails en fonction de leur urgence. Au cours des prochains jours, il se concentrerait sur sa patiente, et le rallye occuperait ses moments libres. Mais durant ces dernières minutes entre la gare et l'hôpital, il essaya de faire en sorte que son cerveau ralentisse et que ses épaules se détendent.

Quand son téléphone sonna, il soupira.

Répit refusé !

Puis il sourit en voyant s'afficher le nom de Josh.

— Bonjour, papa, lança la voix de Josh, faisant s'élargir son sourire. Je viens de t'entendre à la radio. Tu étais à deux doigts d'enguirlander le journaliste, hein ?

— Ah bon ? Je pensais être poli et modéré.

— À peine. Tu es bien arrivé à Liverpool ?

— Je suis presque à l'hôpital.

— Moi aussi, j'approche du travail, mais je réfléchissais.

— Ouh là. C'est de mauvais augure.

Josh ignora sa remarque.

— Pourquoi tu ne lèverais pas le pied après le rallye ?

Les paroles de son fils firent accélérer son pouls, et une boule glacée se forma dans sa poitrine.

— Pourquoi ? demanda-t-il d'un ton faussement léger. Tu trouves que je deviens vieux ?

— Non. Je trouve que tu es surmené. Tu devrais revenir à certaines choses que tu aimes mais que tu ne fais plus…

Josh hésita un peu avant de continuer.

— Ça m'a frappé quand je t'ai entendu à la radio. J'ai failli ne pas reconnaître ta voix. Et en organisant la livraison de la Daimler, j'ai repensé à cette Austin qu'on a réparée mais qu'on n'a jamais fait rouler parce que tu es toujours par monts et par vaux. C'est elle qu'on devrait conduire au rallye, pas la voiture chicos de M. Granger.

Josh n'avait pas besoin de s'étendre. Parfois, David se surprenait lui-même à regarder ses propres actions, à entendre sa propre voix, comme s'il était à distance, et se demandait qui était cet homme. Pourtant, le changement convenait à ses objectifs. Après la façon dont le tribunal et la presse l'avaient remis en question, une arrogance distante lui avait semblé la meilleure façade.

— Papa. Je sais combien la fondation est importante pour toi, mais tu mérites d'avoir une vie à toi. Une vie normale, heureuse, au lieu de tout ce stress et cette agitation.

— Je *suis* heureux. Je tire une intense satisfaction du travail que je réalise.

Infuser de l'enthousiasme dans sa voix était plus difficile que ça n'aurait dû.

— Oui, mais pense quand même à ce que je t'ai dit, d'accord ?

— Je le ferai.

Il ne le ferait pas, mais il n'y avait aucune raison que Josh s'inquiète inutilement.

— J'arrive à l'hôpital, donc je dois te laisser. Passe une bonne journée. On se parle plus tard. Je t'aime, fils.

Ça, ce n'était pas un mensonge. Adopter Josh et l'élever après la mort de Georgie étaient deux choses qu'il avait le sentiment d'avoir fait correctement dans sa vie.

Quand il avait rencontré Georgie, elle avait été claire sur le fait de ne pas vouloir d'autres enfants.

— J'ai élevé n'importe comment celui que j'ai déjà. Si tu veux un enfant, tu ferais mieux d'aller voir ailleurs, avait-elle déclaré sur un ton qui ne souffrait aucune discussion

Il était déjà trop amoureux d'elle pour s'en soucier, et, une fois mariés, il avait volontiers assumé Josh comme son fils. Personne ne savait que, peu avant sa mort, elle avait changé d'avis et qu'ils avaient commencé à essayer de faire un bébé. L'arrêt de la pilule avait chamboulé son système vasculaire, mais, tout en admettant avoir mal à la tête, elle avait insisté pour qu'il assiste à un séminaire d'une journée.

— Ce sont probablement les hormones, avait-elle dit, refusant sa proposition de rester à la maison avec elle. Je vais prendre un cachet et m'allonger un peu.

Trois heures après, elle s'était écroulée.

Il avait échoué à la protéger, à être là quand elle aurait eu le plus besoin de lui. Il ne se l'était toujours pas pardonné. La culpabilité d'avoir cédé ne le quitterait jamais.

Il jeta un coup d'œil à sa montre.

Il devrait être à l'heure pour son rendez-vous avec la coordinatrice des receveurs de greffe, car l'entrée de l'hôpital St Agnes était maintenant visible au bout de la rue.

Il ouvrit la bouche pour dire au conducteur de ralentir, mais trop tard. Le véhicule franchit violemment une grosse flaque, envoyant un arc d'eau sur les piétons qui se pressaient sur le trottoir.

— Moins vite, s'il vous plaît, ordonna-t-il.

— Oui, monsieur. J'essaie juste de vous amener à destination à temps, monsieur.

— Je suis sûr que ces gens qui se rendent à pied au travail préféreraient que je sois un peu en retard et ne pas être éclaboussés d'eau sale, commenta-t-il sèchement.

Puis, ce bref moment d'inactivité terminé, il se prépara pour sa réunion et une autre longue journée.

Valerie Sterling gagna les toilettes proches de son bureau aussi rapidement que le lui permettait sa cheville douloureuse. Le bas de son manteau et ses jambes étaient trempés, ainsi que ses chaussures, qui faisaient un bruit de succion.

Entre la pluie, le bus tombé en panne bien avant son arrêt et une chute évitée de justesse qui lui avait valu une cheville tordue et une boule d'angoisse dans le ventre, elle était à bout de nerfs. Être éclaboussée par cette voiture avait été... la goutte qui fait déborder le vase. Si le démarrage de cette journée était un signe, elle aurait mieux fait de rester au lit.

Pourtant, elle n'avait pas le temps de geindre, ce qui n'était de toute façon pas dans sa nature. Le Dr Kennedy attendait probablement déjà dans son bureau, et si elle ne se dépêchait pas, elle serait en retard. Elle avait sept petites minutes pour se rendre présentable et se calmer avant sa réunion.

Trop instable sur son pied droit, elle entra dans une cabine des toilettes et s'assit sur le siège refermé pour retirer ses chaussures et s'essuyer les pieds et les jambes.

Heureusement, vu le temps, elle avait mis ses escarpins dans son fourre-tout. Bien sûr, si elle accepté l'offre de son nouveau voisin de l'emmener en voiture, rien de tout ça ne serait arrivé.

Mais refuser la proposition de Tony avait été instinctif, et elle ne le regrettait pas. Il avait déjà annoncé à tout le quartier qu'il était fraîchement divorcé. Les rares fois où ils s'étaient parlé, il l'avait regardée avec des yeux de chiot qui avaient sans doute poussé son ex à l'épouser, mais qui la laissaient, elle, indifférente.

Son bref mariage lui avait appris que mettre son bonheur entre les mains de quelqu'un d'autre était stupide et que rester indépendante et célibataire était bien plus astucieux. Elle n'allait pas risquer une fois de plus l'humiliation et le chagrin que lui avait causé Des.

Avec une grimace de douleur, elle enfila son soulier droit.

Le souvenir de sa chute, de la femme derrière elle l'attrapant par le bras pour éviter qu'elle ne tombe sur le trottoir, tenta de s'imposer, mais elle le chassa.

Elle ignorait ce qui avait occasionné sa perte d'équilibre. Si elle se mettait à y penser maintenant, cela ruinerait ses chances de se concentrer sur la réunion.

Pourtant, le spectre de la sclérose en plaques n'était jamais loin de ses pensées ces temps-ci. Et tandis qu'elle rejoignait son bureau en boitillant, elle ne put s'empêcher de vérifier que ses muscles bougeaient comme il faut.

Arrivée à la réception, elle se força à sourire à Shala puis chercha le consultant des yeux.

— Je l'ai mis dans votre bureau, chuchota la jeune femme. Et j'ai demandé qu'on vous monte du thé.

— Il est là depuis longtemps ?

Shala secoua la tête, faisant danser ses longues boucles d'oreilles. Le genre de bijoux que Val admirait mais qu'elle n'achèterait jamais, persuadée que cela ne lui irait pas.

— Non, il vient d'arriver.

— Parfait, répliqua Val, soulagée, en se dirigeant vers sa porte.

— Euh, tout va bien, madame Sterling ? Vous boitez.

— Oui, oui, répondit-elle en franchissant la porte avant que la jeune femme n'insiste.

Elle la referma d'un coup de coude et lança d'un ton brusque à l'homme qui se levait du siège visiteur :

— Désolée de vous avoir fait attendre.

Elle se figea sur place à la vue de David Kennedy, tandis que son cœur faisait un drôle de bond.

Quel homme magnifique !

Elle l'avait déjà vu dans les médias et savait qu'il était beau, mais cela avait été un simple constat, distant et désintéressé. De près et en chair et en os, en revanche, il y avait quelque chose de magnétique dans son regard sombre, résolu, la manière dont il bougeait avec une grâce si fluide, et le timbre riche et profond de sa voix. Vêtu d'un costume qui soulignait à la perfection ses larges épaules, d'une chemise blanche qui mettait en valeur sa peau couleur moka, le Dr Kennedy frisait le sublime. Son apparence élégante était merveilleusement pondérée par la force de ses traits et l'intelligence de son regard.…

— Pas du tout. J'arrive à l'instant, répliqua-t-il, ces mots empreints d'une froide politesse l'arrachant à sa transe.

Elle se détourna, ôta son imperméable mouillé et le suspendit, les mains ridiculement tremblantes et des picotements dans le dos.

Elle leva une main pour se lisser les cheveux et se ressaisit juste à temps. N'avait-elle pas lu quelque part qu'une femme qui joue avec ses cheveux signale un intérêt sexuel ? À la place, elle s'avança vers lui, ignorant le feu qui lui montait aux joues, main tendue.

— Ravie de vous rencontrer, docteur Kennedy.

Ses doigts étaient chauds, sa poignée de main ferme, et elle se retint de frémir de délice à son contact.

— Tout le plaisir est pour moi, répliqua-t-il.

Si sa voix restait distante, son regard ne l'était pas du tout.

Elle s'arracha à son emprise comme elle put, se refugia derrière son bureau et employa le temps qu'il lui fallut pour sortir le dossier de la patiente à se reprendre.

Ces trois jours de travail avec le Dr Kennedy allaient être très longs si elle ne parvenait pas à se maîtriser !

Elle inspira à fond.

— Mettons-nous au travail, d'accord ?

2.

David s'efforçait de fixer son attention sur ce que disait Valerie Sterling, mais il était sans cesse distrait par le mouvement de ses lèvres. Lorsque leurs regards se croisèrent, il eut le souffle coupé et détourna le sien de peur d'être piégé dans le turquoise de ses yeux.

Étaient-ils plutôt bleus ou plutôt verts ? Ils semblaient changer de couleur comme l'océan durant une tempête.

D'ailleurs, pourquoi s'en souciait-il ?

Il l'ignorait. Cette femme n'était pas belle au sens conventionnel. Certains auraient même pu la trouver fade avec ses cheveux châtain clair sans éclat, et pourtant, elle dégageait pour lui quelque chose de captivant. Quand elle était entrée dans le bureau, les joues rosies et des mèches trempées s'échappant de sa coiffure stricte, il avait senti son cœur chavirer comme de joyeuse reconnaissance. Et bien que la poignée de main qu'ils avaient échangée ait été professionnelle, limite de pure forme, il avait encore la sensation de ses doigts sur les siens. Et en se tournant pour ouvrir son meuble de classement, elle l'avait immergé dans un tourbillon de senteur féminine fraîche qui lui était monté à la tête.

Lorsque la secrétaire apporta un plateau à thé, il se rendit compte qu'il n'avait quasiment rien dit, laissant Mme Sterling mener la réunion.

En fait, il brûlait de la bombarder de questions. D'où venait-elle ? Était-elle heureuse en ménage ? Trouvait-elle son travail satisfaisant ? Pourquoi boitait-elle ?

C'était perturbant, et cela aurait dû exploser son niveau de stress. Mais, étrangement, tandis qu'il s'interrogeait sur sa distraction et son obsession pour la femme pragmatique assise derrière le bureau, sa migraine s'était dissipée.

— L'état de Tamika Watkiss s'est sérieusement détérioré le mois dernier, comme vous le voyez dans son dossier.

Elle était professionnelle, soulignait des résultats d'analyse qu'elle jugeait pertinents, et lui, il fixait le dossier comme un imbécile, s'efforçant en vain de se concentrer !

— À ce stade, poursuivit-elle, le Dr Laghari pense qu'une greffe de rein et du pancréas serait son seul espoir d'une vie normale. Mais d'autres facteurs que son état physique pèsent sur la décision de la mettre sur la liste d'attente.

— Oh ? fit-il platement.

Il se sentait idiot, presque frappé de mutisme, son habituelle éloquence perdue au moindre regard dans sa direction. L'embarras le rendait encore plus guindé que d'ordinaire, et il entendit sa voix changer, devenir plus tranchante à mesure qu'elle parlait.

— Les parents de Tamika ont des idées opposées sur ce qui est le mieux pour elle. L'unité familiale résiste jusqu'ici, mais si nous ne sommes pas prudents, tout nouveau protocole pourrait susciter une crise conjugale.

— Ce qui perturberait aussi la patiente.

Au moins avait-il les moyens de faire *une* remarque sensée, mais Valerie Sterling ne parut pas impressionnée.

— Au minimum. Une dégradation de l'atmosphère familiale aurait potentiellement d'importantes répercussions sur sa santé, qu'elle soit éligible à la greffe ou pas…

Pourquoi avait-il l'impression qu'elle le prenait à partie ? Il avait beau être bluffé qu'elle n'estime pas que sa réputation méritait un traitement spécial, ça piquait un peu. Et dans ce cas, il se repliait encore plus derrière son personnage public.

Refermant le dossier, il lui adressa le sourire à peine discernable qui lui servait de bouclier.

— Eh bien, il est encore trop tôt pour se préoccuper de ça. On doit d'abord faire toutes les analyses, ce qui est la raison de ma présence. Vous avez organisé une rencontre avec la patiente et ses parents ?

Valerie recula dans son siège, le regard un instant rétréci, puis elle reprit la parole d'une voix égale et plate.

— Je les ai informés que vous seriez ici aujourd'hui et que vous voudriez leur parler, oui.

Fébrile, désireux de s'activer et de mettre de l'espace entre eux, il se leva et se tourna vers la porte.

— On y va, alors ?

— À votre guise, répliqua-t-elle en contournant son bureau, les lèvres pincées, sa boiterie plus prononcée. La mère de Tamika travaille de nuit et vient en général tôt le matin pour passer quelques heures avec elle avant de rentrer se reposer. Elle devrait être là maintenant.

Il ouvrit la porte et la laissa passer, regrettant sa galanterie quand cela le piégea dans le sillage de son parfum exquis.

L'inhaler profondément n'était sans doute pas la meilleure option pour sa tranquillité d'esprit, mais tant pis.

Val aurait marché deux fois plus vite vers l'ascenseur si sa cheville ne lui avait pas fait autant mal. Mais elle ne pouvait que garder le dos bien droit et le nez bien haut tandis qu'elle boitillait, fulminant de colère.

Quel sale type !

Apparemment, la réputation du Dr Kennedy lui était montée à la tête. Il avait à peine ouvert la bouche, rejeté ses inquiétudes au sujet des dissensions du couple Watkiss, et quand elle avait tenté de les expliquer plus amplement, il avait mis brusquement un terme à la réunion.

Si c'était ainsi qu'il se comportait avec tout le monde, elle allait devoir faire tampon entre lui et les Watkiss ou limiter les dégâts en permanence au cours des prochains jours.

Oh ! elle savait qu'il était hautement qualifié ! Sa fondation faisait un travail considérable pour informer tant le personnel médical que le public sur les problèmes de transplantation. Mais ça ne faisait pas de lui une divinité, jamais de la vie ! Elle aurait eu plus de respect pour lui s'il avait continué à opérer après avoir hérité de tout cet argent, au lieu d'abandonner son métier. S'il opérait encore, elle pourrait mettre son attitude sur le compte de l'arrogance du chirurgien que tant de praticiens doivent supporter. Mais en fait, il n'était que consultant, et aussi estimé qu'il soit, ce n'était pas une raison pour manquer de savoir-vivre.

Elle tendit la main vers le bouton d'appel, mais le Dr Kenndy la devança, et leurs doigts se frôlèrent, lui provoquant une salve de picotements le long du bras.

Qu'il soit maudit pour la troubler à ce point !

Avec tout le stress qu'elle avait subi ce matin, elle avait dû perdre la boule. C'était la seule explication.

Tendue comme un arc, elle garda une attitude glaciale durant le trajet en ascenseur. Puis elle le précéda dans le couloir où se trouvait la chambre de Tamika.

L'adolescente était seule, assise à la petite table près de la fenêtre devant son ordinateur portable entouré de cahiers. Quand elle leva les yeux, Val lui sourit tout en notant sa mauvaise mine en comparaison de leur première rencontre. Sa peau avait perdu tout éclat, et ses yeux bruns étaient enfoncés dans un visage terreux.

— Coucou, lança-t-elle. Comment ça va aujourd'hui ?

Tamika fronça les sourcils, son regard alternant entre Val et David tandis qu'elle désignait cahiers et livres.

— Très bien. Mais j'essaye de rattraper mon retard scolaire. J'ai perdu presque une année. Si je veux passer mon brevet des collèges l'an prochain, il faut que je sois à jour. Pourquoi vous boitez ?

Val se trouva soudain l'objet d'un examen minutieux non seulement de la part de Tamika mais de l'homme près d'elle.

— Une petite mésaventure ce matin en venant travailler. Rien de grave. Voici le Dr Kennedy, ajouta-t-elle avant de subir une remarque de l'un ou l'autre. C'est le consultant dont je t'ai parlé.

— Salut.

Tamika ne semblait guère excitée de rencontrer un nouveau médecin, mais David s'avança et lui tendit la main avec un grand sourire chaleureux.

— Salut, Tamika. Qu'est-ce que tu étudies ?

— De l'histoire, répondit-elle en plissant le nez. Je déteste, alors je n'arrête pas de le remettre à plus tard.

— Ça n'a pas été ma matière favorite non plus, riposta-t-il en pouffant. Je préférais nettement les sciences.

— Moi, c'est les maths, et je ne suis pas trop mauvaise en anglais, mais l'histoire… Toutes ces dates et tous ces rois. C'est ridicule, décréta-t-elle en lui rendant son sourire.

Tirant une chaise de l'autre côté de la table, David s'assit.

— Je suis d'accord. C'est plus facile de retenir les reines qui ont gouverné en leur propre nom. Elles ne sont pas si nombreuses.

— Ouais. Mais je les oublie aussi. Si la réponse n'est pas *Elizabeth* ou *Victoria*, je risque de pas la connaître.

David éclata de rire, un son chaleureux qui enveloppa Val d'une manière perturbante.

Comment diable ce type arrogant et froid s'était-il transformé en homme sympathique et à l'aise ? Un homme capable d'apprivoiser avec aussi peu d'efforts une ado malade, souvent grincheuse et à cran ? Il l'interrogeait sur ses projets d'avenir comme s'il allait de soi que cette gamine terriblement malade avait une longue vie devant elle.

La réponse de Tamika la stupéfia.

— Eh bien, c'est dur de faire des projets quand on a un diabète instable et une néphropathie chronique, mais ce que j'aimerais, c'est travailler en plein air, genre dans une ferme ou un parc national. Si je ne peux pas, j'écrirai un livre. On doit tous avoir un truc constructif à faire, non ?

Le regard qu'elle posait sur David était franc et sans peur.

Val se détourna, émue aux larmes.

Le courage de cette toute jeune fille face à son pronostic vital précaire était à la fois touchant et stimulant.

— Oui. Tout le monde a besoin d'un objectif, répondit David, d'un ton soudain plus grave, voire triste, même s'il souriait toujours. J'aurai hâte de le lire, en ce cas.

— Ta maman n'est pas encore là ? intervint Val.

— Elle est descendue à la cafète chercher du thé, expliqua Tamika. J'arrête pas de lui dire de rentrer après le travail pour se reposer, mais elle vient quand même tous les matins.

— Sûrement parce qu'elle ne pourrait pas se reposer avant

de t'avoir vue et d'être certaine que tu vas bien, intervint David. Moi, en tout cas, c'est ce que je ferais si mon fils était à l'hôpital.

— Vous avez un fils ? demanda Tamika. Il a quel âge ?

David sourit, et Val sentit son cœur faire une culbute devant la tendresse de son expression.

— Josh a vingt-neuf ans, et avant que tu dises quoi que ce soit, je serais à l'hôpital chaque jour s'il était malade.

La porte s'ouvrit alors, et Mme Watkiss entra d'un pas nerveux, puis pila net.

— Oh ! Madame Sterling, c'est le Dr Kennedy ? Je ne vous ai pas fait attendre, au moins ?

— Pas du tout. On n'est pas là depuis longtemps.

David s'était levé, et tous deux se serraient la main, quand le téléphone de Val sonna.

— Excusez-moi, dit-elle en voyant le numéro de sa secrétaire. Vous allez vous débrouiller, docteur Kennedy ?

— Bien sûr. Je vous retrouve dès que j'ai fini.

Sa voix était neutre, mais le regard qu'il lui envoya lui embrasa le ventre sans aucune raison. Totalement confuse, elle quitta la chambre en hâte et soupira de soulagement une fois dans le couloir.

Le Dr Kennedy était arrogant, méprisant, mais c'était le type d'hommes qui l'attirait. C'était d'un rageant !

David passa le reste de la matinée avec Tamika et Mme Watkiss, d'abord à discuter de choses générales, puis en abordant certains des examens que subirait Tamika le lendemain.

Il s'avérait que la famille Watkiss était originaire des Caraïbes, bien que les parents de Tamika soient tous deux nés à Londres. Ils s'étaient connus à l'église à l'adolescence et avaient déménagé à Liverpool après que M. Watkiss avait obtenu un travail dans la compagnie ferroviaire nationale. Il s'absentait souvent pour des missions.

Quand David voulut savoir s'il pourrait le rencontrer pendant qu'il était à Liverpool, Mme Watkiss se mordit la lèvre et dit qu'elle informerait son mari de ce souhait.

— Les hôpitaux ne lui réussissent pas trop, vous savez.

David jeta un coup d'œil à Tamika, qui secoua la tête.

— Papa devient gnangnan dès qu'il vient me voir ici. Alors je lui ai dit que, pas de souci, je rentrerai bientôt.

— Ricardo s'occupe de Tamika quand elle est souffrante dès qu'il est à la maison, ajouta Mme Watkiss, comme pour défendre son mari absent. C'est un bon père, hein, chérie ?

— Le meilleur, répondit Tamika avec un petit sourire rassurant à sa mère, avant de demander, comme pour changer de sujet : vos parents ou grands-parents viennent d'ailleurs, docteur, ou ils sont nés ici ?

— En fait, ma mère est d'origine américaine.

Les yeux de Mme Watkiss s'arrondirent, et elle claqua des doigts en s'exclamant.

— Bien sûr ! Je me demandais où j'avais vu votre visage. Votre maman, c'est Cerise Kennedy, la chanteuse, c'est ça ?

— Oui, admit-il à contrecœur. C'est ma mère.

— Qui ? fit Tamika, sourcils froncés.

— Elle était célèbre bien avant ta naissance, dit-il en riant.

— Oh ! mais tu sais qui c'est, Tam ! Ta grand-mère Olive adorait ses chansons. Elle les passait tout le temps.

Et Mme Watkiss se mit à chantonner : « Certaines sont vertes de jalousie, d'autres bleues de tristesse, et moi je suis rose de bonheur de savoir que tu m'aimes. »

Entendre la plus fameuse chanson de sa mère enveloppa le cœur de David d'un chagrin nostalgique. Comme si, l'espace d'un instant, il était revenu en enfance et que maman, penchée sur lui dans son lit, la chantait. Pour le reste du monde, *L'Amour en rose* était la chanson emblématique de sa mère, mais pour lui, c'était et serait toujours *sa* chanson.

— Ah oui, je m'en souviens, dit Tamika, tournant vers lui des yeux brillants. Je l'adore. Ça me rappelle Gran.

— Ma mère serait ravie de le savoir, déclara-t-il.

— Je n'ai pas entendu parler d'elle depuis longtemps, fit remarquer Mme Watkiss. Elle est toujours parmi nous ?

— Oui, répondit-il. Et elle se produit toujours aussi, mais

essentiellement sur le continent – France, Monaco, Allemagne parfois.

Puis, coupant court à la curiosité de la femme, il déplaça la conversation sur les jours à venir.

— Nous allons procéder à des examens approfondis, dont une série de radios et d'échographies, pour s'assurer que Tamika est en assez bonne santé pour se faire potentiellement opérer.

Alors qu'il passait en revue les différents bilans, exposant l'objectif de chacun, Mme Watkiss écoutait avec attention, mais Tamika restait distraite. Elle finit par soupirer.

— Mme Sterling nous a déjà tout expliqué, lâcha-t-elle.

À la mention de Valérie Sterling, le pouls de David s'emballa, et il s'efforça de l'ignorer.

— Je n'en doute pas. Mais c'est mon boulot de prendre la décision de te placer ou non sur la liste d'attente, donc je dois faire attention à ce que tes parents et toi compreniez exactement ce qu'il va se passer à tout moment.

— Chut, Tamika, laisse le Dr Kennedy parler !

Voyant une moue rebelle se former sur les lèvres de l'adolescente, il sourit.

— J'en ai fini dans l'immédiat, madame Watkiss, et je sais que vous avez besoin de rentrer vous reposer. Je serai là demain matin et vous verrai à ce moment-là.

Tamika acquiesça, marmonna un au revoir sans croiser son regard, et sa mère se leva pour le raccompagner. Dans le couloir, elle posa une main sur son bras et le fixa avec une gratitude presque bouleversante.

— Merci, docteur ! Je sais que ma fille est entre les meilleures mains et que vous ferez tout le possible pour elle.

Lors d'instants tels que celui-ci, et malgré toute son expérience, il éprouvait un sentiment viscéral d'insuffisance.

Il ne put que lui tapoter la main.

— Je vais tenter de prendre les meilleures décisions pour soigner Tamika, madame Watkiss, répliqua-t-il. Ayez la gentillesse de demander à votre mari quand il sera disponible, afin que je puisse caler un rendez-vous avec lui.

Elle rentra dans la chambre, et il s'éloigna lentement, réfléchissant à ce qu'il avait appris sur sa patiente et sa mère.

Un psychologue devait discuter avec Tamika et ses parents dans le cadre de l'évaluation, mais il estimait qu'il en apprenait bien plus en les rencontrant lui-même. C'était la raison réelle de sa venue à Liverpool. Les médecins de St Agnes étaient capables de réaliser les bilans nécessaires, il aurait pu rester à Londres et qu'on lui envoie les résultats afin qu'il les évalue, mais ce n'était pas sa manière d'agir. Il ne pouvait peut-être plus opérer lui-même, mais les patients et les chirurgiens méritaient toutes ses compétences afin d'obtenir les meilleurs résultats possibles. Or, cela signifiait pour lui s'impliquer du début à la fin de la procédure, quelle qu'elle soit. Si Valerie Sterling n'était pas impressionnée par lui, il n'était pas là pour son approbation, et son attitude acerbe de remise en cause ne devrait pas compter.

Et pourtant…

Mais pourquoi diable pensait-il à elle au lieu de se concentrer sur sa patiente, ou même sur le Rallye du Don ? Des centaines de mails et de messages vocaux attendaient sans doute son attention, sans parler de la réunion collégiale avec les médecins en charge de Tamika. Tout cela était bien plus important que cette femme glaciale aux yeux de tempête qui ne l'appréciait visiblement pas.

Une femme qui, d'après la réaction de Tamika, ne boitait pas d'habitude mais s'était blessée en venant travailler. Cette tête de mule n'avait même pas fait vérifier sa cheville avant leur réunion…

Secouant la tête, il se dirigea vers le poste des infirmières, un plan totalement malavisé dans la tête.

On toqua à la porte, et Val sourit à son amie Emma Owen, l'hépatologue, qui passait sa tête rousse dans son bureau.

— Tu es occupée ?

Val referma le dossier qu'elle étudiait et regarda sa montre. Il était déjà tard.

— Entre. Tu allais déjeuner ?

— C'est fait, répondit Emma en se laissant tomber dans le fauteuil visiteur. Mais j'ai deux minutes avant ma prochaine réunion, et je voulais finaliser les détails pour le rallye.

— Quels détails ? Nos chambres sont réservées par la fondation, et on a posé nos congés.

— Oui, mais… On n'a pas parlé de nos costumes ?

Val la regarda, un brin alarmée.

— Quels costumes ?

— Eh bien, j'étais en train de monter une bande-son pour le rallye, une compil de musiques des années 1960 pour aller avec la Mini, et j'ai pensé que ce serait chouette qu'on porte des tenues sixties pour coller au thème, non ?

— Non, non, non, protesta Val, dont la brusque agitation réveilla sa cheville douloureuse. La mode des années 1960, c'est minijupe et bottes moulantes, hein ? Ça ne m'amuse pas. Mais alors, pas du tout !

— Allez, Val, lâche-toi, vis un peu ! J'ai trouvé des tas de fringues en friperie et en ligne, alors ce soir, tu viens chez moi pour les essayer. Pas question de refuser.

« Lâche-toi. Vis un peu. »

Elle avait été tellement engluée par les responsabilités ces dernières années. Elle était tombée dans un tourbillon apparemment sans fin, sans rien d'amusant. Travailler le plus d'heures possibles pour garder sa famille à flot, regarder sa mère se détériorer puis la perdre, ensuite le départ de Clayton et de Liam… Elle s'était sentie lessivée et amère quand son plus jeune fils avait décidé d'aller vivre avec son père qui les avait abandonnés des années plus tôt. Et puis, surtout, la peur de l'avenir la hantait.

La sclérose en plaques était désormais réputée avoir un composant génétique. Sa mère en avait souffert, et elle était certaine que sa grand-mère aussi, bien que les médecins ne l'aient pas diagnostiquée comme telle cinquante ans plus tôt. De plus en plus souvent, dans des moments d'inquiétude, elle se surprenait à y penser en boucle, se demandant quoi faire si elle découvrait qu'elle l'avait aussi.

La pensée de devenir un poids, et qu'un de ses fils doive

la prendre en charge ou qu'elle aille en hospice, lui plombait l'estomac. Elle n'aurait su dire ce qui serait le pire.

Son médecin généraliste lui avait dit qu'il n'y avait aucune raison de s'inquiéter. Qu'elle se contente d'observer les symptômes et qu'elle revienne si elle en ressentait.

Ça ne lui était d'aucune utilité. Les symptômes étaient légion, ils allaient de la douleur physique à la confusion mentale, avec une kyrielle d'autres entre les deux. Comment savoir si une chute brutale était due à une chaussée glissante ou à la sclérose ? Si son incapacité à se concentrer était due à une rude journée ou à la maladie ?

Prendre conscience que la peur de la maladie la minait autant que le ferait la maladie en elle-même lui avait fait comprendre qu'elle devait l'accepter d'une manière ou d'une autre. Et quand Emma lui avait proposé de courir le rallye de la Fondation GDK comme copilote avec elle, un sens de l'aventure qu'elle avait oublié s'était déclenché en elle. La sclérose en plaques était peut-être son avenir, mais n'était-ce pas une bonne raison de vivre pleinement maintenant ?

— Bon, d'accord, déclara-t-elle. Je suis libre ce soir.

— Super ! Préviens-moi quand tu as fini ici, et on partira ensemble. On prendra un truc à manger en chemin.

Quelqu'un frappa de nouveau à la porte, et Val cria d'entrer tandis qu'Emma se levait.

Lorsque David Kennedy apparut, le cœur de Val battit la chamade, et il lui en coûta de garder un visage impassible.

— David ! s'exclama Emma. Quelle joie de te voir ! Je croyais que tu serais à Londres à finaliser le rallye.

Val regarda son amie, déconcertée qu'elle le salue comme un ami de longue date. Elle savait qu'ils avaient sans doute été en contact pour le travail, mais là, ça paraissait bien plus personnel.

— Moi aussi, je suis ravi de te voir, répliqua David d'un air si affectueux que Val se demanda s'il réservait son ton guindé pour elle. J'ai été appelé en consultation ici, et je pense que tous les détails du rallye sont sous contrôle.

Emma pouffa tandis qu'ils se serraient dans les bras.

— Comme si ça t'empêchait de mettre ton nez partout !

— Tu es en train de me dire que je suis incapable de déléguer ? riposta David, une main amicale sur ses épaules.

— Est-ce que je serais aussi grossière ? lui renvoya-t-elle.

— Touché, jeune fille. Alors, comment ça va ? Et comment s'en sort ce donneur de foie ?

Emma faisait partie d'une équipe supervisant la préparation d'un donneur vivant de foie, en vue d'une transplantation prévue six semaines plus tard.

— Tout va bien pour le donneur, et je me prépare pour le rallye. Val et moi le faisons ensemble dans la Mini de papa.

Le regard de David passa fugitivement sur le visage de Val, la laissant le souffle coupé et les nerfs électrisés.

— Tu as déjà participé à un rallye ? demanda-t-il à Emma, ce qui permit à Val de reprendre ses esprits.

— Moi, non, mais Val, oui, répondit gaiement Emma, inconsciente de l'étrange tension dans la pièce. Elle servait de copilote à son frère, quand elle était plus jeune.

— Ah oui ? Mme Sterling a de nombreux talents.

Quelque chose de moqueur dans sa voix de velours sombre suscita une réaction troublante au fond du ventre de Val. Elle baissa les yeux.

— Val est merveilleuse, ajouta Emma. Elle s'est occupée de papa comme de son propre père durant la dernière année de sa vie… Oups, je dois filer. C'était super de te voir, David. À tout à l'heure, Val.

Puis elle ne fut plus là, et Val regretta désespérément ce départ, qui la laissait seule avec cet homme séduisant et perturbant dont l'attention était maintenant rivée sur elle.

Elle déglutit avec peine.

— Je peux faire quelque chose pour vous, docteur Kennedy ?

— En fait, oui, répondit-il d'un ton à nouveau nonchalant. Je suis venu vérifier si vous avez montré votre cheville.

— Si j'ai quoi ? balbutia-t-elle, prise de court.

— Laissez-moi regarder.

Il parlait en professionnel, mais elle sentit son pouls s'affoler comme s'il demandait à voir quelque chose de bien plus intime que sa cheville. Sa bouche était sévère mais donnait pourtant terriblement envie de l'embrasser. Puis il baissa les yeux sur ses jambes repliées sous le bureau, et elle se rendit compte qu'il avait des cils immenses, ridiculement fournis.

Espérant qu'il mette le feu soudain de ses joues sur le compte de la colère, elle répliqua d'une voix sèche.

— Ma cheville va bien, docteur. Inutile de vous en faire.

— Vous l'avez bandée ?

Elle en avait eu l'intention mais l'avait oublié, concentrée sur son travail. Ensuite, une fois assise à son bureau, elle avait eu la flemme de se relever pour chercher une bande.

Il vint près d'elle et se mit sur un genou, la main en coupe.

— Laissez-moi regarder, répéta-t-il.

Sa manière lapidaire et exigeante de parler aurait dû la hérisser, mais le voir ainsi à ses pieds avec ces longs doigts sombres solliciteurs, cela causa sa perte. On aurait dit que le temps ralentissait et que son cerveau, d'ordinaire inflexible et résolu, entrait dans un état de quiétude inconnu.

Sans pensée consciente, elle fit pivoter sa chaise, étendit la jambe et plaça sa cheville douloureuse au creux de la paume de David.

— Elle est gonflée, constata-t-il en palpant délicatement l'articulation. Mais rien de trop grave. Je suggère de la mettre au repos et de la surélever pendant un moment, même si quelque chose me dit que je perds mon temps.

À sa stupéfaction, il ôta son escarpin et posa son pied sur sa cuisse. Ses orteils frémirent de plaisir à la sensation du muscle solide sous son fascia plantaire, et quand il se tourna pour mettre la main dans sa poche, elle retint un frisson provoqué par le jeu de ses muscles.

Il sortit une bande, et avant qu'elle ait pu reprendre ses esprits et protester, il entreprit d'en envelopper adroitement sa cheville tandis qu'elle observait ses doigts, fascinée.

— J'espère que vous avez quelqu'un à la maison pour vous aider, afin de ne pas rester debout ce soir.

— Je vis seule, répliqua-t-elle, entendant sa voix comme venue de loin, avec le sentiment qu'ils partageaient un moment de grande intimité.

Elle avait le cœur battant, les orteils recroquevillés, le ventre embrasé. Tout son corps réagissant d'une manière dont elle aurait pensé qu'il ne le ferait plus jamais.

David fixa le bandage mais garda son pied en main, caressant du pouce la base de son mollet, ce qui lui provoqua un nouveau frisson. Lorsqu'il releva la tête, elle se demanda si ce qu'elle éprouvait se lisait sur sa figure. Pourvu que non !

— Eh bien, restez aussi tranquille que possible.

— Promis.

— Vraiment ? Les gens du milieu médical sont les pires patients, donc j'ai des doutes.

Leur échange était normal. Prosaïque. Pourtant, elle avait l'impression de s'abîmer dans sa voix, dans son regard. L'envie de glisser de sa chaise dans ses bras.

Quand il reposa doucement son pied sur la moquette, la sensation de manque fut manifeste.

Il se releva avec autant de grâce qu'il s'était agenouillé.

— Je vais rencontrer l'équipe de Tamika puis déjeuner avec votre patron. Mais si vous avez besoin de quoi que ce soit – n'importe quoi –, contactez-moi.

Et il partit, la laissant pantelante, les yeux rivés sur la porte, essayant en vain de reprendre ses esprits.

Il était préférable que tout contact avec lui au cours des jours suivants soit réduit au minimum, et de préférence inexistant.

3.

L'espoir de Val de ne pas recroiser David Kennedy lors de son séjour à St Agnes fut anéanti deux heures plus tard quand une infirmière l'informa que Tamika Watkiss voulait s'entretenir avec eux deux.

— Je vais voir si je peux le joindre, répondit-elle.

Vérification faite, David se trouvait toujours à l'hôpital, terminant de déjeuner avec le directeur. Elle passa le message à la secrétaire du directeur, qui rappela pour annoncer que le Dr Kennedy serait dans la chambre de Tamika un quart d'heure après.

Renonçant à ses escarpins qu'elle ne pouvait porter avec le bandage, Val réenfila ses chaussures plates trempées et se rendit au troisième étage. En voyant David dans le couloir, son imbécile de cœur fit une nouvelle cabriole, mais elle eut le temps de se ressaisir et le salua du menton.

— Vous savez ce qu'il se passe ? demanda-t-il.

— Non. L'infirmière n'a rien dit.

Tamika était dans son lit, regardant la télévision. Elle ne sourit pas quand ils entrèrent dans sa chambre.

— Je ne veux pas être sur la liste d'attente, lança-t-elle d'un ton catégorique, en les fixant tour à tour avec un air de défi. Alors ne dépensez pas du temps et de l'argent pour tous ces examens que vous avez l'intention de faire.

— D'accord, répliqua David, tirant les deux chaises visiteurs. Ça ne t'ennuie pas de nous dire pourquoi ?

— Qu'est-ce que ça peut vous faire ? riposta-t-elle d'une voix un peu tremblante. Je ne veux pas, et vous ne pouvez pas m'obliger.

— Bien sûr qu'on ne peut pas t'obliger, et jamais on ne te

forcerait à faire ce que tu ne veux pas. Mais savoir ce que tu penses et pourquoi pourrait nous aider à mieux comprendre d'autres patients.

Il lui parlait gentiment, comme à une adulte.

Val vit l'air belliqueux de Tamika s'adoucir.

— Je…, commença-t-elle, les yeux soudain pleins de larmes. Je ne veux pas que quelqu'un doive mourir pour moi.

— C'est compréhensible, admit David. Mais je ne peux pas m'empêcher de me demander si tu sais bien ce que tu dis.

— Comment ça ? protesta Tamika, de nouveau en mode agressif. Bien sûr que je comprends ! On me l'a expliqué mille fois, et j'ai aussi regardé sur Internet. Certains peuvent recevoir une greffe de donneurs vivants, mais pas moi. Quelqu'un doit mourir pour que je puisse avoir un pancréas.

— Très juste. Mais te mettre sur la liste d'attente ne signifie pas que quelqu'un va mourir pour te donner un pancréas. En réalité, si tu n'es pas sur la liste et qu'un donneur qui pourrait être compatible meurt, ses reins et son pancréas risquent d'être gâchés, de sorte qu'une bonne chose qu'il aura essayé de faire ne se produira pas.

— C'est-à-dire ? demanda Tamika, le front plissé.

— Que les gens qui se mettent sur la liste des donneurs le font pour tenter d'aider les autres. Ils sont altruistes. Ils espèrent que, même en mourant, ils pourront faire une bonne action. Trouver des donneurs compatibles pour nos patients est souvent très difficile, et puisque tu as regardé en ligne, tu dois savoir qu'être sur la liste d'attente – si jamais tu y es – ne garantit pas qu'on te trouve un donneur compatible.

— Je sais. Mais si vous trouvez…

Elle baissa les yeux sur ses poings serrés, une larme coulant sur sa joue.

David lui tendit un mouchoir en papier.

— Si on trouve, poursuivit-il gentiment, cela veut dire que quelqu'un est mort et qu'on ne peut plus rien pour lui. Mais aussi qu'on exauce un de ses vœux : donner à quelqu'un d'autre la chance d'une meilleure vie. Un legs d'espoir. Je trouve ça beau et noble. Pas toi ?

Tamika garda un instant le silence. Puis elle le dévisagea.

— Vous êtes sur la liste des donneurs ?

— Bien entendu, répondit David en souriant.

— Moi aussi, renchérit Val. Le petit garçon de ma cousine avait besoin d'une greffe de la moelle osseuse, et une fois testée, je me suis inscrite à vie.

— Il a eu sa greffe ?

Elle décida de ne pas mentir.

— Non. À l'époque, la compatibilité devait être meilleure qu'aujourd'hui, et on n'en a pas trouvé.

Tamika les considéra, indécise.

— C'est pas que j'apprécie pas ce que vous essayez de faire pour moi, juste que je ne suis pas sûre de vouloir en venir à une greffe, même si ça veut dire…

Val savait ce qu'elle pensait, et David aussi. Que dire à une gamine de seize ans face à sa propre mortalité ? Une vague de colère la submergea comme souvent dans de telles situations, mais elle se tempéra.

— C'est une grande décision, que tu n'as pas à prendre seule, Tamika. Tu en as parlé avec tes parents ?

— Non, je saurais pas quoi dire. Maman est toujours si gaie, comme si tout allait vraiment bien, et papa a l'air tellement triste et fatigué. Il travaille tout le temps, sans doute parce que ça l'empêche d'y penser. Je vais finir par devoir en discuter avec eux, mais je ne sais pas comment.

— C'est difficile, mais il vaut vraiment mieux que tu leur fasses part de tes peurs et tes inquiétudes pour qu'ils puissent t'aider. Entre-temps, je peux suggérer que tu fasses au moins les tests, afin de pouvoir garder tes options ouvertes ?

— Tu n'as pas à décider aujourd'hui, ajouta David. Mais réfléchis-y, d'accord ? Souviens-toi, on a encore du chemin à faire avant de savoir si tu seras une bonne candidate pour être sur la liste, alors il n'y a aucune urgence.

— D'accord, fit lentement Tamika. Je vais y réfléchir.

— Bien. Autre chose dont tu veux nous parler ?

— Non. Mais merci d'être venus. Un tas de médecins ne m'expliquent rien. Ils ne parlent qu'à maman.

— C'est dommage, mais souvent ils se concentrent sur ta mère parce qu'elle peut donner son consentement. Le fait est, cependant, que c'est toi que cela concerne en premier.

— Exact ! approuva férocement Tamika. Expliquez ça à maman, s'il vous plaît.

— Je comprends ce qu'elle ressent, tu sais, dit Val. Peu importe l'âge de mes garçons, ils restent mes bébés. Ils ont seize et dix-neuf ans. Ils me grondent parce que je les traite parfois comme s'ils en avaient six, mais je m'en fiche.

Cela fit sourire – un peu – Tamika.

— Pigé. Mais je suis pas obligée d'apprécier, si ?

Ils rirent puis prirent congé. Dans le couloir, David se tourna vers elle, et son cœur se serra devant son air ému.

— *Voilà* pourquoi j'ai créé la fondation, lança-t-il, une passion indubitable dans sa voix. Pour que des gens comme Tamika aient une chance d'avoir une vie meilleure. Cela n'est possible que si on améliore le système de donneurs – le rendre plus diversifié et augmenter le nombre de personnes qui s'inscrivent. Avec un peu de chance, un jour, on n'aura plus besoin de greffe, que ce soit de pancréas ou d'îlots pancréatiques : les chercheurs sont près de mettre au point un pancréas artificiel. Mais en attendant, nous avons la greffe par donneur, à laquelle trop de gens renoncent. C'est pourquoi le Rallye du Don et toutes les initiatives éducatives concernant les transplantations et les dons de sang sont importants.

C'était comme si elle voyait pour la première fois le vrai Dr Kennedy. Disparues, l'arrogance, la supériorité détachée. Même son aisance pour parler à Tamika n'avait été qu'un indice de ce qu'il était réellement. Elle voyait à présent l'homme derrière le masque, et c'était un homme profond, de conviction, qu'elle trouvait encore plus attirant. Et beaucoup trop magnétique.

Éprouvant le besoin de bouger au lieu de rester plantée là,

extatique, à le regarder comme une idiote énamourée, elle se détourna vers l'ascenseur et s'éclaircit la gorge.

— Vous prêchez une convertie. Je ne comprendrai jamais la réticence des gens à s'inscrire comme donneur. Ça paraît si simple.

— Exactement, répliqua David en lui emboîtant le pas. Mais bon, les gens ne font pas de testament non plus, même quand ils ont des familles qui comptent sur eux pour mettre de l'ordre dans leur vie.

Elle hocha la tête, incapable de le regarder. Son attirance pour lui avait monté toute la journée et menaçait de la submerger

— Comme si, en pensant à la mort, ils l'appelaient à eux et que, en l'ignorant, ils pouvaient en quelque sorte l'éviter.

— Je suppose que nous sommes plus exposés à la mort que la plupart des gens. Et donc résignés au fait qu'elle finit par nous atteindre tous, souvent quand on s'y attend le moins, dit-il tandis qu'ils entraient dans l'ascenseur.

Elle connaissait son histoire, ou au moins ce qui avait été écrit dans les journaux et les tabloïds : sa femme était décédée brusquement dix ans plus tôt, encore jeune.

— « Résignés » ? Je n'en suis pas certaine. Peut-être qu'on l'accepte, qu'on reconnaît son inéluctabilité, mais on garde quand même espoir jusqu'à la fin. Moi, en tout cas…

Puis, comme la conversation prenait un tour un peu trop personnel, elle demanda :

— Comment vous est venue l'idée du Rallye du Don ?

Ils étaient arrivés à l'étage de son bureau, et il adapta sa foulée à la sienne, plus courte et boiteuse.

— J'ai toujours aimé les voitures. Quand j'étais jeune, le chauffeur de ma mère me laissait bricoler avec lui, il m'a appris beaucoup de choses sur les moteurs. Dès que j'ai quitté la maison, j'ai acheté un vieux tacot, et je l'ai réparé…

Il marqua une pause comme si le sujet détournait un instant son attention, avant de poursuivre.

— Alors, comme je cherchais une idée pour attirer l'attention sur le travail des équipes de transplantation, les deux choses se sont réunies dans ma tête.

— Vous conduisez une voiture que vous avez réparée ?

— Malheureusement, le véhicule que j'avais commencé à réparer avec Josh n'est pas terminé, donc j'ai dû emprunter une voiture classique pour le rallye.

— Oh ! Quel genre de véhicules ?

Il sembla hésiter un instant avant de répondre :

— Une Daimler des années 1930, prêtée par un ami.

— Ha. Très chic, et quelque part très approprié, puisque vous êtes le maître de cérémonie de tout le rallye.

Étrangement, elle le sentit aussitôt rentrer dans sa coquille. Et quand il parla, elle comprit qu'elle vu juste.

— Oui, enfin, l'aboyeur de la fête foraine.

La froideur était de retour, et, curieusement, elle n'était plus capable de la supporter. Alors elle pila net.

— « Un aboyeur de fête foraine » ? Vraiment, docteur Kennedy, je ne peux pas décider si vous êtes méprisant ou en quête de compliments ! Donc, je ne ferai aucun commentaire.

Puis, malgré sa cheville bandée, elle se dirigea d'un pas aussi vif que possible vers son bureau.

Il la rattrapa juste devant sa porte et posa une main sur la poignée comme pour dire quelque chose, mais heureusement Shala l'interrompit.

— Madame Sterling ? M. Watkiss vient d'appeler. Il demande à vous voir. Il veut savoir si 5 heures cet après-midi conviendrait pour qu'il passe après le travail.

— Pas de problème, répondit David avant Val.

— Il n'a pas demandé pour vous, docteur Kennedy, précisa Shala après une hésitation. Juste Mme Sterling.

— Vraiment ? J'avais dit à sa femme que je voulais le rencontrer. Je supposais qu'il viendrait pour ça.

— Appelez-le et dites-lui que c'est parfait, merci, Shala, dit Val. Ne mentionnez pas le Dr Kennedy, cependant.

— Oui, madame Sterling.

Alors qu'elle passait la porte de son bureau, elle reprit :

— Qu'il essaie de vous éviter ne me surprend pas. Il veut probablement juste que je vous répète ses propos. C'est déjà un miracle qu'il vienne plutôt que de me parler au téléphone.

David haussa les épaules.

— Tant pis, jeta-t-il, laconique. Je serai de retour à 17 heures. M. Watkiss pourra me dire lui-même ce qu'il pense que je devrais savoir. En attendant, j'ai du travail.

Puis, sans attendre de réponse, il disparut.

David fixa l'écran de son ordinateur portable, conscient qu'il avait lu la même phrase trois fois sans la comprendre.

Depuis qu'il s'était installé dans un bureau inoccupé, sa concentration lui faisait cruellement défaut.

Alors qu'il avait une masse de travail ! Au moins dix documents étaient ouverts sur l'écran, et une bonne douzaine d'onglets Internet. Sans parler des trente et quelque mails qu'il avait marqués pour y répondre. Ce n'était pas du tout le moment d'être distrait par une femme, même si cette femme le fascinait.

Poussant un soupir, il se leva et alla vers la fenêtre, contemplant les toits pour tenter de prendre du recul.

Oui, inutile de le nier, Val Sterling le déstabilisait. Et il était aussi indéniable qu'il n'avait le temps pour aucune sorte de relation. Même pas pour une aventure ponctuelle, à supposer qu'elle aurait été intéressée. Entre la fondation et son travail de consultant, les galas et événements pour collecter des fonds, sa vie et son agenda étaient constamment pleins. Et là, à l'approche du Rallye du Don, il avait à peine le temps de respirer. Il lui fallait une énergie folle pour que tout reste en ordre et avance correctement. Le mieux serait d'arrêter de penser à Valerie Sterling en tant que femme attirante et la cantonner dans sa fonction…

Tout en se le disant, il se remémora la douceur de sa peau sous ses doigts et son parfum qui l'affolait dès qu'ils se trouvaient l'un près de l'autre. Il ne voyait rien en elle qui ne le séduise pas. C'était étrange, perturbant.

Non qu'il ait été un moine depuis la mort de Georgie, mais aucune des femmes qu'il avait fréquentées ne lui avait fait cet effet. La plupart étaient attirantes, certaines mêmes qualifiées de belles par la presse, toujours avide de raconter avec qui il était vu, mais aucune d'entre elles ne l'avait perturbé ainsi. Il restait sans problème concentré sur son travail, sa vie privée au second plan.

Qu'est-ce qui n'allait pas, avec Val Sterling ?

Le simple fait de penser à elle faisait battre son pouls plus vite et réagir son corps de façon inappropriée. Elle avait quelque chose, une aura irrésistible qui l'empêchait de se la sortir de la tête. Au contraire, il voulait en savoir plus sur elle. Ce qui lui plaisait et lui déplaisait, comment son esprit fonctionnait, le son de son rire. Si elle était toujours aussi caustique ou si elle avait un côté plus doux avec d'autres personnes que ses patients. Il voulait se noyer dans ses yeux en se moquant que cela lui coupe le souffle. Il avait envie d'explorer ses lèvres, d'apprendre leur forme, leur texture, leur goût, jusqu'à ce qu'il les connaisse aussi intimement qu'il était humainement possible.

Et il n'y avait pas que ses lèvres qu'il voulait explorer. Son corps aux douces rondeurs revêtu d'un strict tailleur bienséant et professionnel lui donnait envie de le déballer, de l'étendre nu devant lui et d'en toucher et savourer chaque centimètre.

Quand il s'était agenouillé pour bander sa cheville, il aurait aimé pouvoir caresser sa jambe, découvrir la peau lisse de son mollet, de sa cuisse. Il avait imaginé le faire jusqu'à ce que ses jambes s'ouvrent en une invitation…

Arrête ! se somma-t-il, choqué du tour de ses pensées. C'était une collègue de travail, et penser ainsi était totalement inapproprié. Il virerait quiconque ferait une chose pareille.

Agacé et résolu à abattre autant de travail que possible avant leur réunion de 17 heures, il retourna au bureau et se pencha sur un des mails attendant une réponse.

Il provenait de la société de production qui filmerait un documentaire sur le rallye. Ils demandaient s'il avait des participants à recommander comme sujets d'interviews durant les deux semaines de la course.

Il avait déjà accepté, mais certains aspects de la transplantation seraient mieux éclairés par d'autres professionnels de santé. Impliquer Valerie Sterling lui donnerait une chance d'en savoir plus sur elle sans afficher son intérêt.

Il prit son téléphone et appela Emma Owen.

— Salut, David. Que puis-je pour toi ?

— La société de production voudrait que je leur suggère des personnes à interviewer durant le rallye, pour avoir un large point de vue sur les raisons de leur participation. Ils aimeraient parler à des gens impliqués dans le processus de greffe, alors j'ai pensé à toi et à Mme Sterling.

— Oh ! Je suis tout à fait partante, et je suis sûre que Val le sera aussi. Tu veux que je lui en parle ?

— Si ça ne t'ennuie pas. Et tiens-moi au courant. Merci.

Il raccrocha et regarda sa montre.

Encore deux heures avant de rencontrer M. Watkiss. Le temps passait lentement…

— Stop, se dit-il tout haut pour se motiver. Concentre-toi.

Mais il dut vraiment forcer sa volonté, sans s'empêcher pour autant de vérifier l'heure fréquemment. À 16 h 45, il se dirigeait déjà vers le bureau de Val, impatient de la revoir.

À peine l'eut-il saluée que sa secrétaire annonça l'arrivée de Ricardo Watkiss.

C'était un homme grand et costaud, à la poignée de main écrasante. Mais malgré cette force apparente, son regard donna à David une impression de fragilité et de peur.

— Je ne voulais pas vous embêter, docteur Kennedy, dit-il quand ils furent assis. Mme Sterling connaît mon sentiment à propos de tout ça, elle aurait pu vous le dire.

— Je préfère l'entendre de votre bouche, répliqua David. Prenez votre temps et expliquez-moi.

Néanmoins, il avait déjà compris pourquoi le père de Tamika ne voulait pas parler de sa fille avec un autre médecin. Ses yeux devenaient humides et ses doigts se nouaient nerveusement, comme s'il cherchait un point d'ancrage dans un monde en perpétuel mouvement.

Ricardo prit une inspiration qui parut insurmontable.

— D'après ce que disent tous les médecins, ma Tamika est en train de mourir. Et ce que je veux, ce que je pense le meilleur pour elle, c'est qu'elle rentre à la maison pour que je puisse m'occuper d'elle, qu'elle soit en sécurité et bien confortablement installée, aussi longtemps que possible.

Son angoisse était évidente, sa douleur indéniable.

Le cœur serré, David réfléchit au meilleur moyen d'aborder la discussion.

— Monsieur Watkiss, Tamika est en effet gravement malade, et je sais que les chances de lui trouver un donneur sont minces, mais vous ne pensez pas que ça vaut le coup d'explorer cette option ?

— Et qu'elle subisse encore tout un tas d'examens ? protesta Ricardo. Vous savez ce qu'elle endure depuis l'âge de six ans ? Des piqûres tous les jours. Dans les doigts et en auto-injections. Des allées et venues à l'hôpital à cause de sa glycémie incontrôlable. On a failli la perdre plusieurs fois.

— Mais si on trouve un donneur, sa vie sera prolongée.

— Mais tout le monde dit qu'elle ne trouvera sans doute *pas* de donneur. Pourquoi lui imposer des analyses, de la souffrance, tout ça pour de faux espoirs ?

Une fois de plus, un membre de la famille Watkiss rappelait à David son impuissance, et un instant, il ne sut comment procéder.

Ce fut Val qui prit la parole.

— Monsieur Watkiss, nous sommes tous parents dans cette pièce, et je crois pouvoir parler pour le Dr Kennedy quand je dis que je ne sais pas ce que vous traversez. Ce que je sais en revanche, c'est que vous aimez votre fille et que vous voulez ce qu'il y a de mieux pour elle. Je me trompe ?

— Non, c'est exact. Et ce n'est pas être soumise à une batterie d'analyses qui ne lui feront aucun bien.

— Mais aucun de nous ne sait si ça lui fera du bien ou non. Si elle est une candidate adéquate pour la liste d'attente ou non.

Pourquoi ne voulez-vous pas au moins savoir ça ? Si elle n'est pas une bonne candidate, eh bien, vous la ramenez à la maison, comme vous le souhaitez. Si elle l'est et qu'elle est mise sur la liste d'attente, alors…

— Alors on reste là à se bercer d'illusions en attendant un truc qui n'arrivera pas !

La fougue de Ricardo éveilla quelque chose en David.

— Non, monsieur Watkiss. Si Tamika est sur la liste d'attente, il y a de l'espoir, et il n'est pas faux. L'espoir n'est jamais faux tant qu'il est vrai. Et quoi que l'avenir lui réserve, Tamika a besoin de savoir que vous avez autant d'espoir pour elle que sa mère. Sinon, vous ne pensez pas qu'elle croira que vous avez renoncé à ce qu'elle guérisse ?

— Tam ne penserait jamais ça. Elle sait que je l'aime plus que tout. Mais je ne supporte pas l'idée qu'elle attende, soit encore plus malade, et finalement déçue. Sa mère…, ajouta-t-il, la voix brisée, Lena, est si sûre que Tamika guérira, je ne sais pas ce qu'il se passera si on a cet espoir de miracle au-dessus de nos têtes et qu'il ne se réalise pas.

— Et qu'est-ce qu'il se passera si vous lui ôtez cet espoir ?

Ricardo fixa Val sans un mot, visiblement choqué.

— Monsieur Watkiss, poursuivit-elle, ce dont Tamika a besoin en cet instant, c'est de parents unis. Elle doit savoir que votre femme et vous serez là pour elle, et chacun l'un pour l'autre quoi qu'il arrive. Un de ses plus gros soucis est que votre famille reste unie et forte, qu'elle soit ou pas sur la liste, qu'elle reçoive ou pas sa greffe, elle a besoin de vous deux à ses côtés, pas de voir votre mariage s'effondrer parce que vous n'êtes pas d'accord sur ses soins médicaux. Ni de voir ses frères et sœurs pâtir de sa maladie.

— Mais…

— Monsieur Watkiss, le coupa Val, je sais que les attentes et les espoirs de votre femme et vous au sujet de la santé de Tamika sont différents. Mais il doit exister un juste milieu, et c'est à vous, son père, de regarder la situation sous chaque angle et de le trouver.

— Mme Sterling a raison, intervint David en fixant Ricardo. Je ne suis pas d'accord avec votre pessimisme, même si je comprends ce que vous ressentez. Voir votre fille adorée traverser tout cela vous déchire, mais ce n'est pas le moment de flancher. Quoi qu'il arrive, elle a besoin de vous.

Ricardo Watkiss baissa la tête et enfouit son visage dans ses mains. Ses épaules tressautèrent, et ses sanglots emplirent la pièce. Puis il releva des yeux rougis et humides.

— Qu'est-ce que je peux faire ?

Son cri désespéré transperça le cœur de David.

— Ni Mme Sterling ni moi ne pouvons dire quelle est la meilleure marche à suivre, mais je suggère que vous en parliez avec Tamika et avec votre femme. Celle-ci a besoin de s'accrocher à l'espoir que la vie de Tamika s'améliore, et Tamika, bien qu'elle ne puisse prendre la décision seule, a besoin d'être écoutée et que ses désirs soient pris en compte.

Ricardo hocha lentement la tête et inspira à fond.

— J'ai peur pour Tamika, et aussi pour Lena.

— C'est bien que vous l'admettiez, déclara gentiment Val. Comme l'a dit le Dr Kennedy, parlez à Tamika et à votre femme, et, plus important, *écoutez* ce qu'elles ont à dire. Cette décision doit être prise en famille, par amour et souci de soins, non par peur et désespoir.

— Je le ferai. Je suppose qu'il n'y a pas de mal à ce que Tamika réalise ces analyses. Au moins, si elle décide de figurer sur la liste, on saura à quoi s'en tenir.

David acquiesça, masquant son soulagement, et tandis que Val raccompagnait Ricardo Watkiss à la porte, il se focalisa à nouveau sur celle-ci.

— Vous avez géré ça à la perfection, dit-il, alors qu'elle se laissait tomber dans son siège avec un soupir.

— J'ai une expérience personnelle de ce genre de situations. Ma cousine et son mari étaient comme les Watkiss, pas sur la même longueur d'onde concernant le traitement de leur fils. Aucun terrain d'entente. Leur mariage a fini avant même la mort de Colin.

Elle était quelque chose de si sensé, si intelligent et attentionné que, bouleversé, il s'entendit lancer :

— Dînez avec moi ce soir.

Les yeux de Val s'élargirent un peu. Il vit leur couleur changer. S'approfondir. Puis elle secoua la tête.

— Je crains de ne pas pouvoir. J'ai déjà un engagement.

Il aurait été surprenant qu'elle soit célibataire.

— Pour être honnête, reprit-elle, même si ce n'était pas le cas, j'hésiterais à être vue avec vous en dehors de l'hôpital. Vous êtes du genre médiatique, vos moindres mouvements attirent la presse, et comme nous travaillons ensemble, ça pourrait mettre en cause ma réputation professionnelle.

Il faillit protester, mais elle avait raison. Surtout que, avec le rallye, il était une fois de plus sous le feu des projecteurs.

De fait, son refus aurait dû le soulager, mais il lui mit les nerfs à vif.

— Très bien, dit-il en se levant. Bon après-midi. Je vous verrai demain matin, quand les tests de Tamika débuteront.

Puis il s'en alla avant de se ridiculiser davantage.

4.

Le lendemain, Val arriva à l'hôpital plus tôt que d'habitude. Vu la débâcle du matin précédent, elle avait préféré prévoir du temps pour gérer toute mésaventure potentielle sur son trajet. Du coup, bien sûr, elle était au bureau très à l'heure, et c'était aussi bien. La présence de David Kennedy la veille l'avait complètement déboussolée, et elle avait du travail en retard.

Cela aurait été facile à expédier si elle n'avait pas été aussi fatiguée. Elle avait peiné à s'endormir puis avait été assaillie par des rêves. Des rêves dans lesquels prédominaient David et une sensualité depuis longtemps en sommeil, ce qui l'avait laissée excitée et troublée.

En quittant le travail la veille, elle avait espéré oublier David, mais le sort en avait décidé autrement. Emma était manifestement une de ses grandes fans, et celle-ci n'avait fait que parler de lui alors qu'elles essayaient les vêtements.

« C'est un homme charmant ! Travailler pour lui était incroyable. C'est grâce à lui que je me suis intéressée au domaine de la greffe. Il a adopté Josh après avoir épousé Georgie, et quand elle est morte, il l'a élevé seul. David n'a jamais connu son père, alors quand Sir Arthur lui a laissé tout cet argent à sa mort, ça a été le cirque, mais il a affronté ça avec classe. »

En fin de soirée, Val en savait plus sur David Kennedy qu'elle n'aurait pu l'imaginer, et une grande partie semblait incompatible avec l'homme froid et arrogant qu'elle avait rencontré. Malgré ses efforts pour le nier, elle mourait d'envie de tout savoir de l'exaspérant ancien chirurgien.

Concernant son invitation à dîner, elle avait répondu le premier truc qui lui était venu à l'esprit, mais ce n'était qu'en partie la raison de son refus. Elle ne se souvenait pas d'avoir jamais eu de réaction aussi viscérale envers un homme, et ça la terrorisait. Elle devait l'admettre, l'intérêt qu'il lui manifestait la comblait d'aise, mais *pourquoi* l'avait-il invitée ? Sur simple impulsion ? Aurait-elle mal interprété la requête d'un dîner de travail ? L'intense attirance qu'elle ressentait ne pouvait pas être réciproque, si ?

Elle frémit en se remémorant ses rêves érotiques.

Non, il n'y avait aucune chance qu'un homme aussi sublime que David Kennedy, qui pouvait avoir n'importe quelle femme rien qu'en claquant des doigts, éprouve la même attraction vis-à-vis d'elle…

Découragée par son incapacité à se mettre au travail, elle referma le dossier qu'elle tentait d'étudier. Une petite marche lui permettrait de s'éclaircir les idées, voire d'en chasser David Kennedy. Elle ne craignait pas de le croiser ce jour-là puisqu'il supervisait les examens de Tamika. Ayant vérifié sur le planning qu'il n'était pas attendu avant 10 heures, elle décida de passer voir l'adolescente.

Hélas, avant qu'elle quitte son bureau, son téléphone sonna.

— Val, fit la voix pressée d'Emma, tu as réfléchi à l'idée de participer au documentaire ? J'ai promis à David de lui donner une réponse aujourd'hui.

Au diable David Kennedy !

L'enthousiasme d'Emma sur le sujet la veille était évident. Que le rallye soit filmé avec une grande variété de personnes interviewées amplifierait le message, mais Val hésitait. Elle avait demandé une nuit de réflexion.

— Je crois que tu pourrais apporter un point de vue différent et essentiel, continuait Emma. Enfin, à toi de voir.

— Bon, d'accord, je vais le faire.

— Génial ! répliqua Emma. Je file. À plus tard.

Dans l'ascenseur, Val mesura à quel point le Rallye du Don devenait plus important qu'elle ne s'y était attendue.

À l'origine, il s'agissait d'une course amusante de deux semaines, avec des arrêts en cours de route où les participants pouvaient parler aux habitants du coin. Une semaine plus tôt, devant l'accroissement du battage médiatique, elle était retournée sur le site web et avait été stupéfaite par l'ampleur de l'action : non seulement les hôpitaux et les équipes de transplantation étaient impliqués, mais aussi une grande variété de fondations, de laboratoires de recherche et même les banques du sang. Le nombre d'événements de sensibilisation avait également augmenté, et les lieux listés étaient de grands centres de congrès.

De toute évidence, ils s'attendaient à des foules de gens. S'ils les obtenaient, ce serait pour le mieux. Le message qu'ils tentaient de faire passer, à savoir le besoin urgent de donneurs de toutes origines ethniques et tous types, était crucial, et l'événement permettrait aux professionnels de la santé de parler au public dans un cadre décontracté. Quoi qu'elle pense par ailleurs de David, force était d'admettre que son plan était magistral.

En arrivant dans la chambre de Tamika, elle trouva la jeune fille installée devant son petit déjeuner mais surtout focalisée sur la télévision.

Quand Val reconnut la voix masculine provenant de l'appareil, son cœur fit une galipette.

— Le Rallye du Don a pour but d'informer le public sur le travail accompli pour améliorer la qualité de vie des patients grâce aux greffes, à la recherche et aux thérapies…

Sur l'écran, David Kennedy, dans un costume impeccable, détaillait son projet d'un ton froid et autocratique.

S'arrachant à cette image, elle pressa Tamika de manger.

— Mm-hmm, marmonna celle-ci en attrapant son toast, le regard toujours rivé sur l'émission matinale. Le Dr David est plus gentil en vrai qu'à la télé, je trouve.

Tamika avait raison. Mais quelle était la vraie personnalité de David ? Celle qu'il montrait à ses patients et à leurs familles, ou cette arrogance froide ?

Sur l'écran, l'animatrice sourit et demanda :

— Le rallye a donc pour but de sensibiliser aux greffes ? En ce cas, comment les services de transfusion sanguine interviennent-ils dans tout ça ?

Les sourcils de David se froncèrent légèrement.

— Sans dons de sang, la plupart des chirurgiens ne pourraient pas opérer leurs patients. Il existe également une multitude de maladies qui nécessitent de fréquentes transfusions sanguines dans le cadre d'un traitement.

Il se pencha un peu en avant, et la caméra se rapprocha.

Val sentit un frisson lui parcourir l'échine tandis qu'elle se le rappelait agenouillé à ses pieds, ses doigts sur sa peau.

Quand il parla, ce fut sur le même ton froid et contrôlé, mais on pouvait voir la détermination dans son regard.

— Si le concept du rallye a commencé comme un moyen de souligner le travail des équipes de transplantation et des chercheurs, il s'est transformé en quelque chose d'encore plus crucial : l'occasion d'expliquer aux gens à quel point eux-mêmes sont importants pour le travail que nous réalisons tous. Sans les donneurs, une grande partie de ce que nous faisons serait impossible. Des milliers de personnes en attente de transplantation pourraient être aidées si leurs amis, leurs familles, leurs voisins, tout le monde s'inscrivait pour être testé ou ajoutait son nom sur les listes de donneurs.

— J'en suis certaine, mais tout le monde n'est pas prêt à être un donneur, n'est-ce pas ?

— Non, répliqua David, glacial. Et il y a des gens qui ne peuvent pas se porter volontaires à cause de leurs propres problèmes de santé ou pour des raisons religieuses. Mais pour tous ceux qui le peuvent, même si l'idée de donner des organes leur déplaît, ils peuvent donner du sang.

L'animatrice allait continuer ses questions, mais sa voix fut noyée par un brouhaha hors écran, et une boule de poils se précipita sur le plateau et, en un éclair, sauta sur les genoux de David Kennedy.

— Oh ! Seigneur ! hulula Tamika. C'est un des chiens de la prochaine séquence ! Ils ont dit qu'ils allaient montrer des animaux de refuge à adopter.

Le désordre causé par l'évasion du chiot se poursuivit durant quelques secondes, les animateurs riant et quelqu'un hors caméra ordonnant frénétiquement : « Ici, Gryphon ! Gryphon, reviens ici ! »

David affichait un air de surprise si comique que Val ne put s'empêcher de glousser à l'unisson. Puis, comme s'il l'avait entendue, il se mit à rire aussi.

Val avait déjà entendu David exprimer son amusement, mais jamais de cette façon : la tête rejetée en arrière pour éviter les léchouilles du chien, riant librement, les yeux pétillants. Chez elle, l'amusement se tarit à mesure qu'une vague de chaleur l'envah.

Il était magnifique, et elle le désirait plus qu'elle n'avait jamais désiré quiconque dans sa vie.

Le maître-chien surgit et attrapa le collier du fugitif.

— Je suis désolé. Vraiment désolé. Laissez-moi…

— Non. Non, protesta David en installant le chien plus fermement sur ses genoux. Il est bien ici. Je crois qu'il est venu me rappeler que les animaux ont parfois eux aussi besoin de transfusions, donc si vous avez un animal en bonne santé et robuste, vous pouvez en parler à votre vétérinaire et vous renseigner sur les dons de sang.

— Sur ce, je vais dire merci au Dr Kennedy et à Gryphon, déclara l'animatrice, alors que la caméra zoomait sur l'homme et le chien.

À son nom, le chien arrêta de lécher le visage de David et fixa l'animatrice, une oreille dressée et l'autre baissée, avec une adorable expression de malice. La musique du générique commença, et par-dessus, on entendit quelqu'un s'excuser une fois de plus auprès de David, et son rire en réponse.

— Ah là là, trop mignon, dit Tamika.

Ne sachant si elle faisait référence au chien ou à l'homme, Val n'exprima pas d'opinion mais lui rappela de finir son petit déjeuner.

— Vous saviez que la mère du Dr David est chanteuse ? demanda Tamika, la bouche pleine de toast et d'œuf. Ou qu'il n'a jamais su qui était son père jusqu'à ce qu'il meure et lui laisse une tonne d'argent ?

— Je le savais, oui.

Bon sang, pourquoi n'arrivait-elle pas à échapper aux gens qui parlaient de ce satané bonhomme ?

— Et que sa femme est morte jeune et que son fils est son fils à elle, qu'il a adopté ?

— Tu as appris tout ça durant cette interview à la télé ? répliqua Val plutôt que de répondre à la question.

— Non. Ils s'intéressaient surtout au rallye que prépare le Dr David. J'ai cherché sur Internet après que maman a dit que sa mère était celle qui chantait la chanson préférée de ma grand-mère. Vous saviez qu'il organisait ce rallye ? ajouta-t-elle, sa fourchette à mi-chemin de sa bouche.

— Oui, fit Val. Tu n'en avais pas entendu parler avant ?

Parler du rallye serait plus facile que de l'homme qu'elle essayait si fort d'éloigner de ses pensées.

— Non. D'habitude, je ne regarde pas les émissions du matin. J'ai juste regardé aujourd'hui parce que j'ai entendu le nom du Dr David en changeant de chaîne. Vous serez à certaines des manifestations d'information où les gens peuvent s'inscrire pour être donneurs ?

— Mieux que ça. Je vais participer au rallye avec mon amie Emma.

Les yeux de Tamika s'agrandirent.

— Oh ! Vous avez trop de chance. J'aimerais pouvoir le faire aussi. Il a dit que ça commençait à Edimbourg et que ça finissait à Londres. Vous savez quel sera l'itinéraire ? Et qu'est-ce qu'il voulait dire quand il a dit qu'il y aurait un élément ludique ? Un rallye, ce n'est pas juste des voitures qui vont aussi vite que possible d'un endroit à l'autre ?

Val sourit devant cet enthousiasme évident.

— Non, tu penses aux rallyes où les voitures roulent à toute allure, sautent les bosses et dérapent dans les virages. Celui-ci est ce qu'on appelle un rallye de régularité. Les voitures doivent parcourir une distance spécifique, dans un temps spécifique, en respectant ou même en passant sous la limite de vitesse.

— Ça n'a pas l'air aussi amusant que les courses rapides.

— Hé ! fit Val en riant, les voitures de ce rallye sont toutes anciennes, donc elles ne peuvent pas rouler vite. Mais ça reste une course. Si on s'égare ou si on ne suit pas les indications, on perd.

— D'accord. Mais l'élément ludique, c'est quoi ?

— Je ne sais pas trop. Ça peut être n'importe quoi. Et pour répondre à ton autre question, les participants ne connaissent pas l'itinéraire avant le départ chaque jour, donc ils ne peuvent pas tricher.

— Peut-être que je pourrais demander à papa de m'emmener voir les voitures si vous ne passez pas loin d'ici.

L'envie dans sa voix fendait le cœur, mais Val lui sourit.

— Et tu peux en regarder un peu à la télévision. Il y aura une couverture quotidienne, avec des interviews, et même un documentaire qui sera diffusé par la suite.

— Vous serez dans le documentaire ?

Avant que Val puisse répondre, la porte s'ouvrit, et une infirmière entra.

— Tu as fini ton petit déjeuner ? C'est bientôt l'heure de t'emmener à la radio.

Ce qui signifiait que David ferait bientôt son apparition.

— Je te verrai plus tard, Tamika, dit Val en se levant.

— D'accord, madame Sterling.

Il était impossible à David de se rendre du studio de télévision à l'hôpital en si peu de temps, mais elle ne put s'empêcher de jeter un coup d'œil autour d'elle en sortant, incapable de décider si elle espérait le voir ou l'éviter.

Dans l'après-midi, en faisant sa tournée des patients avec lesquels elle travaillait, elle apprit que le Dr Kennedy avait été rappelé à Londres. Elle essaya de se dire qu'elle était soulagée, mais elle savait que c'était un mensonge.

Huit jours ne suffisaient pas pour que Val retrouve son équilibre mental, mais c'est tout ce qu'elle eut avant que David Kennedy ne revienne dans sa vie. De retour à son bureau après une réunion, elle trouva sur son agenda un rendez-vous avec lui et les Watkiss l'après-midi même.

Le cœur battant, les joues en feu, elle appela Shala pour lui demander qui avait fait le nécessaire.

— La secrétaire du Dr Kennedy a appelé pour dire qu'elle avait organisé le rendez-vous avec Mme Watkiss, et le Dr Kennedy lui a demandé de voir si vous étiez disponible pour y assister. Elle s'est excusée du délai très court, expliquant que c'était le seul moment où le Dr Kennedy pouvait les caser, mais j'ai pensé que ça ne vous dérangerait pas puisque vous étiez libre de toute façon.

Elle faillit rétorquer que le maudit bonhomme aurait pu simplement mettre en place une vidéo-conférence au lieu que tout le monde coure après lui, mais elle se retint. Après tout, ce n'était pas la faute de Shala si ses nerfs basculaient en mode surchauffe à la perspective de le revoir.

Malgré son agacement, elle admirait l'implication de David dans le cas de Tamika. À seulement deux semaines du rallye, on aurait pu penser qu'il serait trop occupé pour se déplacer. Elle aurait juste voulu que sa venue ne lui donne pas l'impression d'être sur des sables mouvants.

Dieu merci, elle avait un peu de temps avant leur rencontre, et si elle se débrouillait bien, ils ne passeraient pas de temps seuls auparavant ni après.

Reculant dans son siège, elle s'efforça de contrôler sa respiration et son pouls, déconcertée.

Elle n'avait jamais été du genre à être tourneboulée pour un homme. Même jeune, son approche du sexe opposé avait été plutôt prosaïque. Et désormais, loin d'être jeune, elle était dotée d'assez d'expérience pour ne pas laisser ses hormones prendre le dessus sur son cerveau. Tout cela était ridicule. Surtout à l'égard de quelqu'un qui était hors de sa portée.

D'ailleurs, dans des circonstances normales, elle aurait été informée de la décision du médecin consultant avant la réunion afin de s'y préparer, non ?

Un rapide coup d'œil à ses mails ne révéla aucun message de ce type, et parmi les notes manuscrites sur son bureau, aucune n'était de David !

Finalement, cela lui permit de se focaliser sur les mauvaises manières de David plutôt que sur ses autres attributs plus attrayants. Pourtant, il lui fallut un gros effort pour se calmer et commencer réellement à travailler.

À ce moment-là, Shala l'appela depuis la réception.

— Madame Sterling, le Dr Kennedy demande s'il pourrait vous parler ?

Une heure avant la réunion avec les Watkiss, il daignait enfin l'informer de ce qu'il se passait. Il était temps !

— Oui, répondit-elle, la main crispée sur le combiné, attendant que Shala lui passe la communication.

Lorsque le téléphone émit un déclic comme si l'appel était coupé, elle pensa que Shala l'avait déconnectée par accident. Elle n'était pas du tout préparée à voir sa porte s'ouvrir et David Kennedy entrer dans son bureau !

Il était visiblement en train de téléphoner sur son portable, mais pas avec elle.

— Une seconde, dit-il à son correspondant. Excusez-moi, madame Sterling, ça ne vous ennuie pas que je termine ma conversation ici ?

— Heu, non, répondit-elle, se sentant idiote d'être surprise avec le combiné toujours en main. Vous voulez que je vous laisse tranquille ? ajouta-t-elle en le reposant.

— Non, je vous remercie, murmura-t-il.

Manifestement préoccupé, il se dirigea tout droit vers la fenêtre et retourna à son appel.

Au moins, cela permit à Val de l'observer librement.

Il paraissait différent, mais elle mit quelques instants à comprendre pourquoi.

Il avait l'air un peu débraillé, contrairement à son habituelle élégance vestimentaire impeccable. Au lieu d'un costume, il portait un pantalon de ville et une chemise bleu clair aux manches retroussées révélant de puissants avant-bras. Pendant qu'elle regardait, il tira d'un coup sec empreint d'agacement sur le nœud de sa cravate.

— Je ne serai pas à Londres ce jour-là, comme vous le savez

déjà, rétorqua-t-il avec froideur. Je serai à Edimbourg pour la réunion des pilotes avant le début du rallye.

À la réponse de son interlocuteur, ses yeux s'étrécirent et ses lèvres se serrèrent en une ligne dure.

— J'ai bien peur que vous ne soyez pas au courant des statuts qui régissent la question. Parmi les rares raisons retenues pour convoquer une réunion extraordinaire du conseil, votre malaise ne figure pas. La seule alternative serait une majorité supérieure aux deux tiers des membres acceptant de se réunir, et vous *ne l'obtiendrez pas* !

Alors que son langage corporel trahissait la tension et la colère, sa voix était si contrôlée que l'emphase mise sur les derniers mots claqua comme un fouet, la faisant sursauter.

Elle aurait pu être désolée pour l'autre personne sauf que, elle le sentait, la colère contrôlée de David cachait autre chose. De la peur ?

Tout en écoutant en silence ce que disait l'autre personne, il tapa légèrement la fenêtre du poing, ce qu'elle interpréta comme une preuve supplémentaire de sa fureur contenue.

— Si vous avez envie de gaspiller du temps à saboter le rallye, à causer de l'embarras et à faire perdre à la fondation encore plus d'argent que vous m'accusez de gaspiller, je vous souhaite bonne chance. J'ai rendez-vous avec une patiente. Au revoir, Malcom.

Il coupa la communication et fourra le téléphone dans sa poche, mais il ne se retourna pas. Il resta un moment devant la fenêtre, les yeux dans le vague, les épaules prostrées comme s'il était assailli de pensées désagréables.

Enfin, il pivota sur ses talons et demanda :

— Et vous, comment se passe *votre* journée ?

D'un coup, elle ne vit plus que la lassitude dans son attitude résolument souriante, et elle se sentit fondre.

— Mieux que la vôtre, j'ai l'impression, répondit-elle d'un ton plus gentil que d'ordinaire.

La bonne humeur de David s'effaça. Il secoua la tête et vint s'affaler sur le siège visiteur.

— Un des administrateurs de GDK essaye de semer le trouble et de faire du rallye un fiasco médiatique. S'il le pouvait, il ferait annuler la manifestation.

Surprise tant par ce propos que par sa franchise, elle sursauta.

— Pourquoi ferait-il une chose pareille ? Cela ruinerait ou desservirait au minimum la réputation de la fondation.

David semblait toujours en colère, mais surtout épuisé.

— Il trouve que l'argent que nous dépensons pour le rallye est un gâchis, qu'il serait plus utile ailleurs.

— Il ne sait pas que l'argent qui a servi à monter la fondation était le vôtre ? objecta-t-elle.

Il lui jeta un regard appuyé, comme s'il réfléchissait à ce qu'il allait dire, puis il soupira lourdement.

— J'ai veillé à établir la fondation de manière à ce que, quoi qu'il m'arrive, elle continue de fonctionner sous la direction du conseil d'administration sans en être affectée. J'ai proposé à Sir Malcom Hypolite d'y siéger, sachant qu'il avait été très impliqué dans la recherche sur la transplantation cardiaque par le passé. Hélas, j'ignorais qu'il avait été un bon ami de Sir Arthur Knutson…

Il hésita un instant, les yeux baissés sur ses mains.

— Mon père. Même après quinze ans, Malcom semble toujours penser que l'argent de la fondation appartient à Sir Arthur et que je suis une sorte d'usurpateur qui n'avait que peu ou pas de droit sur ces fonds.

Il le dit avec désinvolture, mais elle était désormais capable de voir, au-delà du masque qu'il arborait habituellement en sa présence, l'homme qui avait enduré plus que la plupart des gens ne pouvaient l'imaginer. Elle se surprit à vouloir détendre l'atmosphère.

— Quinze ans, vous dites ? Apparemment, Sir Malcom n'apprend pas vite, hein ?

L'éclat de rire de David la rendit ridiculement heureuse.

La dernière chose à laquelle David s'était attendu ce jour-là était d'avoir un moment de légèreté avec Val Sterling. Il avait été tour à tour en colère contre elle et contre lui-même. Car, dans des circonstances normales, ce voyage à Liverpool n'aurait été rien de plus qu'une conférence téléphonique. Pourtant, il était là, tout ça parce qu'il n'arrivait pas à se sortir de la tête la femme assise en face de lui.

Au milieu de tout ce qu'il avait à faire, penser constamment à Val avait fait grimper en flèche son niveau de stress. Même si elle lui avait déjà dit qu'elle ne sortirait pas avec lui, et sachant qu'il n'avait pas le temps de faire quoi que ce soit contre cette attirance, il devait la revoir.

Essayer de se convaincre d'attendre le rallye n'avait pas marché. Pas plus que les dernières longues journées de travail qui auraient dû le laisser trop fatigué pour envisager de faire les trois heures de route qui séparaient son domicile dans l'Oxfordshire de l'hôpital St Agnes. Même les innombrables tâches qu'il aurait pu accomplir durant le temps de ce trajet semblaient moins importantes.

Tout ce qu'il voulait, c'était revoir Val, un besoin qui le faisait se sentir ridiculement puéril.

Ainsi, au lieu de se concentrer sur le Rallye du Don et sur le million d'autres questions à régler, il était assis dans son bureau, à se délecter de son sourire et à lui parler de choses dont il ne discutait normalement avec personne.

Il y avait chez elle quelque chose de si honnête et direct qu'il lui faisait instinctivement confiance.

En réponse à sa pique sur Malcolm, il répondit :

— Il n'apprend pas vite, et il est tenace.

— Alors là, fit-elle, toujours souriante, « tenace » est synonyme de « buté ». Quinze ans, c'est long, même pour la ténacité. Il devrait être passé à autre chose, maintenant.

David sentit le stress dans ses épaules s'alléger.

— C'est ce qu'on pourrait penser, oui. Après que j'ai été informé de l'héritage, ma mère a essayé de me prévenir que cela pourrait arriver, à sa manière euphémique.

— Ah oui ? Qu'est-ce qu'elle a dit ?

— « Chéééri, il y a peut-être des gens qui seront un tantinet contrariés quand ça se saura. »

Val pouffa, sans qu'il sache si c'était à cause des mots de sa mère ou de son imitation.

— Votre mère est une experte de la litote, je vois.

— Ma mère n'aime pas discuter de ce qu'elle juge « incommodant ». Elle préfère le sourire et les éclats de rire.

L'ancienne amertume était toujours là, tempérée par la vie et le temps écoulé, mais nullement disparue.

Val sembla le percevoir. Elle inclina un peu la tête, ses yeux remarquables fouillant son regard comme s'ils cherchaient un passage vers son âme.

— Vous ne vous entendez pas avec votre mère ?

Normalement, il aurait arrêté la conversation bien avant ce point, s'abritant derrière les barrières qu'il utilisait pour préserver sa vie privée et sa fierté. Mais curieusement, là, il fut assez à l'aise pour répondre.

— Notre relation est cordiale, mais ça n'a plus jamais été pareil depuis que la vérité sur mon père a été révélée.

— Pourquoi ? demanda-t-elle, sourcils froncés.

Il hésita. Il n'avait jamais parlé à personne de la période suivant l'annonce par les avocats qu'il héritait de la fortune considérable de Sir Arthur. Sous le choc, et toujours effondré par la mort de Georgie, il était allé voir sa mère en quête de clarté et de réconfort, et il avait appris des choses encore plus choquantes.

— J'étais furieux de découvrir qu'elle était restée en contact avec Sir Arthur pendant toutes ces années sans me le dire, même une fois devenu adulte…

La froideur revenait dans son ton, mais un barrage s'était rompu en lui, et il semblait ne pas pouvoir s'arrêter de parler.

— Quand j'étais enfant, je l'interrogeais sur mon père, et elle disait des trucs comme « ne te soucie pas de lui » ou « il n'a pas d'importance » ou « je ne te suffis pas ? », me culpabilisant pour que je ne pose plus de questions.

— Vous ne vous êtes jamais demandé pourquoi ?

Si Val avait paru désolée pour lui, ou même trop curieuse, il aurait eu un motif d'arrêter, mais sa voix était calme.

— J'ai pensé qu'il était une sorte de gangster et qu'elle avait peur. Ou, quand j'ai grandi et remarqué qu'elle ne restait jamais longtemps avec un homme, je me suis dit qu'elle ignorait qui était mon père ou que j'étais le fruit d'une agression. Découvrir qu'elle était en contact permanent avec l'homme qui m'avait engendré et qu'elle ne me permettait pas de le rencontrer…

Il lui était impossible de dire combien cela avait été douloureux, ni que, même maintenant, le simple fait d'en parler ouvrait un vide froid dans son ventre.

— Elle vous a expliqué pourquoi ?

— Comme je l'ai dit, elle n'est pas du genre à parler de ce qui est désagréable.

— Vous pensez vraiment que c'est ce qui l'en empêchait ?

— Non. Je pense qu'elle protégeait Sir Arthur. Sa réputation, son statut dans la société.

Val se pencha en avant et le fixa, le regard songeur.

— Quoi ? demanda-t-il, gêné de ce silence. Si vous hésitez à dire ce que vous pensez, crachez le morceau.

— Je me demandais juste si vous n'aviez pas tout compris à l'envers, dit-elle lentement, et que la personne que votre mère essayait de protéger, c'était vous.

Val sentit ses joues prendre feu alors que David la dévisageait comme si elle l'avait giflé. Elle poursuivit néanmoins.

— Réfléchissez à ce que vous avez subi après la nouvelle que Sir Arthur était votre père et qu'il vous laissait tout son argent et ses biens. Sa famille a entrepris de vous calomnier, votre mère et vous. Vous pensez qu'il en aurait été autrement quand vous étiez enfant ?

— Je ne sais pas, répondit-il à sa manière froide qui ne la dupait plus. Mais elle aurait pu me le dire à tout moment entre mon enfance et son décès.

— Nous sommes parents tous les deux, riposta Val, le cœur serré, et nous savons à quel point c'est un métier difficile. Encore plus quand on est parent isolé, confronté à d'innombrables décisions qui vont impacter nos enfants.

L'expression de David s'adoucit, et il hocha la tête.

— Pas faux. Après la mort de ma femme, je remettais tout en question, me demandant sans cesse si je faisais la bonne chose pour Josh.

— Exactement. En élevant mes garçons après que leur père nous a quittés, j'ai été confrontée à un dilemme déchirant : que devais-je leur dire à propos de leur père quand il avait fait quelque chose de blessant ? Comment réagir quand ils seraient bouleversés parce qu'il avait manqué à sa parole ? Ou leur expliquer pourquoi il était parti sans le faire passer pour une personne horrible ?

David ouvrit la bouche pour répondre, mais elle leva la main, indiquant qu'elle n'avait pas terminé.

— Pensez à quel point les gens sont plus tolérants aujourd'hui vis-à-vis des relations mixtes et des bébés nés hors mariage qu'il y a une cinquantaine d'années, quand vous êtes né. Imaginez votre mère se demandant quelles conséquences la révélation de votre paternité pourrait avoir sur sa carrière et comment cela pourrait vous affecter tous les deux à court et à long terme. Peut-être que, à l'époque, votre père se posait aussi des questions sur sa carrière. Certes, il venait d'une famille aisée, mais d'après ce que j'ai compris, il avait aussi tracé son propre chemin dans la vie. Il s'est peut-être dit que vous seriez mieux sans qu'il vous reconnaisse de son vivant, et au moins il a reconnu sa paternité quand il est mort.

David remua les épaules, l'air contraint.

— Tout ça, c'est bien beau, mais j'aurais préféré le connaître tant qu'il était vivant, même un peu. J'étais prêt à refuser l'héritage, à laisser ses nièces et neveux le toucher, mais j'étais trop furieux, surtout quand ils ont commencé à nous calomnier, ma mère et moi. Comment tout cela pourrait-il être meilleur que si mes parents avaient été honnêtes dès le début ?

Elle hocha la tête, compréhensive.

— Je ne peux pas deviner ce qu'il se passait dans la tête

de vos parents. Et si votre mère ne veut pas en parler, vous ne connaîtrez peut-être jamais la vérité non plus. Mais vous ne croyez pas qu'il est temps de classer cette partie de votre vie plutôt que de la laisser fausser votre relation avec elle ? Ayant perdu ma mère il n'y a pas si longtemps, mon conseil est de chérir le temps qu'il vous reste, et que Josh et vous profitiez pleinement d'elle tant que vous le pouvez.

— Josh a une excellente relation avec elle. Ce n'est pas comme si nous étions toujours en train de nous disputer…

Il devint silencieux, et elle le laissa à ses pensées, espérant qu'il réfléchissait à ce qu'elle avait dit. Ayant perdu son père très tôt et s'étant occupée de sa mère durant une longue maladie, elle connaissait la valeur de la famille. Même si elle avait été blessée que Liam s'en aille vivre chez Des, elle maintenait du mieux possible le contact avec son plus jeune fils. Pas question de perdre le lien, même tendu.

— Pourquoi est-il parti ?

— Pardon ? bredouilla-t-elle, stupéfaite.

— Votre mari. Pourquoi est-il parti ?

Elle faillit lui dire de se mêler de ses affaires, mais lâcha :

— Ma mère avait une sclérose en plaques et ne pouvait plus rester seule. Je voulais qu'elle vienne vivre chez nous, et Des a déclaré que c'était elle ou lui. La décision aurait pu être plus difficile à prendre, mais bien que mon ex-mari prétende être un père de famille accompli, une fois qu'il a montré son vrai visage, ç'a été facile. Au lieu que maman vienne chez nous à Newcastle, j'ai embarqué les garçons et emménagé avec elle en Écosse, où on a vécu jusqu'à sa mort, il y a huit mois.

— Toutes mes condoléances, dit David d'un ton sincère. Emma a mentionné que vous vous êtes occupée de son père avant son décès, et je supposais que c'était dans un hôpital ou un établissement de soins de longue durée. Maintenant, je me demande comment vous avez réussi à cumuler vos fils, votre mère et un travail à temps plein.

— J'ai quitté mon emploi à l'hôpital quand maman a eu besoin de soins supplémentaires, et j'ai fait du service à la personne, ce qui m'a permis d'avoir des horaires flexibles. M. Owen était un de mes patients, un homme charmant. On parlait de toutes sortes de choses. Il était archéologue, avait voyagé et adorait les voitures. Mon frère aime tout ce qui possède un moteur, on avait ça en commun aussi.

— Voilà pourquoi Emma vous a invitée à être son copilote dans le rallye. Vous avez hâte d'y être ?

Une conversation décontractée, mais avec un courant sous-jacent qui faisait fourmiller la peau de Val et revenir au premier plan l'attirance qu'elle ressentait pour lui.

— Oui. J'avais envie d'un peu d'aventure, ça tombe à pic.

Étrange comme son cerveau, clair l'instant d'avant, se brouillait de sorte qu'elle ne contrôlait pas ce qu'elle disait.

David baissa les paupières comme un écran sur l'expression de ses yeux.

Elle sentit son pouls s'accélérer et frissonna, certaine que cet homme pouvait lui faire perdre les pédales sans même essayer.

Si elle le permettait !

Heureusement, le téléphone sonna sur son bureau.

— Oui, Shala ?

— Le Dr Laghari demande à vous parler.

— Passez-le moi, dit-elle, ajoutant à l'attention de David : c'est le Dr Laghari. Il veut sans doute savoir si je connais votre décision au sujet de Tamika.

— Si ses parents sont d'accord, je pense qu'elle est une bonne candidate pour la liste d'attente.

Elle tenta de contenir sa joie en professionnelle, mais elle sut qu'elle avait échoué quand David lui sourit en retour.

David regardait Val parler au téléphone avec le Dr Laghari, ses pensées dirigées non pas sur la patiente qui l'avait amené ici mais sur leur dernière conversation.

Qu'y avait-il chez elle qui le poussait à se confier ainsi ? Et comment était-elle capable de couper court à des années de colère, de douleur et de ressentiment avec ce bon sens dont il avait manqué dès le départ ?

Sa seule excuse était qu'il avait été au cœur de tout cela et qu'il avait fonctionné ces dernières années uniquement sur le besoin de survivre et de prendre soin de Josh. La rage et le chagrin l'avaient aidé à traverser ces épreuves, et, quelque part, il avait oublié de s'en détacher. Maintenant, c'était comme s'il était libéré d'un fardeau qu'il n'avait même pas eu conscience de porter, et il le devait à Val.

Elle raccrocha, et il vit qu'elle avait repris son masque professionnel, rapprochant le dossier sur son bureau et posant la main dessus. Mais il n'était pas encore prêt à laisser tomber l'intimité qu'ils venaient de partager.

— Merci, dit-il avant qu'elle ne puisse parler.

— Pour ? demanda-t-elle, les sourcils haussés de surprise.

— Pour être si sensée et m'avoir montré que j'étais aussi mauvais que Malcolm en gardant une rancune que j'aurais dû abandonner il y a longtemps.

Elle haussa les épaules et baissa les yeux mais ne put cacher ses joues rougissantes.

— Je vous en prie. Je pense que vous auriez fini par le découvrir vous-même.

— Vous êtes trop gentille. Après avoir dit que Malcolm apprenait lentement, je me serais attendu à la même critique.

Il rit un peu, mais quand elle leva les yeux avec un léger sourire, il fut surpris de les découvrir brillants de larmes.

— C'est plus difficile de voir cela quand on est en plein milieu, dans la souffrance. La succession de votre père ne regarde pas Sir Malcolm. Cet homme est une plaie, donc une souffrance à sa manière.

Il ne put s'empêcher de rire et se réjouit de la voir rire aussi. Puis, voulant tester les limites de cette nouvelle phase de leur relation, il osa :

— Je sais que vous ne voulez pas être vue avec moi, mais j'aimerais vous voir en dehors de l'hôpital.

S'attendant à un nouveau refus, il fut étonné qu'elle rougisse à nouveau.

— Je ne pense pas que ce soit une bonne idée, répliqua-t-elle, avec un manque de conviction qui lui donna un sentiment de triomphe.

— Réfléchissez-y. Et faites-moi savoir si vous êtes intéressée par un autre type d'aventure. Pas de pression, poursuivit-il devant son air soudain fermé. De toute façon, je dois rentrer dans l'Oxfordshire après la réunion.

— Vous savez que vous auriez pu organiser une conférence téléphonique au lieu de faire tout ce trajet, hein ?

— Oui. Mais je voulais vous revoir.

Ses yeux s'arrondirent et s'assombrirent, et à cet instant il aurait voulu l'embrasser plus que tout au monde. Mais elle détourna le regard, consulta sa montre et s'humecta les lèvres avant de dire d'une voix sans doute plus brusque qu'elle ne l'aurait souhaité :

— Les Watkiss ne vont pas tarder à arriver.

Il soupira et rajusta sa cravate, relevant son col de chemise pour s'assurer qu'elle était bien centrée, tandis que Val se levait pour aller vers son meuble de classement.

— Votre col rebique sur le côté, fit-elle en revenant.

— Celui-là ? demanda-t-il, tripotant son col.

— Non. Attendez, laissez-moi faire.

Et Val fut près de lui, ses doigts lui effleurant le cou alors qu'elle redressait le col.

Impulsivement, il les saisit et les porta à ses lèvres.

Sa main trembla dans la sienne, et le petit hoquet qu'elle laissa échapper s'avéra incontestablement de plaisir et non de réprimande, et elle ne recula pas.

Alors il embrassa chacun de ses doigts, puis sa paume de main.

La lâcher fut la chose la plus difficile qu'il se rappelle avoir fait de toute éternité.

— Pensez-y, répéta-t-il, les yeux sur son visage extatique, la voix rauque de désir. Je vous en prie.

Il dut en rester là, car le téléphone de Val sonna, et elle se hâta de retourner de l'autre côté du bureau tandis qu'il tentait de calmer son cœur et de remettre sa casquette de médecin avant l'arrivée de la patiente et de sa famille.

5.

Val eut du mal à reprendre son souffle et ses esprits avant l'entrée de la famille Watkiss dans son bureau.

David l'avait totalement embrasée avec le plus léger des contacts physiques – ses lèvres sur sa main.

« Pensez-y. »

Ces mots résonnaient dans sa tête au point de devenir insupportables, car elle savait qu'elle ne penserait qu'à ça durant un très long moment.

La tension qui couvait entre eux était à la fois sexuelle et plus profonde, et cela la terrifiait. Ce qui mijotait entre eux ne pouvait pas durer, elle ne le permettrait pas.

Prise d'une curiosité avide, elle avait lu sur Internet tout ce qu'elle pouvait trouver sur sa vie. Cela avait été éclairant et un peu intimidant, et certains points l'avaient marquée.

D'abord, la peine et le chagrin qu'il avait endurés, ce qu'il avait confirmé lors de leur discussion. Aucune somme d'argent au monde ne peut compenser le fait de ne pas connaître son père, de perdre sa femme si jeune, ou d'être distant de sa mère. Elle avait aussi du mal à appréhender la bulle médiatique dans laquelle il baignait depuis son héritage.

Si cela ne semblait pas le déranger, elle, l'idée d'être sans cesse sous des regards indiscrets l'emplissait d'horreur. Elle avait appris à ses dépens ce qu'il arrive quand une relation se brise et que des étrangers s'impliquent. Le quartier de Newcastle où ils vivaient durant son mariage était comme un village dans la ville. On aurait dit que, avant même que Des et elle aient décidé de se séparer, tout le monde en parlait et prenait parti. La fierté lui avait dicté de ne dire à personne ce qu'il se passait, mais Des, dépourvu de ce scrupule, l'avait fait passer pour la méchante. Partir avait été un soulagement, ne serait-ce que pour s'éloigner des mauvaises langues. Que le père de ses enfants répande des mensonges sur elle l'avait traumatisée et rendue méfiante. Ç'aurait été encore pire si elle avait été avec une personnalité en vue comme David Kennedy. Elle n'avait pas besoin de cette complication.

Mais vu la manière dont son corps renaissait en sa présence, lui rappelant qu'elle était naguère une femme sensuelle avec des désirs, s'il lui proposait une liaison sans engagement ? Eh bien, songea-t-elle avec un petit frisson de convoitise, elle l'envisagerait certainement.

Si quelqu'un avait suggéré, une semaine plus tôt, qu'elle se livre à une rencontre torride, elle aurait ricané. Non qu'elle n'aimât pas le sexe. Elle avait beaucoup aimé ça avant que les pressions de la vie ne le lui fassent paraître sans intérêt. Mais à présent, elle s'y adonnerait volontiers avec David Kennedy. Rien que d'y penser, elle s'agitait, et elle dut se forcer à porter son attention sur la réunion imminente.

La consultation avec la famille Watkiss se déroula mieux qu'elle ne l'espérait. Il apparut rapidement que Tamika et ses parents avaient enfin parlé à cœur ouvert et se trouvaient sur la même longueur d'onde. Quand David recommanda que Tamika figure sur la liste d'attente, tous trois acquiescèrent, et Ricardo ajouta :

— Faites-le. On prendra les choses au jour le jour.

L'appréhension habitait toujours son regard, mais il tenait la main de sa femme, laquelle essuya ses yeux humides tout en affichant un sourire radieux.

— Docteur David, dit Tamika d'un ton trop sérieux et trop mûr pour son âge, je voudrais donner un coup de main au Rallye du Don. Je pense qu'on devrait m'interviewer, pour que les gens voient la vraie diversité de ceux qui ont besoin de greffe. C'est un des buts de votre rallye, pas vrai ?

— Tout à fait ! Bravo ! Mais tu es sûre de vouloir faire ça ? Crois-moi, être sous les projecteurs n'est pas toujours une bonne chose.

— Je me fiche de qui sait ce qu'il m'arrive, mais vous avez dit à la télé que les communautés minoritaires doivent se rendre compte que beaucoup des leurs ont besoin de greffe. Vous avez déjà quelqu'un d'origine caribéenne dans votre documentaire ?

— Je ne pense pas. Je vais vérifier auprès des producteurs.

— Eh bien sinon, je le ferai, moi.

— Je t'en reparlerai. Mais souviens-toi que participer au documentaire n'améliore pas forcément tes chances de trouver un donneur.

— Vous m'avez déjà dit que mes chances sont minces, rétorqua Tamika, mais je n'arrête pas de penser qu'un tas d'autres gens comme moi sont dans le même bateau, vous voyez ? Des gens venus d'ailleurs et qui ont besoin que leur communauté s'implique.

Ensuite, avec ce petit sourire canaille qui ne manquait jamais d'attendrir Val, Tamika ajouta avec espièglerie :

— Et puis, je suis mignonne et encore une enfant. Les gens sont gaga des gosses mignons, non ?

David éclata de rire.

Ensuite, les Watkiss prirent congé, et Val les raccompagna, annonçant qu'elle leur enverrait des papiers à signer. Mais son esprit détalait déjà vers David, qui n'avait pas fait mine de quitter son bureau.

Quand elle referma la porte, elle hésita un instant, inspirant à fond avant de lui faire face. Et ses poumons se vidèrent aussitôt de tout l'air qu'ils contenaient.

Son regard voilé était de retour. Ce regard qui rendait ses genoux flageolants et faisait tourbillonner dans sa tête toutes sortes de pensées érotiques.

— C'est fou, laissa-t-elle échapper sans le vouloir.

— Je suis d'accord, répliqua-t-il d'une voix basse et grave. On ne peut pas nier qu'il se passe quelque chose entre nous, et je ne suis pas sûr de savoir quoi faire…

Il exprimait du désir, de la confusion, et ce qu'elle ne pouvait interpréter que comme de la frustration.

Cela la poussa à traverser la pièce avant d'y réfléchir sérieusement. Puis ce fut trop tard, car il la prit dans ses bras, sa bouche fut sur la sienne, et il n'y eut plus de place que pour la sensation.

Elle s'attendait à une certaine férocité. Après tout, l'attirance entre eux était explosive. Mais au contraire, David semblait en quête de sa complicité totale et indéfectible. Goûtant, explorant ses lèvres jusqu'à ce que tout son être se concentre sur l'endroit où leurs bouches se joignaient. Oh ! Elle était pleinement consciente de la force de ses bras, de la longueur mince et dure de son sexe, de son odeur qui lui emplissait la tête, mais son baiser lui coupa le souffle. Il fit craquer ses inhibitions puis les réduit à rien, de sorte que ce fut elle qui approfondit leur baiser et l'attira plus près dans un désir toujours plus grand.

Quand son téléphone sonna, il lui fallut un moment pour savoir ce que c'était et toute sa force pour ne pas l'ignorer.

David la lâcha, et ils échangèrent un court regard.

Il était aussi essoufflé qu'elle, et le feu du désir dans ses yeux la fit frissonner. Elle s'éloigna à contrecœur.

Le temps qu'elle termine son appel, elle sut à sa mine sombre que l'interlude était terminé.

— Val, dit-il, avec le rallye et tout ce qu'il se passe en ce moment, je n'ai pas le temps que vous méritez que je vous donne. Je dois y aller.

Elle acquiesça comme si ça n'avait pas d'importance, tout en pensant à part elle qu'elle prendrait tout ce qu'il voudrait bien lui donner et en se méprisant de le penser.

— Ne faites pas ça.

— Quoi ?

David contourna le bureau, fit pivoter sa chaise pour qu'elle lui fasse face et se pencha pour qu'ils soient nez à nez.

— Ne prétendez pas que vous n'étiez pas dans mes bras à l'instant, vos délicieux petits sons de gorge m'ensorcelant pendant que nous nous embrassions.

Elle hoqueta devant le regain d'excitation que suscitaient ces mots, son regard intense faisant flancher sa détermination à ignorer son propre désir.

— Nous ne sommes pas des enfants, Val, et je vous veux

dans mes bras, dans mon lit. Mais j'essaie de m'assurer que je peux vous traiter avec le soin et le respect que vous méritez. Et si cela signifie attendre que ma vie ralentisse, alors je suis prêt à le faire. Réticent, mais prêt.

Il était en train de la faire craquer. Elle savait qu'elle ne pouvait pas le laisser faire, mais elle ne parvenait pas à l'empêcher. Elle aurait aimé lui en vouloir, lui dire que ce n'était pas ce qu'elle souhaitait et qu'il devait partir, oublier cela, mais elle ne trouvait ni l'envie ni les mots.

Au lieu de cela, piégée par son regard, le corps bourdonnant, comme rempli de millions de volts d'électricité, elle ne pouvait que hocher silencieusement la tête. Impossible de lui dire que ses nobles intentions de gentleman pouvaient aller au diable, car s'il la voulait, elle était toute disposée.

— Quand vous me regardez comme ça…, grogna-t-il.

Il se pencha et prit ses lèvres. Pas délicatement, cette fois, mais avec une urgence impérieuse qui montrait que, quoi qu'il en dise, ils étaient en fait du même avis.

Pourtant, avant qu'elle puisse nouer ses bras autour de son cou, il s'écarta, s'éloigna d'un pas raide et déterminé.

À la porte, il se retourna pour demander :

— Je peux vous appeler plus tard ?

— Oui.

Comme si elle pouvait lui refuser quoi que ce soit, le cerveau encore consumé par l'excitation et le corps réclamant d'être rassasié !

Quand il eut refermé la porte sur lui, elle posa la tête sur son bureau, ne sachant si elle devait rire ou pleurer.

David se traîna jusqu'à sa voiture, accablé non plus de lassitude mais par l'envie de faire demi-tour et de retourner vers Val. De rester à Liverpool et de la convaincre de passer la nuit avec lui.

Mais il avait dit vrai, il n'avait pas le temps de bien agir envers elle. Il y arrivait à peine pour les choses importantes de sa vie, alors envisager une nouvelle relation…

Cela exigerait qu'il s'y engage, comme il le faisait pour tout ce qui était important dans sa vie. Mais les engagements qu'il avait déjà étaient presque trop nombreux, et s'il s'éparpillait, il risquait de craquer.

S'il avait un peu de bon sens, il tournerait carrément les talons et oublierait Valerie Sterling. Oui, ce serait la meilleure conduite à tenir, songea-t-il après un moment de réflexion. Garder sa concentration sur la fondation et son travail, c'était le plus important. Employer son énergie à une quelconque distraction pourrait tout lui coûter, et il n'était pas prêt à payer ce prix.

En traversant Liverpool, il détourna résolument ses pensées de Val pour les ramener sur le rallye. Il appela son assistante, Mme Rowland.

— Rolly. Vous avez du nouveau pour moi ?

— Oui, David. Mme Duhaney a envoyé un e-mail pour dire qu'il n'y aurait pas de réunion extraordinaire du conseil.

Il travaillait avec elle depuis assez longtemps pour percevoir la vague question dans sa voix toujours calme.

— Sir Malcolm, répondit-il succinctement.

— Eh bien, fit-elle avec un soupir de compréhension, vous pouvez mettre ça de côté pour le moment. Sinon, tous les clubs de voitures anciennes et de rallye ont soumis leurs itinéraires et leurs listes d'indices, sauf trois, et j'ai appelé les autres pour leur demander de les envoyer au plus tard d'ici la fin de la semaine. La dernière chose, c'est…

Elle continua de parler, mais la mention de Sir Malcolm le renvoya à sa conversation avec Val.

C'était étrange comme elle avait facilement remis les choses en perspective avec quelques mots et une gentille plaisanterie. D'une certaine manière, l'homme lui semblait à présent moins menaçant, même si rien n'avait changé.

Hormis ces moments intimes où il s'était ouvert à Val.

Des moments intimes.

Aussitôt, son esprit passa à Val dans ses bras, à ses doux seins ronds contre sa poitrine, à ses lèvres s'ouvrant sous sa langue, à l'exquise succion de sa bouche qui avait provoqué un court-circuit dans son cerveau. Il ne se souvenait pas avoir été aussi excité, aussi rapidement. Comme si sa bouche contenait un aphrodisiaque qui se précipitait dans ses veines.

Il avait voulu l'attirer plus près encore, si près qu'ils ne pourraient être plus proches qu'en étant nus. Il s'était imaginé ce que ce serait de caresser ses fesses et de la soulever, pour qu'elle imagine comment ce serait si elle lui ouvrait les jambes et l'accueillait au plus profond de son corps.

Avait-elle éprouvé la même ardeur, le même désir ?

— Alors, qu'est-ce que vous préférez, David ?

La voix de Rollie l'arracha à son rêve érotique, et il se trouva désorienté, dans un état d'excitation indescriptible.

Il n'avait pas entendu un mot de c e qu'elle avait dit.

— Faites ce que vous pensez le mieux, Rolly.

— Pardon ? balbutia-t-elle après un silence stupéfait.

— Décidez et dites-le-moi. Vous et moi, nous travaillons ensemble depuis plus de cinq ans, et il n'y a personne en qui j'aie plus confiance que vous pour faire ce qui convient.

Elle bredouilla une réponse confuse, qui évoquait sa nécessité constante de maîtriser le moindre détail.

Il raccrocha.

Cela donnait à réfléchir. Il s'était toujours assuré que tous ceux qui travaillaient avec lui sachent qu'il ne leur demanderait jamais de faire quelque chose qu'il ne ferait pas lui-même. Mais ça, c'était différent. Au cours de la dernière décennie, il avait pris de plus en plus de responsabilités et délégué de moins en moins.

Était-ce ce que Josh avait essayé de lui faire remarquer en lui demandant s'il avait l'intention de ralentir ? Pourquoi se posait-il soudain ces questions au lieu de se concentrer sur le Rallye du Don et toutes ses autres responsabilités ?

Mais il savait.

— Bon sang, Valerie Sterling. Je n'ai pas de temps à vous consacrer en ce moment, et je n'en aurai peut-être jamais.

Pourtant, même en disant cela tout haut, il percevait que c'était faux, et il se demandait à quoi il s'attaquerait ensuite. Car ne rien faire, ça ne marcherait probablement pas pour lui.

6.

N'ayant pas d'autres rendez-vous ce jour-là, Val rentra chez elle plus tôt. Durant le trajet en bus, elle tenta en vain de ne pas penser à ce qu'elle avait ressenti dans les bras de David.

Leur baiser l'avait projetée dans une confusion érotique, et elle se demandait où avait disparu la femme pragmatique et réfléchie qu'elle avait cru être.

Autrefois, le sexe avait été amusant, mais à la fin de son mariage, il s'était transformé en une routine terne qu'elle initiait rarement, voire jamais. Des ne lui avait pas manqué après leur séparation. Par la suite, elle avait été trop épuisée par le travail, les enfants, les soins à sa mère et les tâches ménagères pour vouloir autre chose que dormir. Avec le temps, le désir s'était estompé.

Pourtant, d'un seul baiser, David Kennedy avait réveillé sa sensualité.

Elle frissonna, le corps brusquement en feu, mortifiée de laisser ce souvenir remonter à la surface. Il avait dû la prendre pour une bête affamée d'amour à la façon dont elle s'était collée à lui, comme pour se fondre dans son corps. S'il lui avait ôté ses vêtements, elle n'aurait rien fait pour l'en empêcher. En réalité, elle l'aurait aidé avec enthousiasme.

Ce constat devrait être choquant, mais elle n'arrivait pas à s'en soucier. Après tout, cela ne se reproduirait probablement pas. David n'avait-il pas dit qu'il n'avait pas de temps à lui consacrer ? Au moins, à cet égard, il s'était montré honnête, même si ça n'empêchait pas les mots de faire mal.

En marchant jusqu'à chez elle, elle songea avec amertume que ce serait plus facile s'il n'était qu'un homme beau et sexy. S'il avait continué à se présenter de cette manière froide et arrogante, elle aurait écarté son pouvoir de séduction comme ne valant pas la peine d'y penser. Au lieu de cela, chacune de leurs rencontres lui avait révélé des facettes différentes de sa personnalité, toutes plus fascinantes et attirantes les unes que les autres.

Elle entra dans la maison et gagna le salon. Par habitude, elle alluma la télévision, le bruit de fond brisant le silence de la solitude.

Dans la cuisine, elle posa son sac à main avant d'ouvrir le réfrigérateur, mais ne vit rien dont elle ait vraiment envie.

La transition entre cuisiner pour quatre puis pour trois, puis bien trop rapidement pour elle seule, n'avait pas été facile. Certains jours, la simple pensée de préparer quelque chose l'épuisait, et elle devait se forcer pour le faire.

Un après-midi tel que celui-ci, comment ne pas souhaiter avoir quelqu'un d'autre avec qui partager le reste de la journée avant d'aller se coucher ? C'était surprenant de mesurer que, jusqu'à ce que David la prenne dans ses bras, un corps chaud à ses côtés la nuit ne lui avait pas manqué.

Assez ! il fallait qu'elle arrête de se pâmer pour un homme qu'elle connaissait à peine.

Fâchée contre elle-même, elle monta dans sa chambre et prit une douche rapide. Après s'être essuyée, elle se rendit compte qu'elle avait oublié son peignoir et, nue, regagna sa chambre pour le récupérer. Devant le miroir en pied fixé au mur, elle fit un bilan de son corps pour la première fois depuis des années.

Ce n'était pas si mal, jugea-t-elle, en se tournant dans un sens puis dans l'autre. Elle n'avait jamais été filiforme. Ses seins étaient volumineux, ses hanches larges et ses fesses pleines, le tout un peu plus que quand elle était jeune. Mais rien ne s'affaissait horriblement, et son mode de vie actif lui permettait de rester souple et tonique. Bien sûr, elle ne put s'empêcher de remarquer les imperfections – les ombres argentées des vergetures, les rides ici et là, À quarante-cinq ans, pourquoi s'en souciait-elle ? Elle n'avait jamais été canon. En fait, bien souvent dans sa jeunesse, les compliments avaient été plutôt ambigus. Elle avait même été qualifiée plus d'une fois de fille

« effacée », terme généralement suivi d'un commentaire lénifiant sur le charme de sa personnalité.

Mais elle était certaine que la personnalité ne suffisait pas à intéresser un homme comme David Kennedy. Elle avait vu moult photos de lui avec une femme superbe à son bras…

Cela ne voulait pas dire qu'elle ne connaissait pas sa propre valeur en tant que femme. Ses parents l'avaient élevée pour qu'elle soit indépendante, qu'elle se batte pour mener la carrière qu'elle voulait. Si on le lui demandait, elle admettrait être fière de ce qu'elle avait accompli dans la vie, mais elle ne pouvait en aucun cas rivaliser avec les femmes grandes et minces que David fréquentait, et ce n'était pas un baiser qui y changerait quoi que ce soit.

L'excitation érotique, c'était bien beau, mais le plus important, c'était que son corps n'ait pas – pas encore – commencé à la trahir.

Se détournant du miroir, elle prit son peignoir et l'enfila.

Quarante-cinq ans, ce n'était pas vieux comme semblaient le penser ses fils, mais c'était quand même un âge mûr. Elle s'était inscrite au rallye parce qu'elle voulait de l'aventure, et elle ferait en sorte d'en profiter.

Elle s'apprêtait à redescendre dans la cuisine, quand son téléphone sonna.

Dr David Kennedy.

Elle fixa le nom affiché, le cœur aussitôt en effervescence, les mains moites et les genoux en compote.

— Allô ?

Au moins était-elle assez adulte pour garder une voix normale.

— Je voulais encore vous remercier.

— De quoi ? demanda-t-elle, stupéfaite.

— De ce que vous avez dit tout à l'heure à propos de ma mère. J'ai boudé comme un enfant alors que j'aurais dû laisser tomber il y a longtemps.

Il utilisait ce ton laconique qui lui était propre, mais elle n'était pas dupe.

— Qu'est-ce que vous comptez faire de cette nouvelle révélation ? s'enquit-elle, curieuse de savoir s'il agirait en conséquence.

— Vous êtes très scrupuleuse, hein ? répondit-il avec un petit rire. Quand vous voyez un problème, vous vous mettez immédiatement à le résoudre.

— J'aime penser que j'ai un esprit logique, si c'est ce que vous voulez dire, répliqua-t-elle, un peu sur la défensive. Quel intérêt de voir quelque chose qui a mal tourné et de ne pas au moins essayer d'y remettre bon ordre ?

— Croyez-moi, si j'avais eu quelqu'un comme vous avant, les choses ne seraient peut-être pas devenues aussi mauvaises entre maman et moi. J'ai l'intention de l'appeler ce soir.

— Je me réjouis de l'entendre.

Elle était sincère. Apprendre la rupture entre David et sa mère l'avait attristée. La perte de sa propre mère avait été très dure. La sensation d'abandon, de devenir orpheline, restait présente même des mois plus tard. Si elle pouvait comprendre la colère de David de n'avoir jamais connu son père, ne voyait-il pas quel cadeau c'était d'avoir encore sa mère, vivante et en bonne santé ?

— J'aurais dû demander avant, mais j'espère que je n'appelle pas à un mauvais moment ? lança-t-il soudain.

— Pas du tout. Je sortais juste de la douche.

Le silence à l'autre bout du fil s'avéra parlant, et elle ferma les yeux, embarrassée, le visage en feu.

— Vous êtes consciente que me dire que vous êtes nue alors que je roule est un bon moyen de vous débarrasser de moi une bonne fois pour toutes, n'est-ce pas ?

— Je… Je n'ai jamais dit que j'étais nue, bredouilla-t-elle.

— Vous l'êtes ?

— Non ! Je porte un peignoir.

Le grognement sourd, féroce, qu'il émit lui donna la chair de poule et fit dresser ses mamelons.

— Et rien en dessous ?

Elle ravala un gémissement. Elle devait mettre illico un terme à cet échange. Mais elle ne le voulait pas. Ce qu'elle voulait, au contraire, c'était voir jusqu'où ça irait.

— Rien, acquiesça-t-elle, essayant de paraître détachée même si un frisson lui parcourait la peau.

Le grognement recommença, transformant les frissons en tremblement de désir incontrôlable.

— Maintenant, je veux faire demi-tour et repartir vers Liverpool, grommela-t-il, un désir si brut dans la voix que son excitation s'accrut encore.

— Pourquoi ?

Elle voulait savoir s'il éprouvait ne serait-ce qu'une fraction de ce qu'elle éprouvait.

— Parce que j'ai encore le goût de vos lèvres sur les miennes, la sensation de votre corps contre le mien. Votre odeur s'échappe de ma chemise et emplit ma tête, et je n'ai qu'une obsession : obtenir plus, beaucoup plus.

— Je ne comprends pas pourquoi ceci nous arrive, murmura-t-elle faiblement, mais je ressens la même chose.

— Est-ce que « pourquoi » compte ? demanda David de ce ton bas qui vibrait en elle tel un torrent brûlant. On ne pourrait pas juste apprécier ce qu'il nous arrive et profiter de ce cadeau inattendu ?

— Profiter ?

— Oui. Je ne sais pas pour vous, mais moi, je ne pourrais dire à quand remonte la dernière fois que j'ai ressenti ça pour quelqu'un, et je veux l'explorer davantage. Ce genre d'attirance ne se présente pas tous les jours, et je ne veux pas prendre le risque de m'éloigner et de le regretter ensuite.

Elle savait ce qu'il voulait dire. N'avaient-ils pas plus de vie derrière eux que ce qu'ils pouvaient raisonnablement espérer avoir devant ? Mais la raison principale pour laquelle elle avait refusé son invitation à dîner était toujours valable.

— Je ne suis pas prête à avoir une relation avec qui que ce soit. Et, comme je l'ai déjà dit, même si nous avons une aventure, être vue avec vous me placerait sous les feux de la rampe, ce qui ne m'intéresse pas.

Le silence qui suivit la fit retenir son souffle. Puis David lança :

— Venez passer ce week-end chez moi – sans conditions. Ça nous donnera une chance de réfléchir à ce qu'on veut faire dans un cadre privé.

Le lendemain, c'était vendredi. Ça ne laissait pas beaucoup de temps pour réfléchir. Devrait-elle y aller ?

— Vous devez être épuisé en ce moment, avec le rallye dans quelques semaines, objecta-t-elle.

— Tout roule plutôt bien. Et je pense que le personnel de la fondation peut gérer, quels que soient les imprévus. Si vous ne voulez pas conduire jusqu'en Oxfordshire, je viendrai vous chercher dans l'après-midi.

— Je conduirai, déclara-t-elle, surprise de la rapidité avec laquelle elle avait pris sa décision. Envoyez-moi juste l'adresse par texto.

— Merveilleux. J'ai hâte de passer du temps avec vous !

Le triomphe dans la voix de David était indéniable, mais elle ne réussit pas à s'en formaliser.

Avant qu'ils ne se lancent dans une autre conversation sur son degré de nudité, elle mit fin à l'appel. Puis, assise au bord du lit, elle se demanda si elle avait fait le bon choix.

Elle ne le saurait qu'après ce week-end, conclut-elle avec bon sens tandis que son pouls ralentissait enfin.

Comment vingt-quatre heures pouvaient-elles soudain lui sembler une éternité ?

7.

Quand David avait dit vivre dans l'Oxfordshire, Val avait présumé qu'il habitait près d'Oxford, ville renommée pour ses centres de recherche médicale. Cela aurait été logique vu son métier et ses intérêts. Mais un regard aux indications sur son téléphone lui apprit qu'il habitait au nord de la ville, plus près de Liverpool qu'elle ne s'y attendait.

Bouillonnante d'une excitation tempérée par une bonne dose de peur, elle avait passé les heures suivant leur conversation téléphonique tour à tour à fouiller dans sa garde-robe et à tenter de se convaincre de ne pas y aller.

En fait, elle n'avait rien à se mettre. Même ses plus jolis vêtements et sous-vêtements étaient démodés et usés.

Se rendant compte qu'elle inspectait avec soin l'état de sa lingerie, elle gloussa, se moquant d'elle-même.

David avait dit qu'il s'agissait d'un week-end sans engagement, mais si le moment était propice et qu'ils le voulaient tous les deux, elle n'aurait aucune objection à ce qu'ils deviennent intimes. L'envie de saisir la vie à deux mains, pendant que ces mains-là fonctionnaient encore comme elles le devaient la poussait à aller de l'avant. C'était, au sens propre, vivre pour et dans le présent : refuser de laisser le passé l'arrêter ou la crainte de l'avenir la dissuader de ce voyage inattendu.

Elle se précipita avant la fermeture des commerces pour acheter deux nouvelles tenues, une paire de jolies chaussures décontractées et quelques beaux sous-vêtements. Puis elle rentra laver les nouvelles culottes, pouffant malgré elle.

Elle n'arrivait pas à contrôler son excitation. Apparemment, elle se comportait comme une ado planifiant son premier rendez-vous coquin.

Et pourquoi pas ? La vie était trop courte pour qu'elle s'enlise dans la crainte de ce qu'il pouvait lui arriver. Elle s'embarquait dans l'aventure en toute lucidité, sans autre attente que de passer un bon moment avec un homme capable de l'embraser d'un seul regard.

Son bagage déjà dans la voiture, elle prit la route le lendemain juste après le travail. Elle avait prévenu David par texto de l'heure de son départ et mis sa station de radio préférée pour entreprendre le trajet de trois heures.

Le printemps flottait dans l'air, et elle se réjouissait que la pluie des semaines précédentes ait cessé. Bien qu'il lui soit difficile de ne pas penser à ce qui l'attendait, elle s'efforça de ne pas faire de plans sur la comète et de se concentrer sur sa conduite.

Suivant les indications sur son téléphone, elle traversa un village ravissant puis s'engagea dans un chemin étroit. David lui avait donné des instructions précises, et elle ralentit après un panneau, cherchant l'entrée de son allée.

Deux poteaux de pierre se profilant sur sa gauche, elle tourna, espérant être au bon endroit car elle ne voyait pas de maison ou d'autres signes de civilisation.

Elle remonta une longue allée bien entretenue entre des paddocks et des bosquets, et au moment où elle se demandait si elle ne devrait pas faire demi-tour ou s'arrêter pour appeler David, une maison apparut.

Oh ! mince !

C'était plus qu'une maison ! Un manoir géorgien en forme d'écrin à bijoux, avec des colonnes de part et d'autre du majestueux perron.

Alors qu'elle roulait lentement dans l'allée, laquelle tournait autour d'une fontaine devant la maison, la porte s'ouvrit, et David sortit.

Si quelques instants avant, elle avait sérieusement envisagé de ne pas s'arrêter, subjuguée par le décor, son cœur fit un bond, et elle coupa le moteur.

David semblait complètement différent. Malgré l'environnement splendide que constituaient la maison et les jardins, il était vêtu de manière décontractée, son sourire était chaleureux, et il paraissait bien plus accessible.

Il s'approcha et lui ouvrit la portière.

— Vous avez trouvé facilement, j'espère ?

— Oui, répondit-elle en sortant de la voiture, vos indications étaient très précises.

Elle se sentait soudain presque timide, se demandant comment le saluer.

— Merci d'être venue.

— Merci de m'avoir invitée.

Ces mots de politesse n'avaient rien à voir avec ce que l'un et l'autre éprouvaient ou avaient vraiment envie de dire.

Quand David se pencha et l'embrassa sur la joue, ses lèvres s'attardèrent un peu plus longtemps que nécessaire, mais pas autant qu'elle l'aurait voulu. Elle fut tentée de tourner le visage afin que leurs bouches se rejoignent, mais elle se retint à temps. Si elle commençait à l'embrasser maintenant, elle risquait de ne pas vouloir arrêter.

Visiblement, David ressentait la même chose, car il se redressa juste assez pour rompre le contact. Puis il recula, croisant son regard, et son expression l'embrasa tout entière.

— Venez à l'intérieur, dit-il. Je m'occupe de votre sac…

Mais aucun d'eux ne bougea durant un moment, et elle sentait son cœur marteler à toute force dans sa poitrine.

David fut le premier à agir, caressant sur sa joue l'endroit où il avait posé les lèvres.

— Quand vous me regardez comme ça, je n'ai qu'une envie, vous jeter par-dessus mon épaule et vous enlever. Mais je me suis promis d'y aller doucement, donc je vais vous laisser entrer dans la maison par vos propres moyens.

Elle éclata de rire, même si l'idée d'être embarquée sans avoir à réfléchir ou à choisir s'avérait des plus plaisantes.

— J'apprécie votre patience.

Avec un petit sourire qui la fit craquer davantage, il contourna la voiture pour prendre son sac dans le coffre.

— Vous êtes superbe, dit-il tandis qu'ils marchaient vers la porte d'entrée. Cette couleur fait rayonner votre peau.

— Merci, répliqua-t-elle en lissant le col de son chemisier rouge clair. Je l'adore. C'est gai.

— C'est la couleur emblématique de ma mère, donc une de mes préférées, expliqua-t-il en poussant la massive porte en chêne.

— Ah ? Je l'ignorais. C'est vrai qu'elle s'appelle Cerise…

Elle s'immobilisa, bouche bée.

Ils se trouvaient dans un vaste vestibule à double hauteur et au sol carrelé de marbre noir et blanc, avec des portes à droite et à gauche, et à l'extrémité un élégant escalier central menant à l'étage supérieur. Bien au-dessus de leurs têtes pendait un lustre magnifique.

— Comme c'est beau :

Elle se tourna vers David, découvrit son regard fixé sur elle, si bien qu'il lui fallut un effort pour demander :

— Mais c'est tellement immense. Comment faites-vous ?

— Je ferme la plupart des pièces, et je fais venir une entreprise deux fois par an pour aérer et faire un bon ménage. Je n'utilise qu'une petite partie, sinon je serais perdu là-dedans comme un petit pois dans une bassine.

— C'est logique.

— Je vous ferai visiter demain, si vous le souhaitez. Les pièces valent le coup d'œil, bien que la plupart des meubles soient recouverts de housses.

Avant qu'elle réponde, un jappement aigu provint de l'autre bout de la maison, et David gloussa. Posant délicatement sa main au bas de son dos, il la conduisit vers une porte encastrée dans le mur à gauche de l'escalier.

— Nous sommes convoqués. Apparemment, Son Altesse a décidé qu'il avait été ignoré assez longtemps.

— Oh ! Vous avez un chien ?

— Une acquisition récente, répondit-il d'une voix empreinte d'humour. Je ne sais pas ce qu'il m'a pris sur le coup, mais je m'y suis attaché.

Ils longèrent un couloir étroit probablement destiné autrefois aux domestiques et débouchèrent dans une grande pièce qui servait manifestement à la fois de salon et de salle à manger. Et là, caracolant comme s'il n'avait pas vu son maître depuis des lustres, se trouvait le chiot qui avait sauté sur les genoux de David pendant son interview télévisée.

— Vous l'avez adopté ! s'écria-t-elle, souriant largement et ridiculement au bord des larmes.

Il afficha une moue tout en grattant l'oreille de Gryphon.

— Vous avez vu Griff me maltraiter en direct ?

— Oui. Il est adorable.

Impossible de ne pas rire à sa question et à l'expression extatique du chien.

Se rendant compte qu'elle parlait de lui, Griff s'avança vers elle, sa queue battant si fort qu'elle en était floue, et son derrière se tortillant avec.

— Oh ! petit chou ! chantonna-t-elle, éprise de sa bouille et de ses oreilles de travers. Viens chercher de l'amour.

N'était-ce pas absurde d'être jaloux d'un chien ? C'était peut-être le comble du ridicule, mais David aurait voulu être le destinataire de *toutes* les attentions de Val, ne serait-ce que sous la forme du frottage de ventre que recevait Griff.

Il avait traîné durant une éternité dans le vestibule à guetter la voiture de Val. Il se sentait comme un adolescent en chaleur, tenté de recommencer à se ronger les ongles bien qu'il ait arrêté à l'âge de six ans. Puis, quand il avait ouvert sa portière et qu'elle avait posé sur lui son regard de pierre précieuse, son cœur avait fait une cabriole. Il avait agrippé la portière pour ne pas l'attirer directement dans ses bras, stupéfait de la nature viscérale de sa réaction.

Il y avait chez cette femme quelque chose qui l'appelait comme personne ne l'avait encore fait. Et pas seulement physiquement, même si ses mains le démangeaient d'explorer chaque parcelle de son corps. Depuis qu'il l'avait rencontrée, il se repassait dans la tête chacune de leurs conversations. Il voulait la comprendre et la connaître plus intimement qu'il n'avait jamais connu personne d'autre.

Avec elle, il sentait qu'il pouvait être lui-même, David tout court. Pas le médecin ni l'héritier de la fortune de Sir Arthur Knutson, ni même le fils de Cerise Kennedy. Juste un homme avec des pensées et des sentiments qu'il brûlait d'envie de partager et qu'il sentait pouvoir lui confier.

Elle leva les yeux, rayonnante de plaisir de son câlin à Griff, et ce qu'elle vit dans son expression fit vaciller son sourire et assombrir son regard.

D'un coup, il eut une fois de plus la certitude qu'elle ressentait cela aussi – l'électricité qui circulait entre eux. Le désir torride, irrépressible.

Il se força à sourire, l'air désinvolte.

— J'ai préparé à dîner. Voulez-vous vous reposer un peu ou manger maintenant ?

— Comme ça vous arrange, répondit-elle, toujours courbée pour caresser Griff.

— Maintenant, alors, je pense, trancha-t-il, ayant besoin de faire quelque chose de ses mains. Il fait jour assez tard pour que je puisse vous montrer les jardins ensuite.

— J'en serais ravie.

— Je retourne à ma cuisine, en ce cas.

Et il s'éloigna à contrecœur pour assembler le dîner.

Il avait mis la table, et presque tout était prêt. Le rôti d'agneau et les pommes de terre étaient encore chauds, il ne lui restait plus qu'à passer quelques minutes à la vapeur les asperges vertes. Pendant qu'elles cuisaient, il apporta sur la table le saladier.

— Il y a une salle de bains juste derrière cette porte, si vous voulez vous laver les mains, dit-il, indiquant à Val la direction avant de retourner s'occuper des autres plats.

Le dîner fut une réussite. Val apprécia ses talents culinaires, et ils passèrent tout naturellement au tutoiement.

— J'ai appris à mes fils à cuisiner, mais je ne sais pas du tout s'ils sont bons ou non, lui révéla Val en riant. Chaque dimanche, l'un ou l'autre devait préparer le repas du soir, et peu importe si c'était mauvais, on devait tous manger ce qu'ils avaient cuisiné. En fait, ça n'intéressait pas Clayton, et Liam faisait son possible pour échapper à son tour, même si je ne le laissais pas faire.

— Ils sont toujours tous les deux à la maison avec toi ?

Il crut voir un éclair de douleur dans ses yeux, même si elle souriait.

— Clayton est parti à l'origine pour aller à l'université à Londres, mais il a décidé que ce n'était pas pour lui et a commencé à travailler comme apprenti chez un maçon à la place. Il se débrouille bien et vit toujours à Londres, donc je ne le vois que de temps en temps. Liam…

Elle hésita, puis elle leva le menton comme si les mots allaient lui faire mal.

— Liam a décidé qu'il voulait aller vivre avec son père il y a environ six mois. Mon ex, Des, est resté à Newcastle où nous vivions avant que les garçons et moi n'emménagions chez maman, alors c'est un peu loin.

Malgré la désinvolture qu'elle affichait, il perçut sa peine.

Il avait supposé que quand elle lui conseillait de passer outre le passé et de reconstruire sa relation avec sa mère, elle pensait à la douleur de perdre sa mère. Il mesurait maintenant que, en tant que mère éloignée d'un de ses fils, elle compatissait sans doute aussi avec Cerise.

— Je ne trahis pas de secret en disant que le rallye passera par Newcastle, alors tu pourrais prévoir de le rencontrer pendant que tu seras là-bas.

Ses yeux s'illuminèrent, puis elle fit une petite moue.

— Je vais lui en parler et voir ce qu'il en dit.

La façon dont son excitation avait grimpé puis décliné l'incita à se demander ce qu'il s'était passé entre eux.

— Vous vous êtes disputés ?

— Pas vraiment, répondit-elle avant de se taire, si longtemps qu'il crut que c'était tout ce qu'elle voulait dire.

Puis elle haussa les épaules et continua.

— Après la mort de maman et mon embauche à St Agnes, il a refusé d'aller à Liverpool. Même s'il avait passé peu de temps avec Des au fil des ans, je suppose qu'il préférait aller dans un endroit familier que dans une nouvelle ville.

Sentant toujours qu'il y avait autre chose, il s'apprêtait à la sonder davantage, mais elle changea de sujet en l'interrogeant sur la provenance des asperges et de la salade, et il lui parla de l'activité maraîchère du domaine.

— Sir Arthur a acheté Guilderest House dans les années 1960, lorsque les propriétaires d'origine n'avaient plus les moyens de le garder. Heureusement pour moi, sur le long terme, c'était un génie de la finance et de la fiscalité. À sa mort, les droits de succession étaient réduits au minimum, et j'ai pu conserver la maison sans me soucier des coûts d'entretien, car les terres agricoles sont très productives.

Ses yeux étaient interrogateurs, mais elle les baissa ensuite sur son assiette sans exprimer ce qu'elle avait en tête.

— J'ai songé à donner le manoir au National Trust, poursuivit-il comme elle restait silencieuse. J'ai même envisagé de le céder à ses neveux et nièces qui prétendaient que le domaine faisait partie de leur héritage familial. Mais quand ils ont commencé à me pourrir la vie, j'ai décidé de le garder, plus par dépit qu'autre chose. Et voilà, quinze ans plus tard, je n'ai toujours pas trouvé ce que je veux en faire.

— Tu pourras le laisser à ton fils.

Il secoua la tête avec un petit rire.

— Josh m'a déjà fait comprendre qu'en hériter ne l'intéressait pas. Soyons réalistes, même si ma mère évoluait dans le milieu du spectacle quand j'étais jeune, le type de richesse dans lequel je suis tombé nous est étranger, à Josh et à moi. Je ne l'ai jamais voulu ou attendu, et cela ne présente pas un grand intérêt pour lui non plus, ce dont je me réjouis.

Pensive, Val but une gorgée de vin puis reposa son verre.

— Ça a dû te paraître si étrange, quand tout ça est arrivé.

Curieusement, la remarque ne déclencha en lui ni colère ni peine. Durant des années, ç'avait été sa réaction instinctive à la pensée de son père et de l'héritage. Là, brusquement, ces émotions avaient disparu, et il ne savait pas pourquoi.

— C'était une période folle, mais je l'ai semble-t-il dépassée, dit-il en lui souriant.

Cette révélation lui provoquait un sentiment d'euphorie que Val dut lire sur son visage, car ses yeux s'élargirent un peu, et elle lui sourit en retour.

Il avait tellement envie de l'embrasser qu'il avait l'impression d'être en surchauffe.

— Si tu as fini, reprit-il, on pourrait aller se promener dans les jardins.

— Avec plaisir, répondit-elle, avant d'éclater de rire quand Griff sauta de son coussin et lâcha un aboiement. Je suppose qu'il sait ce que signifie P-R-O-M-E-N-E-R ?

— En effet. C'est un de ses mots préférés. Mais je crois qu'il a aussi appris B-I-S-C-U-I-T, et c'est son grand favori.

Val rit de plus belle, le visage illuminé, et cette vision coupa un instant le souffle à David.

— On y va, alors, lança-t-il à la hâte. Allons prendre l'air.

En espérant que cela refroidisse un peu son ardeur.

À l'arrière du manoir se trouvait une élégante terrasse surplombant de quelques marches une pelouse impeccable entourée de parterres fleuris.

— J'imagine les fêtes qu'il y a dû avoir ici ! s'exclama Val. Les dames en robe magnifique, les hommes resplendissants en smoking en train de siroter des cocktails…

Elle parlait de tout et de rien pour maîtriser son impulsion croissante de se rapprocher de David et de le toucher.

Il avait dit vouloir prendre son temps, mais elle se rendait compte que, elle-même, ce n'était pas du tout ce qu'elle voulait. En fait, elle l'avait su dès qu'elle avait couru acheter de nouvelles culottes, même si elle avait refusé de l'admettre. En flânant avec lui dans la lueur du soleil couchant, elle était pleinement consciente de chaque geste qu'il faisait, de son moindre souffle, et le son de sa voix lui caressait les sens comme un plaisir anticipé, une invitation au péché.

Elle avait hâte.

Quand David lui prit la main pour lui faire traverser la pelouse en direction d'un bosquet entouré de haies bien taillées, elle sentit sa température s'élever. Leur conversation restait générale et anodine, passant d'un sujet à un autre, mais la majeure partie de son attention était fixée sur la sensation de ses doigts sur les siens.

Ils prirent une petite allée astucieusement décalée qui les amena à un jardin séparé.

À la vue de celui-ci, elle poussa un soupir de ravissement.

— C'est ce qu'on appelle un parterre de nœuds, dit David en marquant une pause pour qu'elle puisse apprécier le dessin complexe des buis et des fleurs. Mon jardinier m'a assuré que c'est l'un des plus beaux d'Angleterre et qu'il faut le préserver à tout prix.

— C'est magnifique ! Je comprends pourquoi il est inflexible à ce sujet.

Ils continuèrent à marcher, Griff courant devant eux comme s'il savait où son maître allait. À l'autre bout du jardin, une autre ouverture perçait la haie qui l'entourait et, en la franchissant, Val s'arrêta, le souffle coupé.

Si la maison offrait déjà une vue agréable, de là où ils se trouvaient à présent, le terrain descendait en pente douce jusqu'à un petit lac ponctué d'une île – un panorama de conte de fées dans la lumière du soleil couchant. La poésie était renforcée par le pont en dos d'âne qui enjambait l'eau et le délicat pavillon au centre de l'île.

— Oh ! David, comme c'est charmant !

— Je pensais que ça te plairait, dit-il à voix basse. Tu voudrais y aller ?

— Oui, s'il te plaît.

Une allée descendait au lac par degrés. Alors qu'ils la suivaient d'un pas nonchalant, une brise se leva, et elle fut heureuse d'avoir des manches longues. Griff avait déjà fait en partie le tour du lac et s'était faufilé entre les arbres bordant l'eau, disparaissant de leur vue.

— Il ne risque rien, lâché comme ça ? demanda-t-elle, inquiète, sachant que David n'avait le chiot que depuis peu.

— Non, il ne peut pas aller trop loin. Il y a une clôture de l'autre côté du bois. D'ailleurs, je l'amène ici presque tous les soirs, et il sait que nous y passons environ une demi-heure, alors il revient toujours avant que je sois prêt à partir. S'il y a une chose que Griff aime, c'est son petit confort. Il est hors de question qu'il dorme à la dure plutôt que dans son panier douillet.

Cela la fit pouffer, et elle souriait encore lorsqu'ils eurent traversé le pont et qu'elle put vraiment détailler le pavillon. Un véritable pavillon d'été avec un sol en pierre crémeuse et des vitres de tous côtés, certaines habillées de stores. À l'intérieur, il y avait des tables d'appoint en rotin ainsi que des canapés et des fauteuils garnis de coussins moelleux, et un assortiment de plantes d'intérieur complétait le décor.

David ferma la porte tandis qu'elle traversait la pièce pour contempler l'eau et le paysage boisé au-delà. La lune se levait à l'horizon, et ils se tinrent côte à côte, regardant le disque argenté se glisser dans le cadre à mesure que le jour s'estompait pour laisser place à la nuit.

C'était l'environnement le plus romantique qu'elle ait jamais connu. Ce serait parfait si David cessait d'être si fichtrement correct et qu'il l'embrassait… À moins qu'elle ne prenne elle-même le taureau par les cornes ?

Elle se tourna vers lui et découvrit son regard rivé sur elle, si intense qu'une vague brûlante monta de son ventre, lui donnant la sensation de fondre en dedans.

— Ce doit être extraordinaire de faire l'amour ici, murmura-t-elle, choquée malgré elle de sa propre audace. C'est tellement beau, presque surréaliste.

— Comme toi, répliqua-t-il, de cette voix basse et rauque qui l'excitait tant.

Quelque chose s'épanouit en elle – le sentiment d'être parfaite, avec l'homme parfait, au moment parfait. Ce qui lui donna la confiance nécessaire pour faire le premier pas.

— Tu ne serais pas contre le fait que je t'embrasse ?

David ne répondit pas par des mots mais lui ouvrit les bras, et elle ajusta son corps au sien et lui offrit ses lèvres.

Une fois encore, il la surprit par sa douceur, même si la passion de ses baisers était indéniable. Il joua avec sa bouche, la goûta avec gourmandise, l'entraînant dans une douce hébétude érotique, jusqu'à ce qu'elle défaille presque, éperdue de désir. Mais elle gardait une part d'initiative, titillant et suçant sa langue entre ses lèvres, ravie des grognements de plaisir qu'il laissait échapper.

Le souffle court, il écarta un peu ta tête.

— Val…

Elle entendit la question dans sa voix et enfouit les mains sous sa chemise pour toucher sa peau chaude.

— Non. N'arrête pas, dit-elle, se réjouissant de sentir ses muscles frémir sous ses doigts. Ne *t'avise* pas d'arrêter.

Il l'embrassa à nouveau, plus impérieusement. Lentement, il la fit reculer, la tenant en otage avec sa bouche ravageuse, jusqu'à ce que ses mollets touchent un des canapés. Il la fit s'asseoir, et c'est à ce moment-là que sa bouche s'éloigna de la sienne pour semer des baisers chauds vers son oreille.

— Je veux tout voir de toi. Tout toucher. Embrasser chaque centimètre de ta peau. Tu me laisseras faire ça, Val ? Tu me laisseras te faire l'amour au clair de lune ?

— Oui, murmura-t-elle sans hésitation. Oui, je t'en prie.

Il s'agenouilla à ses pieds comme il l'avait fait dans son bureau, et elle le regarda lui enlever ses chaussures l'une après l'autre. Ses doigts lui caressèrent les pieds puis les chevilles, et elle serra les jambes l'une contre l'autre, se maudissant d'avoir choisi de mettre un pantalon.

Il lui tendit les mains, la mit doucement debout et les tourna pour s'asseoir à son tour devant elle. Puis il entreprit de déboutonner son chemisier.

Le temps qu'il ait terminé, elle tremblait.

— Tu as froid, ma chérie ? s'enquit-il, tenant les deux pans du chemisier fermés sur sa poitrine comme pour la garder au chaud. Tu préfères qu'on rentre à la maison ?

— Je suis brûlante, David. S'il te plaît, ne t'arrête pas.

Il gémit, suscitant chez elle un nouveau frisson, et fit glisser le tissu le long de ses bras. Puis, sans la lâcher, il la contempla dans la pénombre, les doigts légèrement crispés sur ses hanches.

— J'ai l'impression d'avoir attendu ce moment depuis toujours, avoua-t-il d'une voix rauque. Et maintenant qu'il est là, j'ai presque peur de continuer.

Elle comprenait tellement bien cette impulsion ! Mais elle n'avait pas l'intention d'y céder.

— Tu veux t'arrêter ? souffla-t-elle. Pas moi.

— Non. Je ne pense pas pouvoir m'arrêter, maintenant. J'ai trop envie de toi. Tourne-toi.

Son ton catégorique la fit chanceler sur ses jambes. Elle s'exécuta, et la nuit éclairée par la lune s'étendit devant elle, presque trop sublime, tandis que les doigts de David détachaient son soutien-gorge.

Mais plutôt que de repousser les bretelles de ses épaules, il tint sa taille et posa sa bouche contre son dos, et sa langue se mit à effectuer des torsades le long de sa colonne vertébrale, vers le bas puis vers le haut, jusqu'à ce qu'elle halète, presque incapable de respirer.

Lorsque ses mains enveloppèrent ses seins, elle vacilla, les genoux en coton, les cuisses tremblantes de désir. La double sensation la fit se cambrer, un gémissement s'échappant de ses lèvres, la lune chavirant devant son regard rendu flou par la passion. Puis il entreprit de la débarrasser de son pantalon et de sa culotte, et elle l'aida comme elle put, la chair traversée d'une succession croissante de frissons.

Elle était nue, masse frémissante de concupiscence charnelle peinant à tenir debout, et il parcourait son corps de ses mains, attisant encore son désir.

Comme elle était sur le point de s'effondrer, il l'installa sur ses genoux, son érection palpitant contre ses reins. Puis il lui écarta les cuisses de sorte que l'air frais caressa sa vulve de manière à la fois intime et torride.

— Regarde le clair de lune, ma chérie, chuchota-t-il, les

lèvres brûlantes sur son épaule. Laisse-moi te faire jouir au clair de lune.

La gorge desséchée, elle ne put que supplier un « oui ».

Les doigts de David frôlèrent l'intérieur de ses cuisses, et elle se tendit, anticipant le plaisir à venir. Pourtant, il prenait son temps. Tout en lui chuchotant de patienter, il trouva le nid humide de son désir, et il gémit.

— Mon Dieu, tu es toute chaude, si prête ! J'ai tellement envie d'être en toi tout de suite.

— Alors, viens. Viens en moi.

— Non, pas encore. Laisse-moi...

Le reste se perdit dans un son rauque tandis qu'il l'explorait plus avant, glissant un, puis deux doigts dans son intimité brûlante, titillant son clitoris, fouaillant sa moiteur. Elle se cambra davantage, écarta encore les cuisses, remua le bassin à mesure que la pression montait. Elle se sentait basculer, assoiffée de l'orgasme à venir.

— Détends-toi, ma chérie, souffla David. Pas trop vite.

Elle s'efforça de relâcher ses muscles, inspira à fond, mais le rythme parfait de ses doigts la fit capituler. Le plaisir était trop intense, et la jouissance la fit exploser. Elle cria, catapultée haut et fort comme jamais dans sa vie, et des étoiles firent place au clair de lune derrière ses paupières serrées.

Tandis que les sensations diminuaient, David l'apaisa par de doux murmures, ses doigts toujours sur sa chair palpitante maintenant son excitation latente. Ils restèrent ainsi un long moment, la respiration et le rythme cardiaque de Val ralentissant peu à peu. Puis il l'embrassa dans le cou.

— Si j'avais pu te regarder jouir, cela aurait été encore plus parfait, dit-il. Je le ferai plus tard. Mais maintenant...

Sans crier gare, il la saisit par la taille, la hissant en même temps qu'il se levait. Quand il la déposa sur le canapé, elle crut qu'il allait se déshabiller, mais à la place, il s'agenouilla devant elle et fit courir ses doigts le long de ses mollets, remontant jusqu'à l'intérieur de ses cuisses.

— Maintenant, je veux te goûter.

Il disait cela *cash*, et ce fut comme un coup de fouet érotique qui fit dresser ses mamelons et bouillonner son sexe. Incertaine de sa capacité à parler, elle ouvrit simplement les cuisses, et dans la faible lumière, elle vit sa langue pointer entre ses lèvres ourlées. Elle gémit malgré elle, et le sourire de David étincela avant qu'il baisse la tête entre ses cuisses.

Elle s'affaissa contre le dossier du canapé, sachant sans le moindre doute qu'il allait à l'emmener vers des sommets de plaisir plus vertigineux encore.

Elle ne fut pas déçue.

8.

Ils auraient fait l'amour là, dans le pavillon d'été, si Griff n'était pas venu gratter à la porte au moment où David commençait à se dévêtir.

— Maudit chien, grommela David en remettant sa chemise, tandis qu'elle se rhabillait. Si je ne l'aimais pas autant…

Val rit, sachant que c'était au mieux une menace en l'air.

— Il te mène par le bout du nez, dit-elle. Je l'ai bien vu ce soir. Si tu avais pu, tu lui aurais donné de l'agneau et des pommes de terre au lieu de ses croquettes de luxe.

Ils riaient encore en traversant le pont, mais elle ne put s'empêcher de se retourner pour regarder le pavillon et la lune, à présent plus haute dans le ciel.

Ils repartirent vers la maison, main dans la main, et elle fut bluffée par la maîtrise de David. Il avait comblé son corps d'attentions, l'avait amenée trois fois à l'orgasme sans aucun assouvissement de son côté, mais on ne l'aurait jamais deviné à sa façon de cheminer tranquillement. Pour sa part, elle avait envie de courir, mais elle réprima son impatience.

— J'ai hâte de te mettre dans mon lit, murmura-t-il.

Une fois à l'intérieur, il verrouilla la porte et installa Griff dans son panier. Puis, prenant le sac de Val, il la conduisit le long d'un autre couloir et en haut d'un escalier raide donnant sur un corridor. Il ouvrit une porte, entra avant elle pour allumer la lumière, puis recula pour la laisser passer.

La chambre était gigantesque, avec des moulures tarabiscotées au plafond et d'immenses fenêtres qui, sans aucun doute, la baignaient de lumière durant la journée. Malgré le grand lit à baldaquin, les deux commodes, la coiffeuse, les étagère à livres, la pièce semblait néanmoins peu meublée… Mais quand

David posa son sac au pied du lit et se tourna vers elle, la pièce n'intéressa plus Val. Tout ce qu'elle voyait, c'était lui.

— Où en étions-nous ? demanda-t-elle en se débarrassant de ses chaussures et en déboutonnant son chemisier.

Il ne bougea pas, le regard fixé sur elle, tandis qu'elle retirait méthodiquement chaque vêtement jusqu'au dernier.

Une fois nue, elle haussa les sourcils.

— Donc, je suis la seule à ne pas avoir de vêtements ?

Puis elle retint son souffle, émerveillée, alors qu'il s'employait à se déshabiller beaucoup plus vite qu'elle.

Seigneur ! Il était parfait. Sublime, avec sa peau sombre et lisse sur ces abdominaux toniques, ces épaules larges et ces cuisses solides. Dans ses costumes sur mesures, sa force absolue était cachée, alors que nu, elle s'exposait en toute gloire.

— Si tu me regardes comme ça, je risque de te garder en otage, parce que je ne voudrai plus te laisser partir.

Alors qu'il la prenait dans ses bras et que sa bouche approchait de la sienne, elle se demanda pourquoi son étreinte lui donnait l'impression de rentrer chez elle.

Puis cette pensée se perdit sous l'assaut des sensations : ils tombèrent sur le lit tout en s'embrassant, les mains partout l'un sur l'autre, cherchant les endroits qui suscitaient halètements et soupirs.

David la touchait comme si elle était la plus belle femme du monde, et elle s'en délectait. Peu importe comment ça se terminerait, cette nuit serait l'une des meilleures de sa vie. Le clair de lune, les rires, le désir, le plaisir, cela créait un tout à la fois érotique et infiniment précieux.

Le voyant sortir un préservatif et sachant qu'il était plus que prêt, elle tenta de le presser, mais il l'ignora. À la place, il la fit jouir une fois de plus avec sa bouche, et elle ne discuta pas devant l'évidence de son plaisir à le faire.

— Je pourrais faire ça toute la nuit, renchérit-il ensuite. Rien que d'entendre les sons que tu émets, ça me rend heureux.

— Je ne peux pas me plaindre, répliqua-t-elle, cherchant son souffle. Mais maintenant…

Elle le fit rouler sur le dos et se mit à califourchon sur ses cuisses. Quand elle caressa son sexe dressé, il se cambra.

— Val ! Je suis au bord du précipice.

Cet avertissement presque féroce lui donna la tentation de le provoquer un peu plus. Cet homme tendre disparaîtrait-il alors ?

Elle caressa doucement le bout de son pénis, sentit la pulsation à la base. Le visage de David se crispa, ses mamelons se contractèrent et ses mains agrippèrent le drap.

Non, elle résisterait à la tentation de tester son contrôle. Parce que, en vérité, elle le voulait en elle maintenant.

Elle saisit le préservatif et déchira l'étui.

— Donne-le moi, haleta David. Si tu me le mets, je ne tiendrai pas une minute de plus.

Elle le regarda le mettre en place presque brutalement puis elle se pencha en avant, mutine.

— Je prends les rênes ?

— Oui, s'il te plaît, répondit-il, les dents serrées.

Alors elle hésita, incertaine pour la première fois de la soirée. Il dut le percevoir, car il lui effleura aussitôt la cuisse.

— Qu'est-ce qu'il y a ? Dis-moi. Si tu as changé d'avis, dis-le simplement. On n'est pas obligés de…

— Non, fit-elle en secouant la tête, se sentant idiote. Bien sûr que je n'ai pas changé d'avis, David. C'est juste que…

— Que ?

— Je n'ai pas fait l'amour depuis si longtemps. J'ai peur que ça ne soit pas bon pour toi.

Il se redressa d'un mouvement fluide et la serra contre lui.

— Ne pense pas comme ça, lui murmura-t-il à l'oreille. On s'en fiche, de moi. Je veux juste que ce soit bien pour toi.

Elle se pencha en arrière pour voir son visage, et la chaleur dans ses yeux lui donna du courage. Elle acquiesça.

— Et si c'était moi qui prenais les rênes ? dit-il, reprenant ses mots.

Comme elle acquiesçait, il la fit doucement basculer, l'allongea sur le lit et se pencha sur elle.

— Tu me diras quand tu seras prête, Val. On n'a pas besoin de se précipiter.

Elle toucha son visage, émue par sa tendresse.

— Je suis prête, juste un peu effrayée. Cela fait des années…

— Si tu changes d'avis à quelque moment que ce soit, promets-moi de me le dire pour que je puisse arrêter.

— Promis, répondit-elle, même si elle doutait de le faire.

Il passa une main le long de sa cuisse, l'autre sur son ventre, lui murmurant de se détendre. Caressa doucement l'entrée de son sexe. Elle écarta un peu plus les jambes, soulevant ses fesses tandis qu'il glissait deux doigts en elle.

— Oui, chuchota-t-il alors qu'elle sentait la pression remonter en elle. C'est ça, ma chérie. Voilà. C'est bon ?

— David, s'il te plaît ! Maintenant.

Il retira ses doigts, et elle le regarda se pousser en elle doucement, sans forcer.

Comment avait-elle pu s'inquiéter ? C'était sublime, une sensation incroyable qui partait de son ventre pour remplir tout son corps. Maintenant, il allait trop lentement pour elle, il prenait trop de précautions. Alors elle enroula ses jambes autour de ses hanches, et elle le tira vers elle. L'enfouit en elle aussi loin que possible.

Pris par surprise, David frémit, son dos s'arqua. Puis il se mit à bouger, luttant visiblement pour garder le contrôle. Elle ajusta son rythme au sien, puis l'accéléra, l'intensifia, contrepoint qui augmenta son plaisir.

Soudain, sans avertissement, il s'arrêta.

Elle crut un instant que c'était fini, mais elle sentit son pouce sur son clitoris. Elle cria, leva les hanches, et bascula en un instant dans la jouissance, l'emmenant avec elle.

Au matin, David émergea lentement du sommeil, et sursauta en constatant que le lit à côté de lui était vide.

Avait-il rêvé cette entière nuit avec Val ?

Non. Elle avait été réelle, et l'une des meilleures de sa vie. Ils avaient fait l'amour jusqu'à l'aube, leur désir inextinguible,

. Ce n'est que quand Val, visiblement épuisée, s'était endormie dans ses bras, qu'il avait éteint la lumière. Allongé près d'elle, il s'était remémoré chaque instant de la soirée.

Avoir Val ici paraissait aller de soi.

Très peu de gens étaient invités à Guildcrest House, et il n'avait jamais ramené de maîtresse dans sa retraite campagnarde. S'il emmenait une femme chez lui, c'était dans son appartement londonien, au dernier étage de l'hôtel particulier où se trouvait le siège de la fondation. Il ne considérait pas cela comme « chez lui. » Pas comme Guildcrest, bien qu'il lui ait fallu des années pour admettre combien il aimait cette maison. Voir le manoir à travers les réactions de Val l'avait rendu encore plus spécial, et il ne regarderait plus jamais le pavillon d'été de la même manière.

Ce qui le ramena à la question : où était-elle ?

En s'asseyant dans le lit, il fut soulagé de voir que son sac était toujours là. Il se leva, alla à la fenêtre, tira les rideaux et l'aperçut, marchant dans le jardin clos sur le côté de la maison, Griff trottinant docilement près d'elle.

Après s'être lavé et habillé en hâte, il dévala les escaliers et entra dans la cuisine, où il trouva une théière encore chaude sur la plaque de cuisson. Il se versa une tasse et partit rejoindre Val dehors.

Il était encore tôt, l'herbe était humide de rosée sous le faible soleil du matin. Contournant l'angle de la maison vers le portillon du jardin, il regarda Val passer d'un massif à l'autre, touchant une fleur ici, se penchant pour en renifler une autre là.

Griff le remarqua le premier et poussa un aboiement joyeux. Val leva les yeux, et il ne put s'empêcher de sourire à la petite montée de rose sur ses joues, tandis qu'il ouvrait le portillon.

— Bonjour, dit-il sans la quitter des yeux, tout en se penchant pour caresser Griff qui gambadait autour de ses jambes. Bien dormi ?

— Comme un loir. Et toi ?

— Jamais aussi bien.

Le rose s'intensifia sur ses joues, et elle agita la main vers l'espace laissé libre au centre du jardin.

— Ce serait un endroit idéal pour un potager. Comment ça se fait que tu n'en aies pas mis un ?

— Je ne suis pas un grand jardinier, et les métayers sont heureux de me vendre des produits. De plus, je ne suis pas assez souvent là pour que cela en vaille la peine.

— Dommage. Il est orienté plein sud, ce serait parfait.

Puis elle s'avança vers lui, et il la rejoignit à mi-chemin pour déposer un baiser possessif sur sa bouche exquise. Les lèvres de Val étaient un peu gonflées, mais il n'en éprouva aucune culpabilité. En fait, cela lui faisait grand plaisir. Serait-ce exagéré de lui suggérer de revenir se coucher ?

— Merci pour le thé, dit-il. Tu veux petit déjeuner ?

— Bien volontiers.

Comme ils étaient polis ! C'était si britannique qu'il rit.

— Qu'est-ce qu'il y a de si drôle ? demanda-t-elle tandis qu'ils regagnaient la maison.

— C'est nous qui le sommes. Ça me rappelle ma mère : elle dit que si tu écrases un Anglais avec ta voiture, il est capable de s'excuser de s'être mis sur ton chemin avant qu'on l'emmène à l'hôpital.

Elle éclata de rire puis leva les yeux vers lui avec un sourire mutin.

— En fait, il y a quelque chose que je voulais faire hier soir, mais je n'en ai pas eu l'occasion. Je manque de pratique, mais j'espère que ça me reviendra avec le temps.

Ce regard, la façon dont elle se mordait la lèvre inférieure, fit s'emballer instantanément son pouls.

— Oh ? fit-il, frémissant d'impatience.

Elle lui prit la main et le conduisit dans le salon, fermant la porte de la cuisine pour que Griff ne les suive pas.

Il fallut du temps avant qu'ils prennent leur petit déjeuner, mais ce fut avec un appétit aiguisé par des ébats vigoureux.

Pour Val, le week-end fut révélateur. Après avoir été convaincue qu'elle n'avait plus rien à attendre de la vie, elle admettait à présent que cette vision avait été pessimiste.

Ils avaient fait l'amour – beaucoup – et parlé de leurs vies, ce qui l'avait rendue encore plus consciente de l'ennui de son existence par rapport à celle de David.

Il avait grandi en déménageant d'un endroit génial à un autre avec sa mère, entouré d'amis fabuleux et célèbres. La liste des chanteurs, artistes et acteurs rencontrés dans son enfance, dont il appelait certains « oncle » ou « tante », était impressionnante. Mais une des choses importantes qu'elle apprit durant le temps passé ensemble fut l'origine du personnage raide et froid qu'il utilisait comme bouclier.

— Le moyen de ma mère pour gérer les chasseurs de célébrités était de sourire constamment, sans jamais permettre à quelqu'un dont elle n'était pas sûre de s'approcher. J'ai trouvé plus économique d'adopter une attitude distante, et l'habitude prise dans mon enfance m'a servi plus tard.

Il n'avait pas besoin de développer, elle connaissait déjà cette partie plus récente de son passé.

— En parlant de ta mère, tu l'as appelée comme tu as dit que tu le ferais ?

Il eut un petit sourire chagrin.

— J'ai essayé, mais j'ai appris qu'elle était en croisière en Méditerranée sur le yacht de je ne sais qui. Maman a le chic pour être injoignable pile quand je veux lui parler.

Val sourit avec lui, heureuse de n'entendre qu'un léger amusement dans sa voix.

Quand le dimanche arriva, elle dut se sermonner pour ne pas déprimer à l'idée de partir. Après tout, ce n'était qu'un bref interlude pour eux deux.

— J'ai oublié de te dire, lança David alors qu'il l'accompagnait à sa voiture. Le producteur va interviewer Tamika pour le documentaire, et il a suggéré d'en utiliser un extrait pour la promotion du rallye qui sera diffusée dans les médias.

Val sourit, tandis qu'il posait son sac sur la banquette arrière et refermait la portière.

— Elle va adorer ! Tiens-moi au courant du programme quand tu le sauras.

— Compte sur moi. Ils ont proposé de faire l'interview à l'hôpital, mais c'est à ton patron et à ses parents de décider.

Debout près de sa portière, elle acquiesça, se demandant s'ils parlaient de cela pour éviter d'autres sujets.

Comme s'il lisait dans ses pensées, David reprit :

— J'aimerais te revoir. Tu reviendras le week-end prochain ?

Elle voulait accepter sur-le-champ, mais elle hésita,

— Je ne suis pas sûre de pouvoir. Je te le dirai.

— D'accord, répliqua-t-il avec un petit sourire. Conduis prudemment et fais-moi savoir quand tu seras rentrée.

— Promis, dit-elle, stupidement touchée par sa sollicitude.

Puis il se mit à l'embrasser jusqu'à ce qu'elle ait la tête qui tourne. Ils auraient pu rester ainsi jusqu'au lundi matin si Griff, sentant qu'il ratait quelque chose d'important, ne leur avait sauté dessus.

— C'est injuste, protesta-t-elle quand ils se séparèrent.

David lui lança un regard coquin sous ses longs cils noirs. Mais son ton était sérieux quand il déclara :

— Je ne peux pas me passer de toi.

Avant qu'elle puisse faire quelque chose de stupide comme le ramener à l'intérieur, elle monta dans sa voiture et démarra. Puis, avec un dernier signe de la main, elle partit.

Les journées de travail traînaient en longueur, et Val avait hâte de rentrer le soir, sachant que David lui téléphonerait. Son stress montait à propos du rallye, et elle l'encourageait à lui en parler dans l'espoir d'alléger son stress.

Le mercredi soir, il lui apprit qu'il serait à Liverpool le vendredi, pour assister à l'interview de Tamika.

— Je n'ai rien de prévu avant le milieu de l'après-midi. Donc je pense prendre le train vers midi et passer la nuit là-bas pour repartir samedi matin.

— Tu pourrais venir chez moi, lâcha-t-elle avant même de réfléchir.

— J'aimerais beaucoup, avoua-t-il avec une voix sourde

qui lui déclencha des étincelles dans le ventre. J'espérais que tu le proposerais.

Ce n'était pas aussi bien qu'un week-end entier ensemble, mais il lui manquait atrocement, lui et ses mains magiques. Trop pour ne pas saisir toutes les occasions qu'elle pouvait. Surtout en sachant que ce qu'il se passait entre eux ne durerait pas.

C'était impensable, se rappela-t-elle fermement. Bien qu'elle admette qu'elle était totalement mordue et subjuguée par sa manière de faire l'amour, ils étaient comme le jour et la nuit. Elle, un jour monotone et insipide, David, une nuit exotique et grisante sortie des contes des Mille et Une nuits.

Rien que la veille, il lui avait parlé d'un prochain gala au Théâtre Royal où seraient présents des membres de la famille royale. Il en avait parlé comme d'une corvée à laquelle il devait participer pour le compte de la fondation, tandis qu'elle s'était demandé qui il emmènerait avec lui, à la fois jalouse et soulagée que ce ne soit pas elle.

Il n'y avait aucune chance qu'elle s'adapte à ce type d'existence, même si elle le voulait – ce qui n'était pas le cas. À ce stade de sa vie, elle devait être réaliste : se vouer à quelqu'un ou en devenir dépendante, ce n'était plus sa tasse de thé. Si elle avait appris quelque chose au fil des ans, c'était à compter sur elle-même et à ne rien attendre des autres. Ainsi, quand ils vous laissent tomber, cela ne fait pas trop mal, voire pas du tout.

David savait pertinemment qu'il se servait de l'interview de Tamika comme excuse pour revoir Val.

Les souvenirs de leur week-end le hantaient, et malgré ses efforts pour se consacrer à son travail, Val ne quittait pas ses pensées. Il ne vivait que pour leurs appels du soir, et tout en se rendant compte que leur relation ne pouvait se développer comme il l'aurait souhaité, il ne pouvait pas non plus garder ses distances ou cesser de la désirer.

Sa vie était consacrée à GDK, et cela impliquait un style de vie qui n'intéressait pas Val. Voyager la plupart du temps pour que ça roule et remplir ses deux rôles de PDG et de consultant signifiait qu'il était trop souvent ailleurs. Aucune femme ne supporterait cela.

Il avait même remis en cause sa décision d'adopter Griff, alors que Dieu sait que sa présence lui remontait le moral. Mais voir ses oreilles s'affaisser chaque fois qu'il le laissait derrière lui, soit avec sa gouvernante, soit avec Rolly, qui toutes deux l'adoraient et le traitaient comme un prince, s'avérait un déchirement. Griff était un maître de la manipulation canine. David n'avait pas besoin qu'une femme entre en scène et le fasse se sentir encore plus mal.

À son arrivée à la gare de Lime Street, il se rendit directement à l'adresse des Watkiss où l'interview avait lieu. Si importante que soit cette interview, il avait hâte qu'elle soit terminée afin de voir Val.

Tamika était blafarde, les yeux enfoncés, mais son moral semblait bon.

— Je suis allée chez le coiffeur, lui dit-elle fièrement, montrant ses tresses. Et maman m'a acheté une nouvelle tenue. Elle s'est disputée avec papa, ajouta-t-elle en baissant la voix avec un sourire malicieux. Elle lui a dit qu'il devait porter un costume et une cravate. « Que le Dr Kennedy porte un foutu costume si ça lui chante, moi, j'en porterai pas », il a dit. Alors, ne soyez pas surpris si maman vous dit à quel point vous êtes beau, juste pour énerver papa, conclut l'adolescente en pouffant.

Il eut beaucoup de mal à garder son sérieux quand, après l'avoir salué, Mme Watkiss s'exclama :

— Mon Dieu, comme vous êtes chic dans ce costume !

Et il entendit le rire étouffé de Tamika.

L'entretien se déroula bien. L'intervieweur savait que Tamika ne devait pas se fatiguer et que sa partie de l'enregistrement devait être courte. L'adolescente fut merveilleuse, naturelle devant la caméra, franche sur son état ainsi que ses perspectives d'avenir.

— Je ne recevrai sûrement pas les dons dont j'ai besoin, dit-elle en regardant droit dans la caméra. Comme l'a dit le Dr David, je fais partie d'une minorité, et on ne peut pas obtenir un pancréas d'un donneur vivant. Peu de gens s'inscrivent pour être donneurs d'organes à leur mort, ce qui réduit encore mes chances. Mais il y a d'autres patients qui ont besoin d'organes qu'on peut prélever sur un donneur vivant, et qui auront de meilleures chances si des donneurs s'inscrivent et sont testés compatibles.

Après avoir filmé Tamika, ils enregistrèrent des séquences supplémentaires avec ses parents, son frère aîné, ainsi que David, même si, selon lui, les gens devaient en avoir assez de voir sa tête à la télévision. Enfin, ce fut fini, et il envoya un message à Val, qui lui répondit qu'elle était en train de rentrer chez elle et qu'il pouvait venir quand il voulait.

Au lieu de prendre un taxi, il loua une voiture et se mit en route. C'était ridicule de sentir son estomac se tordre à mesure qu'il se rapprochait de sa maison, et son cœur s'emballer au moment où il trouva une place dans sa rue.

En remontant la courte allée, il fut frappé de voir à quel point sa maison lui rappelait celle que Georgie et lui avaient achetée lorsqu'ils s'étaient mariés. Puis la porte s'ouvrit, et toute pensée s'envola à la vue du visage souriant de Val.

Il entra, laissa tomber son sac sur le sol et, dès qu'elle eut refermé la porte, l'attira dans ses bras pour un long baiser passionné. Quand ils reprirent leur souffle, il tenta de se convaincre de bien se tenir, mais le fait qu'elle reste appuyée contre lui n'aida pas.

— Salut, fit-il, la gorge nouée. J'aurais sans doute dû dire ça d'abord avant de te malmener.

Elle pouffa et lui embrassa le coin de la bouche, si vite qu'il n'eut pas la chance de capturer à nouveau ses lèvres.

— Ça me va. Je te dirais bien de continuer, sauf que j'ai une casserole sur le feu, et je ne voudrais pas brûler le dîner.

Il la suivit dans le salon bien rangé puis se tint dans l'arcade menant à la cuisine, la regardant s'affairer.

— Ça sent délicieusement bon.

— C'est du poulet au paprika. La version rapide et facile de ma mère. Notre repas préféré quand on rentrait tard.

— On aurait pu commander un truc pour t'éviter de cuisiner.

Elle lui lança un regard qu'il ne sut comment interpréter.

— Cuisiner ne me dérange pas, c'est une des rares tâches ménagères que j'aime. Comment s'est passé l'interview ?

— À merveille, je pense. Tamika était une star.

Il lui raconta tout, y compris l'épisode de Mme Watkiss et du costume, ce qui la fit éclater de rire, et lui aussi.

— Et, à cause de cette coquine de Tamika, j'ai dû me mordre la joue pendant qu'elle gloussait en arrière-plan, en évitant de regarder son père de peur d'exploser.

— Heureusement que je n'y étais pas, déclara Val, hilare. J'aurais été incapable de me retenir.

La voir ainsi faisait battre son cœur de joie.

Au cours du dîner, elle l'interrogea sur un autre patient qui avait besoin d'une greffe de moelle osseuse mais pour lequel il s'avérait impossible de trouver un donneur compatible.

Il soupira, envahi d'un sentiment d'impuissance familier.

— Toujours rien. Je crains qu'il ne lui reste plus beaucoup de temps, même si j'espère un miracle du Rallye du Don.

Quand ils eurent fini de manger, Val lui lança un regard franc.

— Je peux t'emmener à l'étage et te faire la fête, maintenant ? J'ai l'impression d'avoir exercé toute la retenue qu'on pourrait raisonnablement attendre de moi.

— J'ai bien cru que tu ne le demanderais jamais !

Ils se douchèrent ensemble, ce qu'il trouva d'un érotisme presque insoutenable. Val nue, mouillée et glissante, était terriblement excitante. Ils haletaient tous les deux, et il fut tenté de lui faire l'amour sur place.

— N'y pense même pas, objecta-elle. Aucun de nous deux n'est aussi jeune qu'avant, alors un peu de bon sens.

— C'est toi le patron, répliqua-t-il en souriant. Du moment que tu paies le prix pour m'avoir fait attendre.

Et il entreprit d'assouvir sa douce vengeance.

9.

La nuit bien trop brève avec David fut à la fois un plaisir extrême et, après son départ, beaucoup trop de souffrance pour la tranquillité d'esprit de Val. Physiquement, elle était comblée, mais elle se sentait à vif sur le plan émotionne. Pour soigner son marasme, elle décida de profiter de la journée ensoleillée pour laver sa voiture.

Alors qu'elle enfilait une tenue appropriée et rassemblait l'attirail dont elle avait besoin, son cerveau essayait encore d'intégrer tout ce qu'il s'était passé la veille au soir.

Étrangement, les éléments qui la troublaient n'avaient rien à voir avec leurs ébats sexuels, même si elle savait que ça pourrait facilement devenir addictif. Non, ce qui bloquait dans sa tête était en fait plus simple.

Le premier point était le rire qu'ils partageaient dès qu'ils étaient ensemble, même au téléphone. Quand elle cesserait de voir David, redeviendrait-elle cette femme qui souriait à peine et n'avait personne avec qui rire de bon cœur ? Rien que d'y penser, ça la rendait triste.

La deuxième chose qui lui occupait l'esprit s'était produite après qu'ils avaient fait l'amour : alors qu'ils étaient enlacés sous les draps, elle avait posé à David une question qui lui trottait dans la tête depuis leur rencontre.

« Pourquoi tu as abandonné la chirurgie ? Au dire de tous, tu étais très brillant. »

Une partie d'elle s'attendait à ce qu'il réponde que depuis qu'il avait hérité des milliards de son père, il n'avait plus à travailler aussi dur. C'était ce que tous les médias supposaient.

Il était resté silencieux si longtemps qu'elle avait cru qu'il ne répondrait pas, puis il s'était décidé à parler.

— Guildcrest House et son argent ne sont pas tout ce que j'ai hérité d'Arthur Knutson. J'ai une fibromatose palmaire. Une contracture de Dupuytren.

Elle avait scruté son visage. Rien dans son expression n'indiquait un désarroi excessif à ce sujet, mais ses paupières baissées cachaient ce que ses yeux auraient pu révéler.

Bien entendu, elle savait de quoi il s'agissait – un épaississement du tissu sous la peau de la paume qui, non soigné, peut replier les doigts de façon permanente.

« Mais ça arrive en général aux hommes de plus de cinquante ans, et ça se manifeste progressivement. Tu ne devais pas avoir plus de… »

« Trente-quatre ans quand je me suis rendu compte que quelque chose n'allait pas. »

Il ne s'était pas retranché derrière son mur froid, mais d'une certaine manière, cette révélation facile semblait pire, sans qu'elle sache pourquoi. Il poursuivit :

« Quand je l'ai découvert, j'ai arrêté d'opérer et cherché un traitement. Par chance, j'ai pu participer à une étude expérimentale en aveugle, et cela a fonctionné, mais on m'a prévenu qu'il ne s'agissait peut-être pas d'une guérison. Je ne pouvais pas prendre le risque que ce soit une solution temporaire. Pas quand la vie de gens était en jeu. »

« Et ensuite, tu as hérité de l'argent. »

« En fait, les deux – la découverte du Dupuytren et celle de mon père – sont arrivées presque simultanément. Et j'ai appris plus tard qu'Arthur Knutson avait aussi eu la maladie avec un début précoce et sévère : il m'en a visiblement transmis le gène. Tu sais comment on l'appelait dans les milieux financiers ? Le Prédateur du Nord, en référence à ses origines scandinaves. »

« La maladie des Vikings, avait-elle murmuré, se rappelant l'un des autres noms de Dupuytren. »

Encore un secret que David lui avait confié. Un secret qui n'était apparu ni dans le procès intenté contre lui par ses cousins ni dans les tabloïds. Elle avait lu beaucoup d'articles affirmant que le chirurgien avait abandonné sa brillante carrière dès qu'il n'avait plus eu à travailler pour gagner sa vie. Ceci avec un ton narquois le présentant sous un jour avide et cupide, comme si les gens bien-pensants devaient le condamner pour avoir fait ce choix. Comme si n'importe qui, quelle que soit sa profession, ne serait pas tenté de tout arrêter s'il recevait des milliards de livres !

Pourquoi avait-il partagé cela avec elle ? Était-ce une indication de la confiance qu'il lui accordait ? Pensait-il qu'elle se sentirait honorée qu'il lui confie ce secret ?

Ce n'était pas le cas. Au contraire, elle le ressentait comme un fardeau. En lui révélant une information hors du domaine public, il la mettait en position de lui faire du mal, même par inadvertance. Il était encore plus impératif qu'ils gardent leur liaison secrète afin qu'elle ne laisse pas échapper quelque chose de préjudiciable pour lui. Un souci de plus.

Le matin, avant qu'il ne parte, elle avait dit :

« La semaine prochaine, le Rallye sera lancé. Tu es prêt ? »

« Prêt comme jamais », avait-il répondu, beaucoup trop élégant pour sa petite salle à manger. « Emma et toi aussi ? »

« Je pense, oui. Sauf la décision finale pour les costumes. »

« Les costumes ? »

« Emma a décidé qu'on porterait des tenues des années 1960 pour aller avec sa voiture, elle a écumé les friperies pour en trouver. Sauf que la plupart des tenues vintage ne sont pas faites pour une silhouette comme la mienne. On doit se revoir pour que j'essaye les nouveaux modèles qu'elle a dénichés. »

Les paupières de David s'étaient baissées de cette manière sexy, et il avait rétorqué :

« Ta silhouette est parfaite, ce sont les créateurs qui étaient débiles. J'ai hâte de voir ce que tu vas inventer. Et je dois dire que je suis jaloux. Je me demande si Josh serait prêt à faire un truc similaire. »

« Chapeaux haut de forme et cannes pour aller avec la Daimler ? »

« Quelque chose comme ça. On pourrait créer un contraste entre les années 1930 et les années 1960, côte à côte. »

À ce moment-là, elle lui avait rappelé qu'ils ne devaient pas être vus ensemble durant le rallye, et David s'était rembruni. Leur baiser de séparation lui avait donné l'impression d'un adieu froid, voire ultime.

Si c'était le cas, peut-être était-ce pour le mieux ? Elle en était consciente, ce qu'elle ressentait pour cet homme allait au-delà de l'attirance physique. Or, elle ne pouvait se permettre de laisser ce sentiment grandir.

Pourtant, alors qu'elle entamait sa tâche, la pensée de David continua de l'occuper.

Il était si dévoué à la fondation ! Transformer ce qui avait dû être une période horrible de sa vie en quelque chose de valable était source d'inspiration. Quelle que soit la façon dont les choses se termineraient entre eux – si ce n'était déjà fait –, elle chérirait son souvenir. Elle devait juste éviter de s'habituer à l'avoir dans sa vie, parce qu'il n'y avait pas de place pour elle dans la sienne.

Se renfrognant à cette pensée, elle s'étira pour atteindre le milieu du toit de sa voiture, se retourna pour rincer son éponge… Et tout à coup, elle tomba en frappant durement le pavé.

Le souffle coupé, elle resta allongée, tentant de ne pas laisser la peur l'envahir, et entendit quelqu'un crier son nom.

Oh non, pitié…

C'était Tony, son nouveau voisin aux yeux de chien battu, qui s'agenouilla à côté d'elle.

— Ça va ? Vous avez besoin d'une ambulance ?

— Non, répondit-elle en repoussant ses mains, alors qu'il semblait prêt à essayer de la remettre debout. Je vais bien. J'ai juste besoin d'un petit moment.

— Vous êtes tombée violemment, insista-t-il. Vous êtes sûre qu'il ne vous faut pas une ambulance ?

— Tony, je dois vérifier si je n'ai rien de cassé, mais je suis certaine de ne pas avoir besoin d'une ambulance.

Elle tâta une par une chaque articulation. Toutes étaient en bon état, mais elle aurait quelques bleus. Elle avait vraiment fait une chute brutale, se cognant l'épaule et la hanche sur le ciment.

Elle s'assit puis se releva sans aide.

— Vous voyez, dit-elle à Tony. Je vais très bien.

Il paraissait vexé, et son regard devint froid.

— Dommage que votre ami ne soit pas resté pour vous aider, hein ?

Elle eut envie de le gifler.

— Je suis parfaitement capable de laver ma propre voiture. Alors, excusez-moi, mais je m'y remets.

Et tandis qu'il s'éloignait comme une âme en peine, elle ne sut ce qui l'effrayait le plus – qu'il ait vu David sortir de chez elle ou de ne pas savoir, une fois de plus, ce qui l'avait fait tomber.

David se répétait qu'il devrait être heureux.

Ses engagements professionnels étaient sous contrôle. Le Rallye du Don était sur le chemin du succès. Le conseil d'administration était resté silencieux, et il n'y avait eu aucune autre ingérence dans ses plans jusqu'à présent.

Il avait même une vie sexuelle un tant soit peu régulière – ce qui lui faisait cruellement défaut depuis des années – avec une femme magnifique, une femme avec laquelle il pouvait être complètement et simplement lui-même, sans barrières ni secrets. Quelqu'un à qui il faisait totalement confiance et avec qui il n'avait à s'engager d'aucune manière que ce soit.

Pourtant, un vague mécontentement le rongeait de l'intérieur sans qu'il puisse mettre le doigt dessus.

Dans le train qui le ramenait à Londres, alors qu'il tentait de se concentrer sur son travail, son cerveau ne cessait de l'attirer vers ce point qui le titillait.

Il regarda par la fenêtre, tenta en vain de cerner la source de son mécontentement, puis laissa son esprit vagabonder en une série de flashs sans lien entre eux.

Josh lui demandant quand il comptait ralentir.

La sensation de rentrer chez lui quand il avait franchi la porte de Val, lui rappelant une époque plus simple révolue depuis longtemps, tout en paraissant lui offrir quelque chose de précieux dans le présent.

La surprise de Rolly lorsqu'il lui avait dit de régler un problème elle-même plutôt que d'attendre ses instructions, puis quand il lui avait annoncé qu'il prenait son week-end.

La voix de sa mère, son accent du sud des États-Unis à présent bien recouvert par celui de la haute société anglaise, lorsqu'elle lui avait parlé de sa croisière en Méditerranée. Elle n'avait jamais été du genre à s'étonner de quoi que ce soit, mais il avait entendu la note interrogative dans sa voix, tandis qu'il l'engageait dans le genre de bavardages qui s'était perdu entre eux pendant des années. Juste pour prendre des nouvelles, plutôt qu'un appel dans un objectif précis.

À la fin, elle avait dit : « Tu as l'air en forme, Davie. Ça a été un plaisir de discuter avec toi ».

— J'ai été ravi de te parler aussi, maman.

Et c'était vrai. Il ne l'avait jamais reconnu avant, mais elle lui manquait, et ça laissait un grand vide dans sa vie.

— Quand rentres-tu en Angleterre ? avait-il ajouté. J'aimerais beaucoup te voir.

— Je n'avais pas prévu de rentrer, mais je pourrais l'envisager...

Étrange d'entendre sa mère hésiter, même un peu ! Mais une fois qu'il eut exprimé le souhait qu'elle le fasse, elle redevint pétillante et extravagante, et il sourit en raccrochant.

Il était temps de combler le fossé qui les séparait. Il ne lui poserait plus de questions sur sa relation avec son père ou sur la raison pour laquelle elle avait gardé cela secret pendant toutes ces années. En réalité, cela n'avait pas d'importance. Le savoir ne lui rendrait pas ce qu'il avait perdu et ne réparerait pas les parties endommagées de son cœur. La réconciliation avec sa mère était plus importante.

D'ailleurs lui-même, en tant que parent, avait eu une relation parfois difficile avec son fils. N'aurait-il pas dû être plus compréhensif durant toutes ces années ?

Il avait donc un travail qu'il aimait et qui le tenait occupé. Il réparait la relation avec sa mère et faisait de son mieux pour entretenir celle avec son fils. Il avait une... Comment qualifier Val ? Elle semblait défier toute description. Une amante, oui, mais aussi une amie. Une confidente qui lui simplifiait et compliquait à la fois la vie.

Lui parler du Dupuytren avait été plus facile que prévu. Les seules personnes au courant à part ses médecins étaient jusque-là Josh et sa mère. Il n'avait jamais voulu en parler à quelqu'un d'autre. Il avait eu très envie de lui raconter le pire, l'épisode qui l'avait empêché de dormir nuit après nuit durant des années, mais il n'avait pu s'y résoudre. S'il avait vu dans ses yeux le même mépris qu'il avait ressenti pour lui-même, il ne l'aurait pas supporté, et il ne voulait pas que ça se termine ainsi.

Elle lui avait fait clairement comprendre que leur relation devait rester en dehors des feux de la rampe. Elle avait insisté ce matin sur le fait qu'ils ne passeraient pas de temps ensemble pendant le rallye car tout le monde serait sous la loupe des médias et des caméras de tournage du documentaire. Mais s'ils étaient filmés ensemble ?

Il s'en fichait, mais pas elle, et il devait se conformer à ses décisions. Cela devrait lui convenir, non ? Ainsi, il pourrait se concentrer sur le rallye. Après tout, son succès était crucial pour la fondation et pour sa place au sein de celle-ci. Sans GDK, il ne serait presque rien…

Pourquoi cette pensée qui n'était pas nouvelle le rendit-elle aussi maussade ? Il en avait été ainsi au cours des quinze dernières années et, avec un peu de chance, ça le serait encore durant les quinze suivantes. Il avait Josh, la fondation, sa relation avec sa mère. Il n'avait pas besoin de plus.

10.

Le matin du premier jour du rallye, l'atmosphère au centre de congrès d'Edimbourg était électrique. Une foule de conducteurs, de copilotes, de spectateurs et de supporteurs se pressait, attendant le démarrage de l'événement.

Val tira sur l'arrière de sa minijupe trapèze.

— Arrête, dit Emma dans un éclat de rire, lui tapant sur la main. Ça ne descendra pas plus bas même en tirant dessus. En plus, tu es topissime. Tes jambes sont superbes.

— Merci. Mais je me sens ridicule. Comment ai-je pu te laisser me convaincre de faire ça, encore une fois ?

Emma se contenta de rire et s'appuya sur le garde-boue de sa Mini rouge vif.

— Dieu merci, on n'est pas trop loin derrière. Le numéro 15 nous place au milieu du peloton, et George et Tess sont juste devant, poursuivit-elle, faisant référence au couple âgé sympathique qu'elles avaient rencontré la veille.

Val avait été surprise par le nombre de voitures inscrites au rallye. La fondation avait fixé une limite de quarante, mais beaucoup de propriétaires de voitures anciennes qui n'avaient pas pu s'inscrire étaient encouragés à les amener et les exposer au public. David lui avait dit qu'il espérait que cela inciterait encore plus de gens à venir voir les véhicules et, avec un peu de chance, à s'enrôler comme donneurs ou à donner leur sang par la même occasion.

Elle regarda autour d'elle, cherchant David parmi la foule.

Sur le côté, l'équipage de célébrités, le présentateur de journal télévisé Ryan Winterhauer et la comédienne Kaitlin Proctor tenaient salon près de leur Rover P4, signant des autographes et posant pour des photos.

Val et Emma leur avaient été brièvement présentées la veille au soir lors de la réunion des pilotes, car les producteurs se démenaient pour programmer des interviews. Il avait été décidé que, lors de l'étape de Newcastle, Val servirait de copilote à Kaitlin tout en étant interviewée, tandis que Ryan tiendrait ce rôle pour Emma.

— Ravie de vous rencontrer, avait dit Kaitlin, boucles scintillantes dansant à ses oreilles, ses yeux bleu vif balayant la pièce, donnant l'impression qu'elle cherchait quelqu'un. Je suis sûre qu'on va passer un bon moment.

Quand elle s'était éloignée, ses longues jambes fines avalant le sol, ses fesses se balançant comme une cloche d'église, elle s'était dirigée droit vers David.

Val avait eu sa réponse. Et quand il avait penché sa tête sombre vers celle de Kaitlin qui tripotait un de ses pendants d'oreille, un élan de jalousie l'avait prise par surprise.

Elle s'était méprisée pour ça.

David était en mode Dr Kennedy : mondain, froid, calme et posé. En l'observant, elle avait eu du mal à concilier cette image avec l'homme passionné qui s'était agenouillé entre ses cuisses au clair de lune et l'avait fait crier de plaisir.

Comme s'il avait entendu ses pensées, il l'avait regardée droit dans les yeux, et elle avait dû se détourner pour qu'il ne la voie pas s'empourprer.

Bien qu'elle ait pensé ne plus avoir de ses nouvelles, il avait appelé presque chaque soir depuis le samedi précédent. Et même si elle se disait chaque fois qu'elle raccrochait qu'il était temps de mettre un terme à leur relation, elle n'était jamais arrivée à le lui dire, ce qui était tout à fait contraire à son habituelle approche frontale de la vie.

Elle s'était plus ou moins convaincue qu'ils pouvaient continuer ensemble encore un peu, que le double spectre de la découverte de leur relation par quelqu'un et de sa sclérose en plaques n'était pas encore urgent.

— Ça va ? demanda Emma, l'arrachant à ses pensées.

— Bien sûr. Pourquoi cette question ?

— Tu te frottais le bras, et tu serrais et desserrais les doigts. Tu t'es fait mal ?

Elle n'avait pas eu conscience de le faire, et le poignard glacé de la peur lui frappa l'estomac. Mais elle réussit à sourire face au regard inquisiteur d'Emma.

— Oh ! Je suis tombée le week-end dernier, et je suis restée un peu endolorie.

Heureusement, à ce moment-là, il y eut un brouhaha, et la foule se mit à applaudir puis à rire. Elle comprit pourquoi quand David et un jeune homme blond qu'elle reconnut comme étant son fils Josh montèrent sur l'estrade.

Ils étaient tous deux en tenue de soirée d'une époque révolue, avec chapeau haut de forme, cape doublée de satin et canne. Ils avaient même un verre à champagne à la main.

Puis elle vit Griff et éclata de rire. Lui aussi portait un nœud papillon blanc.

— Oh ! les sournois ! fit Emma. Je commençais à croire qu'on était les seules à se déguiser, mais ils nous volent la vedette. Même le chien a l'air de sortir d'une de ces comédies musicales en noir et blanc.

— Je me demande s'il va se prélasser à l'arrière de la Daimler à siroter du champagne ?

— Ma foi, comme c'est le seul qui n'a pas à travailler, s'esclaffa Emma, je ne vois pas pourquoi il ne le ferait pas.

David fit un discours rapide et concis, souhaitant la bienvenue à tous, réitérant l'importance du message à faire passer et remerciant les bénévoles, puis il récapitula :

— Les organisateurs ont déjà joliment aligné toutes nos voitures, et dans une dizaine de minutes, ils commenceront à distribuer les feuilles de route. Les copilotes, n'oubliez pas de vérifier la liste des éléments à chercher et à photographier, et de les envoyer à la fin de chaque journée à l'adresse e-mail indiquée en haut de la feuille. Les concurrents qui en trouveront le plus participeront à une tombola spéciale à la fin du rallye. Bonne chance, n'oubliez pas les règles, et restez prudents. Je déclare à présent le Rallye du Don officiellement lancé !

Il y eut des acclamations, et une cornemuse commença à jouer ce qui était pour les cornemuses un air joyeux, tandis que les concurrents les plus proches du début de la file de voitures se dirigeaient vers leurs véhicules.

David et Josh descendirent de l'estrade et, à la surprise de Val, vinrent dans leur direction, ralentis par les gens qui voulaient leur serrer la main ou prendre une rapide photo.

— Je file aux toilettes, annonça Emma.

— On a encore presque une demi-heure avant de démarrer. Ça ne peut pas attendre ? s'étonna Val.

Mais Emma était déjà partie sur un vague signe de la main.

Val se tint prête, feignant ne pas voir David et Josh se rapprocher même si le simple fait de regarder David marcher suffisait à emballer son cœur. Il avait une sorte de grâce dans ses mouvements qui lui rappelait beaucoup la façon dont il se comportait au lit, et cela la faisait fondre.

Griff la reconnut vite. Il se mit à dandiner de joie et entraîna Josh à sa suite en se précipitant vers elle.

Elle se baissa vers le petit chien pour le caresser.

— Salut, toi. Qu'est-ce que tu es chic, aujourd'hui !

— Valerie, la salua David de son ton laconique que contredisait un regard brûlant. Tu vas bien ?

— Très bien, merci, répondit-elle, tentant d'adopter une intonation similaire.

— Je ne crois pas que tu aies rencontré mon fils. Josh, voici Mme Sterling. Elle coordonne les transplantations à St Agnes. Val, mon fils, le futur Dr Josh Kennedy.

Josh sourit en lui serrant la main.

— Juste Josh, madame Sterling. Il n'y a pas de place pour un autre Dr Kennedy dans cette course, vous ne pensez pas ?

Elle ne put s'empêcher de sourire en acquiesçant.

— De plus, vous ne voudriez pas de la responsabilité qui accompagne ce titre ici, n'est-ce pas ?

— Oh non, sûrement pas, répliqua-t-il. Papa, j'emmène Griff faire un dernier pipi avant qu'on ne parte.

— Merci, fiston.

Et soudain, sans qu'elle y soit préparée, ils se retrouvèrent juste tous les deux malgré la foule.

David se rapprocha, et elle se fit violence pour ne pas le toucher.

— Tu m'as manqué, grogna-t-il sourdement, toute froideur disparue de sa voix. Viens dans ma chambre ce soir.

— David…

Il interrompit d'une main levée son refus avant même qu'elle le formule.

— J'ai dû prendre d'autres dispositions pour mon hébergement à cause de Griff. Je suis loin des hôtels où seront les autres concurrents. Pas de…

Ce fut à son tour de l'arrêter tout en détournant le regard, car toute personne sensée qui verrait la façon dont elle le mangeait des yeux aurait vu qu'elle était folle de lui.

— Envoie-moi l'adresse, et je verrai. Mais Emma et moi avons des chambres contiguës, donc rien ne garantit que je puisse m'éclipser.

Le signal sonore des cinq minutes avant le départ retentit, et elle risqua un coup d'œil sur son visage, à temps pour le voir hocher la tête et le masque tomber à nouveau sur son expression. Il se contenta d'un « À plus tard » avant de se diriger à grands pas vers la Daimler qui l'attendait.

Heureusement, elle avait eu le temps de maîtriser sa respiration au retour d'Emma.

— Voilà, fin prête, dit celle-ci, un peu essoufflée.

— Moi aussi, répliqua Val distraitement, observant Kaitlin Proctor qui retournait à sa voiture. Tu as apporté ces perles et ces fournitures pour faire des bijoux, comme tu l'as dit ?

— Oui, fit Emma. Pourquoi ?

— Je veux fabriquer des boucles d'oreilles qui pendent et dansent. Tu m'aideras ?

— Bien sûr, répondit Emma, les sourcils arqués en signe d'étonnement. On les fera pendant le déjeuner, parce que j'ai promis de dîner avec George et Tess ce soir.

— Parfait.

Val sentit son cœur faire un petit bond.

Peut-être qu'elle pourrait s'échapper pour rejoindre David, en fin de compte.

Le premier jour du rallye les avait fait quitter Edimbourg par une route un peu sinueuse puis aller vers l'ouest pour une courte course, et au sud en direction de Carlisle en passant par Gretna Green.

David avait été ravi des talents de copilote de Josh. Son fils avait décrypté tous les indices de cette étape : Arthur's Seat, les moutons teints à Bathgate, la célèbre forge Blacksmiths Shop de Gretna Green et un fragment du mur d'Hadrien étant les plus mémorables. Chaque fois qu'ils s'étaient arrêtés pour prendre la photo, ils avaient posé à tour de rôle, avec souvent un Griff flou faisant des cabrioles.

Les membres du club automobile avaient bien fait en les réunissant, mais il devait se rappeler de ne rien dire à Josh au sujet des indices dont il se souvenait. Il voulait que celui-ci les trouve tous tout seul.

Comme ils étaient la première voiture à partir, ils furent aussi les premiers arrivés à Carlisle, mais il se réjouit de voir la présence d'autres véhicules anciens et personnes sur le site. Carlisle était l'un des plus petits arrêts de nuit, mais même dans ces zones urbaines moins peuplées, les hôpitaux locaux, les organisations caritatives et les services de collecte de sang avaient organisé des forums de sensibilisation toute la journée. Le soutien de la Fondation GDK à ces petits événements avait été l'une des nombreuses plaintes formulées par Malcolm et ses collègues mécontents, mais David était fier du large concours apporté à l'entreprise.

Pour lui, s'il fallait dépenser de l'argent afin que tous ces événements soient un succès, cela en valait la peine.

Garant la Daimler, il emmena Griff se soulager dans un endroit approprié, saluant en levant son chapeau tous ceux qui le regardaient bizarrement.

Il roula les épaules et étouffa un bâillement.

La semaine passée avait été folle, et il avait mal dormi. En fait, il n'avait pas eu de bonne nuit de sommeil depuis celle qu'il avait passée dans le lit de Val samedi dernier.

Il se passait quelque chose avec elle, il ne savait pas quoi exactement. À certains moments, quand ils se parlaient au téléphone, il entendait une note étrange dans sa voix, mais quand il lui demandait si quelque chose n'allait pas, elle niait. Si elle n'avait pas été quelqu'un d'aussi franc, il aurait pensé qu'elle mentait.

Georgie avait été comme ça aussi. Ne se plaignant pas pour la moindre bricole et avec une vraie capacité à aller de l'avant quoi qu'il arrive.

Son estomac se figea à cette pensée.

C'était ce trait de caractère qui l'avait amené à laisser Georgie seule à la maison pour aller à sa réunion quand elle lui avait dit qu'il s'agissait juste d'un mal de tête !

Pourtant, comparer les situations serait stupide, ce qui tracassait Val pouvait n'avoir rien à voir avec lui. Mais ça ne l'empêchait pas de vouloir l'aider s'il le pouvait.

Il lui avait demandé si elle croiserait son fils à Newcastle, mais elle n'en était pas certaine, et il avait eu l'impression qu'elle ne voulait pas en parler, aussi avait-il laissé tomber. En fait, elle était très discrète et farouchement indépendante. Pas le genre de personnes auprès de qui on insiste pour obtenir des informations.

Griff avait terminé ses besoins et fouinait dans l'herbe.

Alors qu'il nettoyait derrière lui, David gloussa en songeant qu'il devait avoir l'air idiot, en tenue de soirée démodée, à ramasser des crottes de chien. Puis il regarda sa montre.

Si Val et Emma avaient suivi les indications et ne s'étaient pas perdues, elles devraient arriver d'une minute à l'autre au dernier point de contrôle de la journée.

Comme quelques gouttes de pluie crépitaient autour de lui, il se dirigea vers le hall où les stands avaient été installés, se préparant au bain de foule. Josh franchit la porte au moment où il jetait le sac en plastique dans la poubelle située juste devant l'entrée, et la pluie se mit à tomber plus fort.

— Te voilà, papa. Je commençais à penser que Griff et toi vous étiez envolés.

David appela Griff pour le mettre à l'abri, n'ayant aucune envie de dormir dans une chambre imprégnée d'une odeur de chien mouillé.

— Tu connais Griff, il a reniflé tout le carré d'herbe avant de trouver l'endroit idéal.

Il piétina un moment près de la porte, jetant un coup d'œil au parking.

Bon nombre de voitures étaient déjà rentrées, mais il n'y avait aucun signe de la Mini rouge. Juste quand il se disait qu'il était ridicule de s'attarder dehors, il entendit le bruit inimitable d'un moteur de Mini et se détendit enfin.

— J'y vais, lança Josh. Tu viens ?

— Dans une minute, répondit-il, ajoutant par honnêteté : Je suis épuisé, et je redoute le bazar à l'intérieur. J'ai juste besoin de quelques minutes de plus pour décompresser.

Josh lui jeta un regard compatissant mais ne proposa pas de rester. À la place, il dit :

— Passe-moi Griff, je commencerai les bla-bla pour toi.

— Merci, répliqua David avec un sourire.

Puis il se retourna pour voir Val et Emma se précipiter vers lui sous la pluie. Emma entra, et il fut fou de joie que Val s'attarde dehors avec lui.

— Je te verrai, ce soir ?

Les joues de Val rosirent délicieusement, mais ses yeux de tempête ne vacillèrent pas lorsqu'elle répondit.

— Je crois bien que oui.

Et, soudain, il fut prêt à affronter le reste de l'après-midi.

Le matin suivant, Val esquiva les questions d'Emma sur son air fatigué, disant qu'elle ne dormait jamais bien dans un lit étranger, ce qui était faux mais qui satisfit son amie. Il était hors de question qu'elle avoue avoir été dans la suite privée de David, à faire l'amour jusqu'à minuit passé ! Ni qu'elle admette que si elle en avait l'occasion, elle en redemanderait.

Faire l'amour avec David se revélait vraiment addictif, et sachant que le temps de leur liaison était probablement compté, elle voulait en profiter tant qu'elle le pouvait.

Lorsqu'elles quittèrent Carlisle, bien que Newcastle soit presque vers l'est, l'itinéraire les emmena vers le sud, plongeant dans la région des Lacs avant de les renvoyer vers le nord-est. Elle dut faire appel à toute sa concentration pour les garder sur la bonne voie et trouver les indices, car plus elles approchaient de Newcastle, plus elle était nerveuse.

Elle avait appelé Liam plusieurs fois depuis deux semaines, mais il n'avait pas décroché, l'obligeant à lui laisser finalement un message disant qu'elle serait en ville et qu'elle aimerait beaucoup le voir. Il n'avait pas répondu.

Elle devait accepter qu'il ait besoin de temps avant d'être prêt à recoller les morceaux de leur relation. Le départ de son frère puis la mort de sa grand-mère avaient été difficiles pour lui. Il ne s'était jamais vraiment installé dans le village près de Glasgow où ils avaient déménagé. Après la mort de sa mère, quand Liam avait annoncé son intention de retourner à Newcastle, elle avait été envahie par un sentiment d'échec. Avec un peu de temps et de distance, elle tendait à penser que cela avait peut-être été le mieux pour son fils. Ils avaient tous deux fait leur deuil de manière différente. Il avait pris du recul, tandis qu'elle s'était lancée dans la liquidation des affaires de sa mère, la vente du cottage et la recherche d'un nouvel emploi. S'entourant de listes, de tâches et de mouvements, alors que, pensait-elle maintenant, tout ce que Liam voulait, c'était un peu de tranquillité, et la possibilité de ne pas être pris dans son tourbillon.

Il n'avait aucun moyen de savoir que la tempête s'était calmée. Avec un peu de chance, elle pourrait un jour lui montrer que c'était le cas, et ils pourraient commencer à réparer les trous de leur relation. Mais tant qu'il n'y serait pas prêt, elle ne le forcerait pas.

Alors qu'elles entraient dans Newcastle, Emma déclara qu'elle mourait de faim.

Val acquiesça tout en rédigeant ses dernières notes, avant de sortir de la voiture et de se rendre à la tente de l'organisation pour remettre leur feuille de temps. Alors que le commissaire de la course louait leur parcours presque parfait, elle nota mentalement de féliciter Emma pour sa conduite. Pour quelqu'un qui n'avait jamais participé à un rallye auparavant, elle s'en sortait à merveille.

Alors qu'elle retournait vers l'endroit où Emma s'était garée, elle vit une foule attroupée près de l'entrée du centre des congrès, devant lequel jouait un groupe de musiciens. Tandis qu'Emma la rejoignait, elle entendit soudain une voix familière appeler « maman ! »

En se retournant, elle souriait déjà, les larmes aux yeux, puis son fils la prit dans ses bras et lui fit un énorme câlin.

— Liam !

Quand David et Josh avaient atteint Newcastle, ils avaient été accueillis par le maire et un groupe de musique, ce qui n'était pas prévu. Et pendant que Josh emmenait Griff faire ses petites affaires, David s'était retrouvé à faire des bla-bla, comme disait son fils. Il était certain que cette expression lui venait de sa grand-mère.

En faisant un tour dans le centre des congrès avec le maire, il vit Val en compagnie d'un jeune homme qui ne pouvait être que son fils, et il la fixa, subjugué.

Il ne l'avait jamais vue aussi radieuse. Elle rayonnait, tout sourire, alors qu'ils marchaient, bras dessus, bras dessous.

Ébloui, il dut détourner le regard pour pouvoir se concentrer sur ce qui se disait autour de lui. Puis le maire insista pour qu'il se joigne à lui pour le déjeuner, lequel, comme souvent dans ce genre de situations, se prolongea tard dans l'après-midi, si bien qu'il manqua toute la première journée de la manifestation de Newcastle.

En début de soirée, alors qu'il s'apprêtait à dîner avec Josh, il reçut un appel d'une administratrice de GDK l'avertissant que Malcolm reprenait ses manigances.

— Les chiffres des inscriptions de nouveaux donateurs ont

commencé à arriver, et il dit déjà que le taux de participation est inférieur à ce qui était prévu et que la fondation subira un préjudice irréparable.

— On est à deux jours de rallye, répondit David. Et à trois forums d'inscription. Quel genre de miracle veut-il ?

Si l'administratrice avait compati, elle lui avait aussi conseillé de faire preuve de prudence.

— Malcom n'est peut-être pas populaire, mais il est respecté.

Cet appel, pour couronner le reste de la journée, augmenta son niveau de stress de façon exponentielle.

Le seul point positif de sa soirée avait été une conversation avec sa mère, qui lui avait annoncé planifier un voyage en Angleterre et qu'elle le préviendrait dès que les dates seraient fixées. Il avait peut-être cinquante ans, mais l'âge n'avait pas écorné le lien. Seules l'incompréhension et l'intolérance l'avaient fait, et il était déterminé à y remédier.

Après avoir chargé les photos envoyées par les concurrents et les spectateurs par courrier électronique sur la page web de la fondation consacrée à la course, il se cala dans son siège et se frotta les yeux. Plus tôt dans la journée, il avait envoyé à Val l'adresse du cottage où il logeait. Maintenant, il avait vraiment envie de l'appeler, juste pour savoir comment elle allait, mais il hésitait à la déranger au cas où elle serait avec son fils.

Pourquoi ne l'avait-elle pas invité à rencontrer Liam ? Le secret qu'elle avait imposé sur leur relation commençait vraiment à l'irriter. Ne pas pouvoir être avec elle en public, devoir cacher leur relation, c'était de moins en moins acceptable pour lui. Elle se rendait sûrement compte qu'ils avaient dépassé ce stade désormais ? Mais chaque fois qu'il lui proposait de sortir ensemble, pour manger ou autre chose, elle refusait. Ce qui le poussait à se demander où allait leur relation – si elle allait quelque part.

Refusant de s'attarder sur cette pensée, il appela Griff et l'emmena se promener dans un petit parc voisin. Au retour, alors qu'il songeait encore aux événements de la journée, sa mère lui revint en mémoire, et il se mit à chanter sa chanson fétiche, à voix basse pour ne pas déranger les voisins.

Quand il s'engagea dans le chemin menant au cottage, Griff poussa un aboiement joyeux et s'élança vers la porte.

Surpris, David lâcha la laisse et tenta de la rattraper, mais trop tard. Griff gambadait déjà autour de Val, sautillant pour lui lécher le visage, tandis qu'elle riait en le repoussant.

— Couché, Griff ! Tu sais, si la carrière médicale ne te convient pas, tu peux toujours te mettre à chanter. Tu as une belle voix.

— Je ne t'attendais pas, dit-il en saisissant la laisse.

Son rire s'éteignit, et elle le fixa d'un air interrogateur.

— Ma présence est inopportune ?

— Pas du tout. Entre, je t'en prie.

Seigneur, son ton était guindé, même à ses propres oreilles. Il ouvrit la porte et lui fit signe de passer.

— Tu es sûr que c'est le bon moment ? demanda-t-elle en le précédant à l'intérieur.

— Certain. Et désolé de paraître revêche. La journée n'a pas été des meilleures. Mais je pense qu'on peut dire sans risque qu'elle a été géniale pour toi.

Le visage de Val s'illumina à nouveau.

— Tu as vu ?

— Oui, répondit-il en l'entraînant par le poignet vers le canapé pour qu'ils s'assoient côte à côte. Juste un bref moment, avant que le maire ne m'embarque pour un déjeuner long et indigeste.

— J'espérais vous présenter l'un à l'autre, mais je ne t'ai pas vu. Il revient demain, cependant, et il a promis d'aider à l'un des stands. J'étais étonnée qu'il en sache autant sur ce qu'on fait. Je suppose que quand il a appris que je conduisais dans le rallye, il s'y est intéressé.

Avant qu'il puisse répondre, son téléphone sonna.

— Excuse-moi une seconde, dit-il en soupirant.

Elle hocha la tête, mais la lumière diminua dans ses yeux.

— Docteur Kennedy, ici le Dr Hiroshi, des laboratoires Synthe, annonça une voix masculine au bout du fil.

— Oui, docteur Hiroshi. Que puis-je pour vous ?

— Je voulais vous dire qu'il y a une correspondance potentielle pour l'un de vos patients, M. Swelo Mdele. Bien sûr, il faudra faire d'autres tests pour confirmer la compatibilité, mais j'ai vu l'avis d'urgence sur le dossier, et je voulais vous en informer tout de suite.

Le pouls de David s'était accéléré au nom de son patient le plus malade, et il sentit son estomac se crisper.

— C'est une excellente nouvelle. Vous pouvez me dire d'où vient l'échantillon ?

— D'Edimbourg.

Voilà qui était surprenant.

— Veuillez envoyer l'information au médecin traitant dès que possible afin que les tests supplémentaires puissent commencer immédiatement.

— Je le ferai dès que nous aurons raccroché, mais comme vous figurez en tant que consultant sur le dossier je voulais vous contacter en premier.

— Merci, je vous en suis reconnaissant.

Il gardait une voix posée et professionnelle, alors qu'à l'intérieur, il hurlait comme un garçon de douze ans à une course de dragsters. Dès qu'il raccrocha, il leva le poing.

— Yes ! brailla-t-il sous le regard amusé de Val.

— Qu'est-ce qu'il se passe ?

— Tu sais, ce patient gravement malade dont je t'ai parlé ? Il y a peut-être une correspondance, et en provenance d'Edimbourg, figure-toi !

— Oh ! David, c'est merveilleux !

— Carrément. Et, encore mieux, je peux utiliser ça pour montrer au conseil d'administration que le Rallye du Don présente déjà des signes de succès.

Elle hésita avant de faire remarquer :

— Fais attention à ne pas trop y croire. Tu as encore le typage HLA à faire, ainsi que…

— Je sais, mais cela permettra au moins de ne plus avoir Malcolm sur mon dos, et il lui sera plus difficile de me faire désavouer comme président de la fondation.

Elle le regarda dans les yeux, et il se renfrogna. Puis, elle déclara d'un ton posé :

— Je sais que ça te rend heureux, et je ne te le reproche pas. Je m'inquiète juste du fait que si la compatibilité n'est finalement pas avérée, tu sois dans une position pire que celle dans laquelle tu es aujourd'hui.

Il ressentit alors cette peur si profonde que les choses lui échappent potentiellement, même si, à cet instant, il n'était pas sûr de ce qu'il craignait de perdre. Il avait besoin qu'elle comprenne ce que cela signifiait pour lui.

— J'ai fait la promesse quand j'ai créé GDK, de la rendre la meilleure possible et d'aider autant de personnes que possible. Quand je prends un engagement, je le tiens jusqu'au bout, et peu importe ce que Malcolm ou n'importe qui d'autre veut, c'est ce que je compte faire.

Elle acquiesça, mais quelque chose dans ses yeux fit se former une boule froide dans son estomac.

— Oui. Je te vois bien faire ça, que ce soit bon pour toi ou pas.

Il essaya d'analyser ses propos, mais ne réussit pas à leur donner un sens.

— Qu'est-ce que tu veux dire par là ?

Elle hocha la tête avec un sourire mi-figue, mi-raisin.

— Juste que tu es un homme bien, respectable. Et c'est l'une des choses que j'admire le plus chez toi.

Puis elle se pencha vers lui et l'embrassa comme pour empêcher ce qu'il voudrait dire de quitter ses lèvres.

Il la laissa faire pendant quelques instants puis s'écarta, sachant qu'il y avait davantage dans ses paroles que ce qu'elle avait réellement dit.

— Explique-moi, exigea-t-il.

Mais elle secoua la tête et baissa la fermeture Éclair de sa robe, révélant la peau lisse en dessous.

— Plus de mots ce soir, répliqua-t-elle, le sourire un peu vacillant.

Et quand elle ôta sa robe et s'assit sur ses genoux, il convint que ce qui devait être dit pouvait attendre, alors que faire l'amour ne le pouvait pas.

11.

Le matin du deuxième jour à Newcastle, Val se réveilla les yeux lourds et encline à rester au lit. Seule la perspective que Liam revienne passer la journée avec elle au centre des congrès la fit se lever. Mais elle fut incapable de petit déjeuner, le ventre tourneboulé à l'idée de ce qu'elle devait faire.

Cela lui était venu la veille en entendant David parler d'engagement et de sa volonté de tenir ses promesses.

C'était exactement le type d'hommes qu'il était – dévoué et concentré sur ce qu'il fallait faire –, et c'était exactement pourquoi elle ne pourrait pas continuer à le voir après le rallye.

Elle s'était réveillée durant la nuit, la main engourdie et pleine de picotements, le bras douloureux.

C'était déjà arrivé auparavant, et elle avait mis ça sur le compte d'une mauvaise position, mais là, elle avait affronté la vérité. Inutile de repousser plus longtemps. Dès que le rallye serait terminé, elle irait chez le médecin, et l'on découvrirait sans doute qu'elle avait une sclérose en plaques. Or, elle devait mettre fin à leur liaison avant, car David était le genre d'hommes qui se sentirait obligé de rester avec elle même s'il n'en avait pas envie.

Même s'il ne l'aimait pas autant qu'elle l'aimait.

Jamais il ne lui avait été aussi difficile de faire bonne figure, mais elle y parvint. Elle passa la journée à parler aux gens qui se présentaient à la table d'information sur les transplantations à laquelle elle avait été assignée. Elle fut ravie de voir Liam interagir également avec les visiteurs. Lorsque David arriva, elle les présenta, mais l'excitation qu'elle avait ressentie à cette idée la veille s'était envolée, et elle fut contente quand David fut appelé ailleurs. Elle avait besoin de se tenir à distance de lui, du mieux qu'elle pouvait.

Emma déjeuna avec elle et Liam, parlant avec lui, montrant des photos des indices trouvés, tandis que Val, en retrait, les regardait discuter et rire ensemble.

Plus tard ce soir-là, après que Liam fut rentré chez lui, et qu'elles dînaient toutes les deux dans un pub, Emma déclara :

— Il est intelligent et vraiment un gentil garçon.

David avait envoyé un message pour dire qu'il devait rencontrer des dignitaires locaux et qu'il ne savait pas à quelle heure il rentrerait dans sa chambre. Triste de rater ne serait-ce qu'une nuit avec lui alors que le temps qui leur restait était si court, elle avait aussi été un brin soulagée. Cela lui donnait un peu de temps pour réfléchir à ce qu'elle allait lui dire.

Le lendemain matin, un des producteurs du documentaire vint la chercher pour permuter comme copilote de Kaitlyn Proctor, qui s'avéra du genre à se plaindre continuellement.

— Qui a eu l'idée saugrenue de cet itinéraire ? Vous êtes sûre qu'on va dans le bon sens ? grogna-t-elle tandis que Val annonçait les virages.

— Oui, répondit Val, tentant de ne pas laisser transparaître son agacement.

— Ça va nous emmener dans les Pennines, ce qui est stupide. Sûrement encore cette absurdité d'indices, grommela Kaitlyn. Assurez-vous de les photographier, hein ?

— Vous devrez ralentir pour ça. D'ailleurs, vous roulez trop vite pour les instructions de la feuille de route.

— Quand on commencera à filmer, je ralentirai, riposta Kaitlyn, les lèvres serrées, comme si, copilote ou pas, elle ne voulait pas recevoir d'instructions de sa part.

Puis, lorsque la caméra s'alluma, elle devint soudain une personne complètement différente. Chaleureuse. Drôle.

Val ne put s'empêcher de comparer cela aux deux facettes principales de la personnalité de David, sauf bien sûr que chez lui, c'était l'opposé. Envers le monde entier, il était froid, alors qu'il était aimable envers ceux qu'il connaissait bien.

L'entretien parut bien se dérouler. Val expliqua ce qu'elle faisait à l'hôpital, parla de l'importance des greffes et donna un aperçu de la façon dont les choses s'étaient améliorées au fil des ans. Bien qu'elle ait du mal à se concentrer en même temps sur les instructions, la liste des indices et les questions de l'interview, elle y parvint.

Perry, le caméraman sur le siège arrière, arrêta de filmer.

— Alors, demanda Kaitlyn, c'est quoi, votre relation avec David Kennedy ?

Prise au dépourvu par la question, Val toussota.

— Le prochain virage à gauche arrive vite, et il y a en a un à droite juste après, annonça-t-elle, heureuse d'avoir ce délai pour étayer ses défenses. Et pour répondre à votre question, le Dr Kennedy et moi avons travaillé ensemble.

Kaitlyn lui jeta un regard en coin.

— Et c'est tout, hein ? Je pensais que vous vous connaissiez peut-être mieux que ça. Il semble qu'il y ait une certaine… électricité quand vous êtes ensemble.

— Non, répliqua-t-elle d'une voix froide, même si son cœur battait à tout rompre.

— OK, OK, fit Kaitlyn. Je me demandais juste, comme je vous ai vus pas mal ensemble. Et, ne vous méprenez pas, je ne vous blâmerais pas de tenter votre chance auprès de lui. Non seulement il est sublime, mais pensez à tout cet argent dont il a hérité et qui n'attend que d'être dépensé pour des choses bien plus amusantes que la recherche sur les greffes.

Val ravala les mots qui lui venaient aux lèvres et consulta la feuille de route, refusant d'encourager l'odieuse femme.

Kaitlyn, indifférente à son silence, continua.

— Je viens de me débarrasser de mon quatrième mari, mais si je devais refaire cette erreur, je serais heureuse de la faire avec David Kennedy.

— Tu adorerais mettre la main sur tout ce pognon, pas vrai, Kay ? lança Perry.

— Pourquoi pas ? Sa femme est morte depuis des années. Si quelqu'un doit partager sa fortune, pourquoi ce ne serait pas moi ? À moins que Mme Sterling ne veuille rectifier et dire qu'il n'est plus sur le marché ?

Val haussa les épaules, feignant le détachement.

— Je ne sais rien du statut du Dr Kennedy. Peut-être qu'il vaudrait mieux le lui demander ?

Kaitlyn éclata de rire, un son grinçant et désagréable.

Heureusement, ils arrivaient à un indice, ce qui signifiait filmer quelques minutes et prendre les photos requises.

Le temps qu'ils remontent en voiture, le sujet avait changé, mais Val garda un profond sentiment de malaise.

Elle avait décidé de ne plus voir David après la fin du rallye, mais, apparemment, ce temps-là ne leur restait même plus. Si une personne comme Kaitlyn Proctor avait remarqué la connexion entre eux, il fallait y mettre un terme absolu illico avant que quelqu'un d'autre ne le remarque aussi.

Par chance, ils devaient retrouver leurs partenaires de conduite d'origine à la pause-déjeuner, et elle fut soulagée de faire ses adieux à Kaitlyn et Perry et de rejoindre Emma.

Il lui en coûta de faire semblant que tout allait bien le reste de la journée, alors qu'un maelström d'émotions la minait. Lorsqu'elles furent parvenues à Leeds, elle avait la migraine, mais elle refusa de céder à la douleur.

Aucun signe de David sur place, et quand elle entendit que le maire de Leeds l'avait emmené quelque part, elle souffla.

Quand son message l'invitant à passer le voir apparut, alors qu'ils remballaient le stand, son cœur se pétrifia, comme gelé. Elle répondit qu'elle serait là dans environ une heure, mais ses doigts tremblaient en tapant sur le clavier du téléphone, et cette heure lui parut la plus longue et la plus difficile de sa vie.

Le temps de trouver le chemin de l'appartement qu'il louait, elle avait l'impression d'être sous l'eau, en apnée.

Il le remarqua dès qu'elle entra, et elle sentit son regard sur elle alors qu'elle se penchait pour caresser Griff, qui gémit doucement comme s'il sentait que quelque chose n'allait pas.

— Qu'est-ce qu'il s'est passé ? demanda David de sa manière frontale habituelle.

Elle flageolait sur ses jambes, aussi se percha-t-elle au bord d'une chaise toute proche.

Le chiot la suivit et posa la tête sur ses genoux.

— Kaitlyn Proctor sait qu'il y a quelque chose entre nous.

David se détendit, même si son regard restait vigilant.

— Eh bien, il fallait bien que quelqu'un s'en rende compte à un moment donné. Je pense que ça signifie qu'on devrait devancer les rumeurs et le rendre public nous-mêmes.

Elle secoua la tête.

— Pas moi. Je pense qu'on devrait arrêter de se voir.

David se figea l'espace d'un instant.

— C'est un peu radical, tu ne crois pas ?

— Non.

Elle avait bien réfléchi à ce qu'elle allait dire.

— Peut-être que ça semble l'être pour *toi*, mais pour moi, c'est la seule solution. Tu as l'habitude d'être un personnage public, mais pas moi. Je n'ai aucun intérêt à ce que ma vie soit disséquée pour le divertissement des autres.

Il parut désorienté, avant de s'affaler sur le canapé.

— Val, ce n'est pas si grave que ça ! Et tout ce que je fais, c'est pour aider la fondation. J'ai travaillé trop dur, je ne peux pas y renoncer, même pour toi.

— Je ne te le demande pas.

Cette merveilleuse organisation qu'il avait bâtie à partir de sa douleur et de son chagrin était son talon d'Achille, et elle culpabilisait de l'utiliser de cette façon. Mais elle devait l'obliger à maintenir son attention dessus afin qu'il ne pose pas de questions auxquelles elle ne voulait pas répondre.

— Je dis simplement que, si tu ne souffrirais pas qu'on nous voie ensemble, moi, ma vie serait bouleversée.

— Je ne vois pas comment.

Il s'était retranché derrière le ton froid qu'elle avait appris à reconnaître, mais cette fois, elle s'en réjouissait, parce que ça prouvait qu'il prenait ses paroles pour argent comptant.

— Personne ne médira sur toi, mais moi, je serai la croqueuse de diamants vénale, l'objet de spéculations et de rhétorique méchante, tant au travail que dans ma vie privée.

— Je ne pense pas que tu sois vénale. Mon opinion ne l'emporte-t-elle pas sur celle de tous les autres ?

— Dans un monde parfait, si. Mais ce monde est loin d'être parfait, n'est-ce pas ? Dans le monde ordinaire, celui auquel je suis habituée, personne ne se soucierait de qui je vois, mais dans *ton* monde privilégié, je serais traquée, surtout après notre inévitable rupture.

Une lueur coléreuse enflamma les yeux de David.

— Donc, tu vas fuir plutôt que de nous donner une chance, juste à cause de ce que les gens vont dire ? Juste parce que mon travail m'oblige à être sous les feux de la rampe et que tu n'aimes pas la lumière ? Je pensais qu'on avait dépassé ça, qu'on avait encore du chemin à faire, ensemble. Je…

Il hésita puis se tut.

Elle sentait la barrière qu'elle avait construite autour de ses émotions se fissurer. Elle devait en finir et s'enfuir avant de se briser complètement.

Elle prit une voix ferme, sèche, bien que ce soit une des choses les plus difficiles qu'elle ait jamais faites.

— David. On savait tous les deux que ça ne devait pas durer. Pourquoi m'infliger l'enfer pour une passade ? Tu as ta vie et ton engagement à la fondation, j'ai ma propre existence tranquille et heureuse. Mettons-nous d'accord pour les garder séparées, complètement.

Il ne devait jamais savoir qu'elle aurait enduré tout cela, chaque cercle de l'enfer, pour rester avec lui. La douleur qui irradiait à nouveau le long de son bras lui rappelait pourquoi.

Alors elle gratta une dernière fois Griff derrière l'oreille et se leva.

— Au revoir, David. Je te souhaite bonne chance.

Et même si elle se somma de ne pas être surprise ou blessée, elle le fut cependant quand tout ce qu'il dit en retour fut « Au revoir », comme si cela ne signifiait rien pour lui qu'elle sorte de sa vie.

12.

David passa le reste de la soirée et une bonne partie de la nuit à tenter d'accepter l'implosion de sa relation avec Val, mais il avait du mal à la comprendre. En colère, blessé au-delà de l'imaginable, il essayait de rationaliser ce qu'elle avait dit, mais tout s'embrouillait dans sa tête.

Elle avait été très claire, et même s'il était douloureux de l'admettre, il savait qu'elle avait dit la vérité.

Impossible de concilier sa vie et celle qu'elle voulait. Pas alors qu'il avait tout investi dans la fondation. Alors que GDK incarnait le bien qu'il avait été capable de faire dans sa vie, tout en lui offrant une rédemption pour les choses qu'il avait gâchées. Y renoncer était impensable. Et donc sa si précieuse intimité avec Val était destinée à se terminer.

À peine un mois plus tôt, si une femme qu'il avait vue une poignée de fois lui avait dit qu'elle ne voulait pas poursuivre leur relation, il s'en serait moqué. Pourtant, quand Val lui avait annoncé sa décision, il avait pu la supplier, lui dire tout ce qu'elle voulait entendre, juste pour qu'elle reste. Il a failli lui dire qu'il l'aimait… Mais il s'était retenu. Pourquoi se ridiculiser davantage face à sa certitude ?

Au fond de lui, il savait qu'il aurait fait tout son possible pour la protéger et réparer les torts qu'elle aurait subis en le fréquentant. Ça le peinait qu'elle ne s'en rende pas compte.

Après une nuit agitée, il afficha un visage souriant pour Josh, et ils firent la course jusqu'à Manchester sans incident. Cette fois, il fut content d'être dans la première voiture pour se plonger dès leur arrivée dans son rôle de PDG de GDK.

Mais d'une certaine façon, pour la première fois en quinze ans, son masque était moins bien ajusté qu'à l'accoutumée, il lui donnait l'impression d'être de travers.

Plus tard, en faisant le tour de la salle, il vit Emma mais pas Val, et il n'osa pas s'enquérir d'elle. Il se sentait trop à vif, et il passa une autre nuit agitée à se demander comment elle allait, si elle le contacterait ou lui parlerait s'il l'appelait.

C'était puéril, mais il ne pouvait s'en empêcher.

Le lendemain matin, elle était présente au forum d'information, l'air aussi fragile que lui, mais elle disparut après le déjeuner. N'en pouvant plus, il fit le tour de la salle le plus naturellement possible jusqu'à la table que tenait Emma. Lorsqu'elle lui sourit, il essaya d'en faire autant, mais il ne réussit manifestement pas à être convaincant, car Emma lui adressa un regard compatissant.

— Pauvre David. Tu as l'air complètement épuisé. Mais tu dois être satisfait de voir que les choses se passent bien.

— Oui, répondit-il, s'efforçant de paraître enthousiaste. Ta copilote sèche les cours, c'est ça ?

— Non, hélas, je l'ai envoyée se reposer. Je m'inquiète pour elle depuis quelques jours. Elle n'est pas elle-même.

— Oh ? Qu'est-ce qu'il s'est passé ?

Emma fronça les sourcils et sa moue s'accentua.

— Je ne sais pas bien. Elle est tellement discrète sur elle-même qu'elle ne dira rien, mais je la surprends fréquemment en train de se frotter le bras ou de serrer et détendre ses doigts comme s'ils étaient engourdis. Et puis, ces deux derniers jours, elle semble… Je ne sais pas, ailleurs.

Avant qu'il puisse poser plus de questions, il sentit qu'on le touchait à l'épaule. Le journaliste Ryan Winterhauer se tenait à côté de lui.

— Je peux vous dire un mot ? demanda celui-ci après s'être excusé de les avoir interrompus.

Ils se mirent à l'écart par mesure de discrétion.

— Écoutez, je ne sais pas si on vous en a déjà parlé, mais une rumeur circule à propos d'irrégularités dans les rapports émis par la fondation. Quelque chose concernant la falsification du nombre de participants, d'inscriptions, et de correspondances effectuées.

Stupéfait, David le fixa un moment, un gouffre glacé s'ouvrant dans ses entrailles.

— Quoi ?

— Ma productrice vient d'appeler pour me demander mon avis sur ces rapports. Je lui ai dit que c'était de la foutaise. La participation est phénoménale. Pendant que je travaillais au stand d'information sur les maladies rénales, on a eu tellement de gens qui se sont inscrits et ont donné des échantillons de sang que le laboratoire a du mal à suivre. Mais vous pouvez m'en dire plus sur ce patient à qui on a annoncé une compatibilité qui ne s'est pas avérée ?

La fureur – incandescente – chassa le froid qui avait envahi David, et il jura entre ses dents.

Il n'en doutait pas, il s'agissait d'une nouvelle manigance de Malcolm pour mettre fin au rallye et lui arracher des mains le contrôle de la fondation. Celui-ci était allé trop loin cette fois, il risquait de finir par détruire entièrement GDK.

— Je ne peux pas commenter le dernier point, mais d'après mon expérience, aucun médecin ne parle à un patient d'une correspondance avant d'être absolument sûr qu'elle est viable, donc si ça s'est produit, cela a dû venir d'une source extérieure…

Il attrapa son téléphone.

— Excusez-moi, voulez-vous ? Je dois comprendre ce qu'il se passe avant que ça ne devienne incontrôlable.

— Bien sûr. Faites-moi savoir si vous trouvez, d'accord ?

— Si je peux. Merci de m'avoir prévenu.

Il était à l'extérieur en train de parler à Rolly quand ce qu'Emma lui avait dit à propos de Val revint au premier plan de son esprit, et le puzzle se mit soudain en place.

— Je vais devoir vous rappeler, dit-il, coupant son assistante au milieu d'une phrase. Si vous découvrez quelque chose, faites-le moi savoir, mais j'ai un truc urgent à faire.

Puis il retourna à l'intérieur pour trouver Emma.

Entendant frapper à la porte, Val se leva du lit pour aller voir qui c'était. En apercevant David par l'œilleton, elle recula d'un pas.

Impossible de reprendre son souffle ou de maîtriser le rouge qui lui montait aux joues, et elle envisagea de ne pas répondre. Mais il frappa à nouveau, plus fort, et elle sut d'instinct qu'il n'arrêterait pas jusqu'à ce qu'elle lui ouvre.

Après avoir inspiré à fond, elle ouvrit la porte.

Il passa devant elle puis se retourna, et l'expression féroce de son visage la fit défaillir.

Elle aurait aimé ne pas se sentir aussi désarçonnée, le cœur battant la chamade, les mains moites, les émotions se déchaînant dans son organisme, juste quand il fallait qu'elle soit ferme et décisive.

— Qu'est-ce que tu fais ici, David ?

— Tu penses que tu as une sclérose en plaques, n'est-ce pas ? Et tu ne voulais pas que je le sache.

— Quoi ? fit-elle, l'air fuyant ses poumons, luttant pour maintenir le mensonge. Quoi ?

— La façon dont tu te frottes le bras, dont tu plies et déplies les doigts. Tu as peur que ce soit des symptômes de la sclérose en plaques.

Elle réussit à atteindre le lit avant que ses jambes ne la lâchent.

— Je ne sais pas de quoi tu parles.

Mais sa voix tremblait, et elle se haïssait pour ça.

— Je suis médecin, Val. Bien que la neurologie ne soit pas ma spécialité, je sais que la sclérose en plaques peut être génétique, et tu m'as dit que ta mère en est morte. Ce n'est pas difficile de faire le rapprochement.

Il s'était retranché dans ce ton froid qu'elle haïssait pour masquer sa colère, et cela déclencha chez elle une colère réciproque.

— Quelle différence ça fait ? lança-t-elle avec force. Tu peux penser ce que tu veux, c'est fini entre nous, David.

Il tressaillit comme si ces mots l'avaient giflé.

— Pourquoi ? Parce que tu ne veux pas que je sois là si tu

as une sclérose en plaques ? Tu crois que je ne t'aimerais pas, que je ne prendrais pas soin de toi quoi qu'il arrive ?

Tu m'aimes ?

Les mots faillirent sortir, mais elle les repoussa. En fait, après la première bouffée de plaisir, cela la rendit encore plus furieuse.

— Non ! Parce que je sais que tu le ferais même si tu ne le voulais pas vraiment. Parce que je refuse de devenir un autre projet qui te rendra esclave.

Elle tenter de contrôler sa voix, mais en vain. Pas avec chaque nerf de son corps électrisé de rage, d'angoisse et d'un genre d'amour qu'elle n'avait jamais pensé éprouver.

— Tu sais ce que ma mère m'a dit alors qu'elle était mourante ? « Je suis désolée que tu doives t'occuper de moi ainsi, Val, mais je suis contente que ton père ne soit pas là pour être accablé par ce fardeau. » Et je savais ce qu'elle voulait dire. Je suis infirmière, David, et m'occuper d'elle, la voir comme ça, a été la chose la plus difficile de ma vie. Je *ne ferai pas* subir ça à quelqu'un que j'aime.

— Même si cette personne veut être là pour toi ? Même si ne pas être là serait pire que prendre soin de toi ?

— Je ne veux pas de toi. Je n'ai besoin de personne…

La rage la submergeait, se déversait en paroles haineuses et blessantes.

— Je n'ai pas besoin que tu prennes soin de moi. Va-t'en, David, arrête de jouer au preux chevalier. Je ne suis ni sans défense, ni à sauver !

Pendant un long moment, le seul bruit dans la pièce fut celui de son souffle rauque, mais le bruit de son cœur battant dans ses oreilles l'étouffait presque.

Pourquoi ne partait-il pas ? Elle voulait qu'il s'en aille, car la colère qui l'avait soutenue s'estompait. S'il restait plus longtemps, elle s'effondrerait. Elle se dissoudrait en pleurs, et c'était la dernière chose qu'elle voulait qu'il voie.

Prenant les choses en main, elle se leva du lit et se dirigea vers la porte. L'ouvrant, elle resta là, silencieuse, le menton levé, le défiant de dire un mot de plus.

Il ne le fit pas. Il secoua la tête, son expression passant de l'incrédulité à la colère, puis à la douleur.

Puis il partit, et elle put laisser échapper les larmes de chagrin qu'elle avait refusé de verser devant lui.

Le lendemain matin, Val fit en sorte d'arriver sur le site avant le début de la journée pour éviter de voir David. Emma lui lança un regard interrogateur, mais Val n'était pas du genre à se laisser aller longtemps. Bien qu'elle ait peu dormi, il n'y avait aucune trace de ses pleurs de la veille.

— Tu te sens un peu mieux ? demanda son amie alors qu'elles se préparaient pour la prochaine étape de la course.

— Oui, mentit-elle. Je dois devenir trop vieille pour faire des rallyes. Ça chamboule complètement mon sommeil.

— Bien sûr, grommela Emma. Tu dames le pion à la moitié des volontaires plus jeunes, alors garde ton baratin pour quelqu'un d'autre. David est passé te voir, hier ?

Heureusement, le commissaire de la course leur fit signe d'avancer, et Emma, concentrée sur sa conduite, ne vit pas la réaction de Val.

Voilà comment il avait su où elle était !

— Oui, dit-elle, s'étant reprise. C'était gentil de sa part.

— Je trouve aussi. Au fait, je crois qu'il y a un problème à Londres. J'ai entendu dire qu'il va devoir retourner au siège dès qu'on sera arrivé à Birmingham.

Ne voulant plus rien entendre sur David, Val changea de sujet et discuta de la liste des indices, ce qui les mena jusqu'à leur tour de partir. Distraite, elle rata un indice, et elles durent faire rapidement demi-tour pour prendre la photo requise, car, comme le souligna Emma, elles étaient en passe de réaliser un record parfait. Alors qu'elles repartaient, la Mini toussa et cahota, et Emma poussa un juron.

Val espéra à moitié que la voiture tombe en panne, ce qui lui permettrait de rentrer chez elle plutôt que d'avoir à côtoyer David les huit prochains jours.

Elles arrivèrent néanmoins sans encombre à Birmingham.

Au moment où elles descendaient de voiture, l'équipe de journalistes locaux se précipita vers elles, posant des questions sans même leur laisser le temps de souffler. Agacée, Emma leur fit signe de s'éloigner, et Val recula, tentant de s'écarter de leur chemin.

Puis elle eut l'atroce sensation de tomber, et tout devint noir.

David parvint à la gare de Birmingham juste à temps pour prendre le train de Londres pour la réunion d'urgence du comité de direction, et il s'écroula dans son siège.

Malcolm avait finalement obtenu gain de cause. La veille, David avait reçu la convocation pour la réunion, ce qui lui avait laissé assez de temps pour enquêter et éteindre autant de feux qu'il pouvait. Il avait dû demander aux groupes participants de transmettre toutes les données possibles, puis faire faire des heures supplémentaires au personnel pour rassembler tout ce qui avait été reçu, afin de prouver que les chiffres n'avaient pas été falsifiés.

Quelqu'un avait aussi divulgué des informations sur la correspondance pour M. Mdele, heureusement sans mentionner son nom, mais en donnant l'impression que cette correspondance avait été présentée au patient comme certaine, alors qu'elle n'était pas compatible. Découvrir que la correspondance n'était pas viable s'avérait un coup dur. Que ce soit étalé dans les médias l'était presque autant.

Son objectif principal aurait dû être d'assurer la survie de GDK, quitte à sacrifier le Rallye du Don, mais sa dernière rencontre avec Val ne cessait de s'immiscer dans ses pensées, l'empêchant de se concentrer sur la réunion à venir.

Il lui avait dit qu'il l'aimait.

Elle ne l'avait même pas accepté, peut-être même qu'elle n'y croyait pas, et pourtant c'était vrai, et il refusait l'idée qu'il n'y avait rien à faire pour la récupérer. C'était la première femme – la seule – qui lui ait fait ressentir de vrais sentiments depuis la mort de Georgie.

Val, courageuse, fière, indépendante, qui préférait affronter seule le spectre d'une maladie dégénérative plutôt que de s'appuyer sur lui.

« Je ne ferai pas subir ça à quelqu'un que j'aime. »

Ces mots lui donnaient un petit espoir. En admettant qu'elle tenait à lui, au moins, elle laissait la porte entrebâillée. À lui de trouver comment l'ouvrir en grand.

Il y avait aussi une aura de vérité dans le fait qu'elle ne veuille pas vivre l'exposition médiatique quotidienne qu'il connaissait. Sur le coup, il avait pensé qu'elle disait ça en général, mais à présent il pensait que, déjà à ce moment-là, elle avait la sclérose en tête. Être constamment observée tout en combattant une maladie qui provoquait à tout moment une myriade de symptômes, ce serait intenable. Il ne voudrait pas ça. Pas pour elle ni pour lui.

Pourtant, il était temps de regarder la vérité en face : il avait trouvé en elle un retour à la normale qui lui manquait depuis plus de quinze ans.

C'était cocasse de constater à présent qu'il n'avait cessé de s'évertuer à éviter les réalités de son passé. Même si la fondation valait vraiment la peine, il s'en était servi aussi comme un écran de fumée derrière lequel se cacher et une barrière pour tenir le monde à l'écart.

Même s'il croyait toujours à la mission de la fondation, rencontrer Val l'avait forcé à examiner son véritable rôle là-dedans. Non, il n'était pas l'aboyeur de fête foraine que Malcolm l'accusait d'être, mais ce dernier n'avait pas complètement tort. La mort de son père l'avait placé au milieu d'un cirque, et il avait pris son chapeau haut de forme, sa queue-de-pie et son fouet pour se transformer en Monsieur Loyal. Aujourd'hui, il pouvait enfin admettre que ce n'était pas sain. Cela ne le rendait plus heureux ou épanoui, si tant est que ça l'eût jamais fait.

Oui, GDK valait la peine d'être sauvée, mais sa vie ne valait-elle pas aussi la peine d'être vécue ? Et, surtout, sa relation avec Val ne valait-elle pas tout le reste ? Même si elle finissait par le repousser, elle méritait de connaître la vérité : ce qu'ils avaient trouvé ensemble au clair de lune était pour lui plus important que tout.

Le train allait bientôt arriver à Londres.

En paix avec lui-même comme il ne l'avait pas été depuis dix-sept ans, il réfléchit à un plan. Puis il prit son téléphone et appela Val.

Il ne fut pas surpris qu'elle ne réponde pas et lui laissa un message, espérant qu'elle le rappellerait. Puis il passa un autre coup de fil, résolu à repartir de zéro, avec ou sans elle.

Mais il espérait que ce serait avec elle, car il pensait ne jamais plus se sentir entier sans elle.

Le lendemain de l'étape de Birmingham, Val se réveilla désorientée, se demandant où elle se trouvait et pourquoi les sons qu'elle entendait étaient familiers et pourtant hors contexte. Puis elle se souvint.

Elle était à l'hôpital après avoir trébuché sur un câble et s'être cogné la tête. Elle avait été gardée en observation cette nuit pour s'assurer qu'elle n'avait pas de commotion cérébrale. Elle en avait une légère, mais le médecin l'avait rassurée en disant qu'elle sortirait aujourd'hui. Elle était même autorisée à retourner au rallye. Heureusement, c'était un passionné de rallyes qui savait ce qu'est un rallye de régularité et que ça n'implique pas de grandes vitesses ni de folles cabrioles. De plus, l'étape suivante ne commençant que le lendemain, elle pouvait se reposer.

Assise dans le lit, elle jeta un coup d'œil à son téléphone, tentée de réécouter la voix de David disant : « S'il te plaît, appelle-moi ».

Elle ne le ferait pas. Elle avait dit tout ce qu'elle avait à dire. Même si elle l'aimait, elle n'allait pas céder à l'envie de retourner en arrière.

Si les choses avaient été différentes, elle se serait accommodée de la vie tourbillonnante qu'il menait, quand bien même elle en aurait été mortifiée. Elle n'était pas attirée par le personnage mondain que les gens voyaient mais par l'homme tendre et passionné qu'elle avait appris à connaître.

Son amant au clair de lune.

Accepter que rien de cela ne se produise lui brisait le cœur et lui suscitait des émotions inattendues. Elle n'arrivait pas à regretter de l'avoir connu. Il avait pulvérisé l'image qu'elle avait d'elle, lui montrant qu'elle n'était pas seulement une femme prosaïque, révélant le côté joyeux et sensuel qu'elle avait oublié avoir. Il l'avait embarquée dans un conte de fées, elle qui pensait que toute forme de romance était derrière elle. Le rencontrer lui avait montré qu'elle avait encore des aventures à vivre et donné la force de les rechercher.

— Bonjour, fit l'aide-soignante en entrant avec un plateau de petit déjeuner. Le médecin passera vous voir ce matin pour vous donner les résultats de votre scanner.

— Merci, dit-elle, le cœur battant soudain à tout rompre.

— Oh ! vous êtes une participante du rallye, pas vrai ?

— Oui.

— Eh bien, ce sublime Dr Kennedy passe à la télé, il donne une interview à ce sujet.

Avant que la jeune femme ne quitte la pièce, elle avait déjà allumé le téléviseur. Elle trouva la bonne chaîne juste à temps pour entendre un journaliste demander à David :

—… avez découvert qui était derrière l'histoire qui a dénigré la validité du rallye ?

— Oui, et l'affaire a été traitée légalement, c'est tout ce que je peux dire.

— Alors, qu'allez-vous faire maintenant ? Le rallye va-t-il continuer ?

— Bien sûr. C'est trop important pour que nous nous arrêtions. J'ai reçu des statistiques montrant déjà une augmentation moyenne de 25 % d'inscriptions de donneurs, de tests et de dons de sang après seulement la première semaine. Cela en vaut la peine, n'est-ce pas ?

— Et qu'en est-il de votre avenir au sein de la fondation, docteur Kennedy ? Une rumeur dit que vous allez vous retirer, non seulement du poste de président-directeur général, mais aussi du conseil d'administration.

David sourit, et elle sentit quelque chose de nouveau chez lui. Il semblait plus détendu, mieux dans sa peau.

— J'ai bien peur que ce ne soit qu'un vœu pieux de la part de certaines personnes. Je vais rester au conseil d'administration.

— Êtes-vous forcé de quitter votre poste de direction ?

— Non. C'est une décision basée sur le fait que j'aimerais revenir à une vie plus normale. Récemment, on m'a rappelé ce qui est important pour moi personnellement – des choses comme le potager, le clair de lune, et surtout les gens que j'aime. Je veux qu'ils sachent qu'ils comptent plus que tout pour moi, et je ne peux pas être là pour eux si je fais passer la fondation d'abord.

Val sentit son souffle se bloquer dans sa poitrine, alors qu'elle comprenait sans le moindre doute qu'il était en train de lui dire qu'il voulait être avec elle quoi qu'il arrive.

Elle regarda le reste de l'interview dans un état second, stupéfaite de l'entendre parler des années horribles de la mort de sa femme à l'affaire judiciaire. Il parla même de la souffrance de n'avoir pas connu son père et de la contracture de Dupuytren qui avait mis fin à sa carrière de chirurgien.

C'était comme regarder quelqu'un ouvrir un placard auparavant fermé à clé, en sortir le contenu, puis le ranger de façon à ce que tout soit bien visible.

Quand la musique du générique retentit, elle pleurait, bouleversée d'espoir pour David, parce qu'il avait pris un nouveau départ et qu'elle savait qu'il serait plus heureux.

Mais vu comme la mort de Georgie l'avait affecté, pouvait-elle prendre le risque de lui faire revivre cela ?

Elle n'était pas sûre de le vouloir, car elle l'aimait.

13.

Lorsque David quitta le studio et ralluma son téléphone, il y avait peut-être une centaine de messages, mais aucun de la personne qu'il voulait entendre.

Val.

Peut-être n'avait-elle pas vu l'interview, bien qu'il ait suggéré à Josh d'informer tous les participants au rallye de sa diffusion. Ou peut-être qu'elle s'en fichait, contrairement à ce qu'il avait espéré.

Il était reconduit à la gare quand son téléphone sonna. Son cœur fit un bond puis se calma quand il vit que c'était Josh.

— Papa…, commença Josh, dont la voix se brisa. Papa, c'était une des choses les plus courageuses que j'aie jamais vu faire à quelqu'un !

— Merci, mon fils, répondit-il, le cœur comblé. Je retourne à la gare maintenant, je devrais être à Birmingham dans deux heures et demie.

Ils bavardèrent encore quelques minutes, puis raccrochèrent. Il vérifia de manière obsessionnelle son téléphone durant tout le trajet jusqu'à la gare, puis dans le train. À moins d'une heure de Birmingham, il reçut un appel d'un numéro qu'il reconnut. L'hôpital St Agnes l'informait qu'un donneur avait été trouvé pour Tamika Watkiss.

— Nous avons prévenu Mme Sterling. Elle a dit qu'elle rentrerait dès qu'elle pourrait prendre un train à Birmingham.

Il assura qu'il en ferait autant, et dès qu'il eut raccroché, Val finit par appeler.

— David ? fit-elle d'un ton hésitant. Tu as eu St Agnes ?

— Oui. Je reviens à Birmingham. Et toi ?

— Je vais acheter en ligne mon billet pour Liverpool. Je devrais t'en prendre un pour le même train ?

— Oui, tant qu'il ne part pas avant au moins cinquante minutes.

— D'accord. Je te retrouve à la gare, alors.

Il voulait lui dire qu'il l'aimait, mais il se retint. Si elle ne voulait pas l'entendre, il ne forcerait pas les choses, même si cela lui brisait le cœur une fois de plus.

Il passa le reste du voyage sur des charbons ardents. Val lui envoya son billet par e-mail et annonça qu'elle partait pour la gare. Il appela Josh pour l'informer de ce qu'il se passait.

— Je m'occupe de tout, papa. Ne t'inquiète pas.

Et, gardant à l'esprit sa nouvelle résolution de déléguer davantage, il répliqua simplement :

— D'accord, fiston. Merci.

Quand son train arriva à Birmingham, son cœur battait si fort qu'il se sentait nauséeux, et quand il vit Val qui l'attendait sur le quai, il se figea un instant. Puis il s'approcha et remarqua ses paupières gonflées.

— Tu as pleuré ? Pourquoi ?

— J'ai vu ton interview. Qu'est-ce que tu voulais dire à propos du clair de lune et des potagers ?

— Que je t'aime, et que je veux être avec toi, répondit-il, la poitrine oppressée. Il fallait que tu saches que tu as déjà mon cœur, que tu en veuilles ou non, et que je suis à toi, peu importe ce que l'avenir nous réserve à l'un comme à l'autre.

Elle ne dit rien. Pas avec des mots, en tout cas. Mais comme elle était dans ses bras et l'embrassait, semblant ne jamais devoir s'arrêter, ça ne le dérangeait pas.

Ensuite, ils durent courir vers leur train, mais il avait encore des choses à dire, et une fois qu'ils furent assis et eurent repris leur souffle, il lui saisit la main.

— Je me fiche que tu aies la sclérose en plaques. On fera face ensemble à ce qui arrivera, si tu le veux bien. Même après toutes ces années, je ne m'étais pas rendu compte que mon cœur était toujours brisé, mais tu l'as guéri, et je t'aime plus que je ne pensais pouvoir aimer à nouveau.

Val fixait son visage, ses yeux plus bleus que verts à cet instant, si beaux qu'il ressentait leur impact jusqu'à l'âme.

— Te rencontrer m'a fait mesurer que la vie, aussi fragile ou effrayante soit-elle, vaut la peine d'être vécue pleinement, répondit-elle doucement. Heureusement, je n'ai pas la sclérose en plaques pour le moment, mais cela ne veut pas dire que je ne l'aurai pas plus tard. J'ai appris qu'il n'y a pas de lésions sur mon cerveau grâce au scanner fait hier à l'hôpital pour s'assurer que ma commotion n'était pas trop grave.

Il la dévisagea, soudain en plein cafouillage.

— Quelle commotion ?

Elle lui expliqua avoir trébuché et perdu conscience à l'arrivée à Birmingham.

— À l'hôpital, j'ai relaté au médecin ce qu'il m'arrivait depuis quelque temps, et il a suggéré de vérifier la présence de lésions sur mon cerveau puisque j'allais subir un scanner de toute façon. Il pense aussi que la douleur au bras et les picotements dans les mains peuvent être dus à un nerf pincé, et j'irai donc consulter mon médecin généraliste.

L'émotion submergea David, et il la serra fort contre lui, absorbant la sensation de son corps contre le sien.

— Je ne t'abandonnerai jamais, mon amour. Ni dans cette vie, ni dans la suivante. Quoi qu'il arrive. Veux-tu m'épouser, Val ? Je veux vivre avec toi le reste de nos vies et partager chaque moment qu'on pourra ensemble, à partir de maintenant et pour toujours.

— Au soleil et au clair de lune, répondit-elle en souriant. Oui, mon chéri. Oui.

ANNIE CLAYDON

La route du désir

Traduction française de
MARIE-JOSÉ LAMORLETTE

BLANCHE

HARLEQUIN

Titre original :
RISKING IT ALL FOR A SECOND CHANCE

1.

Tout s'était si bien passé, jusqu'ici…

Le Dr Emma Owen et sa copilote, l'infirmière Val Sterling, avaient déjà parcouru la moitié du rallye de voitures anciennes organisé par la Fondation GDK (Georgie et David Kennedy). La pimpante Mini rouge d'Emma, symbole des années 1960, les avait emmenées d'Edimbourg vers le sud par une trajectoire sinueuse qui traversait villes et campagne. Les événements qui avaient eu lieu tout au long de la route – pour sensibiliser le grand public et inciter les gens à donner leur sang ou à s'inscrire comme donneurs d'organes – avaient remporté un succès qui allait au-delà de toutes les espérances. Encore une semaine et Val et Emma pourraient collecter les dons promis à la Fondation. Lorsque Val avait pris quelques minutes, ce matin-là, pour calculer combien elles récolteraient par mile, Emma avait poussé un cri de triomphe, comme si l'argent était déjà en sécurité à la banque…

Se projeter avec un tel optimisme dans l'avenir garantissait un désastre. Et, de fait, à partir de là, tout avait commencé à aller de travers.

La Mini avait calé deux ou trois fois durant le trajet et, au moment où elles franchissaient la ligne d'arrivée à Birmingham, le moteur s'était remis à brouter. Emma s'était arrêtée sur le bas-côté et avait ouvert le capot. L'équipe de télévision locale qui couvrait le rallye avait zoomé sur elle et, énervée, elle leur avait fait signe de partir. Puis toute son attention s'était portée sur Val, qui venait de trébucher sur un câble et avait heurté le sol avec un bruit sourd. L'infirmière avait perdu connaissance quelques secondes.

On avait appelé une ambulance. Val avait protesté, outragée

d'être couvée de la sorte, mais elle avait tout de même eu l'air soulagé en s'allongeant sur le brancard de l'ambulance. Après avoir laissé ses clés de voiture à un commissaire de course pour qu'il puisse ôter la Mini du milieu de la route, elle était montée dans l'ambulance et avait pris la main de Val sans se soucier de sa rébellion.

Elle avait quitté l'hôpital trois heures plus tard. On allait garder Val pour la nuit, afin de pratiquer une batterie d'examens. Persuadée qu'elle irait bien après un peu de repos, la copilote avait promis d'être de retour avant le prochain départ. Emma avait gardé ses doutes pour elle et assuré à son amie que tout se passerait bien, en effet, mais que, même si Val avait besoin de quelques jours de repos, elle se débrouillerait pour trouver un autre copilote.

Les choses ne s'améliorèrent pas. Emma trouva sa Mini dans un stand d'entretien, à l'écart des autres voitures qui stationnaient sous les drapeaux et bannières annonçant l'événement du jour. Elle monta à bord mais, quand elle essaya de démarrer, le moteur toussota et s'arrêta de nouveau.

— Bonjour, Emma. Vous venez de rentrer ?

George Evans était là, les mains dans les poches de sa salopette. Il eut le tact de ne pas demander comment allait la voiture – le bruit du moteur était assez éloquent.

— Oui. Val va passer la nuit à l'hôpital, mais elle devrait être sur pied demain.

George opina et se gratta la tête. Avec sa femme Tess, il était à la retraite depuis cinq ans. Fou de voitures, il s'était inscrit au rallye pour faire rouler son Alfa Romeo vert d'eau de 1946 et, comme Tess, de son côté, œuvrait beaucoup pour les associations de bienfaisance, leur enthousiasme était partagé. Ils étaient vite devenus le couple à consulter quand on voulait un conseil mécanique ou que l'on se posait n'importe quelle autre question.

— Vous pensez qu'elle va pouvoir continuer ?

Emma haussa les épaules.

— L'hôpital a fait tous les examens possibles et imaginables, mais si elle a des douleurs demain, je ne la laisserai pas passer toute la journée dans la voiture, c'est sûr.

— Mais alors, comment allez-vous faire, sans copilote ?

Emma y réfléchirait le moment venu.

— Je n'en aurai peut-être pas besoin… Le plus urgent, c'est de réparer la voiture. C'est peut-être l'arrivée d'essence qui est bouchée ; je vais voir si je peux arranger ça tout de suite.

George fit la moue.

— À votre place, je rentrerais à l'hôtel, je mangerais un bout et je prendrais une bonne nuit de sommeil. Ne vous inquiétez pas : demain, je viendrai ici de bonne heure pour vous donner un coup de main.

Emma réprima son envie de secouer la tête. Elle pouvait très bien effectuer la réparation toute seule. Enfin, peut-être… Toutefois, même s'il ne la prenait pas pour une incapable, George était un très bon mécanicien et il aimait rendre service.

— C'est gentil, George. Je vais vous écouter. Vous avez raison, comme toujours.

— Allez, filez ! Tout ira mieux demain.

Les choses, en effet, parurent s'arranger. Le programme de sensibilisation de Buckingham devait commencer à 9 heures et il régnait une intense activité autour des voitures, alignées et lustrées, et sur les stands où le personnel de GDK préparait les packs d'information et les cartes de donneurs. Le camion pour les dons de sang se tenait à l'extrémité de l'espace ouvert, là où des employés de la Sécurité sociale en uniforme vert installaient leur stand.

Quand Emma arriva, George et Tess étaient assis sur des chaises de camping près de la Mini. Deux têtes grises penchées l'une vers l'autre.

— Emma !

Tess se baissa aussitôt pour prendre une bouteille thermos à ses pieds.

— J'ai du thé ! annonça-t-elle.

— Peut-être que ça peut attendre, mon chou, non ? lui dit George en souriant. Il faut qu'on s'y mette très vite…

Val appela à l'heure du déjeuner. Elle était de retour à l'hôtel et se sentait bien. Cependant, elle venait de recevoir un appel de l'hôpital de Liverpool, où Emma et elle travaillaient, lui signalant qu'on venait de trouver un donneur pour un patient gravement malade. En tant que coordinatrice des transplantations, elle devait y aller d'urgence. Mais comment Emma allait-elle faire, sans elle ? se demandait-elle, ennuyée.

— Ne t'inquiète pas ! Vas-y, tu n'as pas le choix ! Cette greffe est tout de même plus importante qu'un rallye automobile !

Val s'excusa encore deux ou trois fois, mais Emma lui assura qu'elle songeait déjà à quelqu'un qui pourrait lui servir de copilote le lendemain, mettant dans son intonation un optimisme qu'elle n'éprouvait pas. Elle ajouta que, lorsqu'elle-même rentrerait à Liverpool, elles boiraient au succès du rallye et à la santé du patient greffé. Puis elle raccrocha et retourna sur les lieux du rassèmblement.

— Vous avez trouvé quelqu'un ?

Tess était là, avec des sandwichs et du thé.

— Non, et Val doit rentrer à Liverpool. David et elle suivent un patient qui attend pour une greffe de rein et de pancréas, et on vient de trouver un donneur. Il faut qu'elle y soit, bien sûr. Je lui ai dit que j'avais trouvé quelqu'un parce que je ne voulais pas qu'elle se sente fautive de partir…

— Et vous, vous ne devez pas y aller ?

— Non, ce cas ne me concerne pas. Moi, je suis spécialiste des maladies du foie. Je vais rester pour terminer ce rallye.

Tess fronça les sourcils.

— Eh bien, en attendant, prenez du thé et mangez quelque chose. George va pouvoir achever tout seul la réparation pendant que vous vous occupez de trouver un navigateur.

Son mari secoua la tête.

— C'est la voiture d'Emma, trésor. C'est à elle de le faire. Nous avons déjà nettoyé les arrivées d'essence et maintenant, il n'y a plus qu'à tout remettre en place. Nous allons la laisser faire et c'est nous qui nous occuperons de trouver un copilote.

George avait compris à quel point Emma tenait à sa voiture, qui avait appartenu à son père. Ce matin-là, tout en travaillant, elle lui avait expliqué que, toute petite déjà, elle avait appris à entretenir le moteur avec lui. Et puis, à seize ans, elle avait dessiné le motif de soleil levant qui ornait les ailes arrière. Durant ses études de médecine, elle profitait de ses visites dans la maison familiale pour démonter le moteur avec son père, qui l'attendait toujours pour cela. Ils avaient ainsi travaillé ensemble sur la Mini jusqu'à ce qu'il soit trop malade pour descendre au garage. Un an après son décès, elle faisait ce rallye pour lui autant que pour la cause qu'elle soutenait.

— Ça ne vous ennuie pas ? demanda-t-elle à George, avec un sourire reconnaissant.

— Bien sûr que non.

Emma avait remis en place l'arrivée d'essence qui passait sous la voiture, le plus difficile, et elle devait maintenant connecter une durite au carburateur. George et Tess n'étaient toujours pas revenus, et elle se doutait que, de leur côté, ils avaient moins de succès qu'elle. La pensée de devoir quitter le rallye à ce stade la dévastait.

Mais une chose à la fois… Alors qu'elle se penchait sur le moteur pour mettre la durite en place, elle sentit quelque chose frôler l'arrière de son genou. Elle sursauta et se retourna vivement, pour découvrir deux yeux bruns, une oreille baissée et l'autre en l'air, un pelage marron et noir et une queue qui s'agitait.

— Griff… !

Sa voix se brisa en un couinement gênant et sa bouche s'asséchait tandis qu'elle remarquait les pieds plantés à côté du chien.

Griff n'était pas le problème, pas plus que son compagnon habituel, David Kennedy, le président de la Fondation GDK. Mais elle savait que David avait été rappelé à Londres la veille au soir et, visiblement, son fils le remplaçait : Josh Kennedy, chirurgien spécialisé en transplantations et, en l'absence de son père, maître du chien Griff et organisateur de rallye. Rien d'ennuyeux là-dedans ; c'était la partie « ex-amant » qui faisait battre à toute allure le cœur d'Emma.

Elle avait rencontré Josh trois ans plus tôt, par l'intermédiaire de David. Elle était allée à la Fondation demander de l'aide pour un patient et, en plus de lui donner de solides conseils, David l'avait présentée à son fils. Une liaison torride s'était ensuivie durant trois mois, mais s'était mal terminée. Si mal qu'Emma y avait réfléchi à deux fois avant de participer au rallye. Cependant, son envie très forte avait pris le dessus et elle s'était dit qu'il serait facile d'éviter Josh.

Tout avait bien fonctionné la semaine précédente car Josh, manifestement, prenait soin de l'éviter aussi. Toutefois, cet accord tacite n'était plus de mise, apparemment, puisqu'en cet instant, le sort semblait porter son dernier coup.

Elle quitta des yeux les baskets vertes et blanches et releva la tête.

— Bonjour, Emma. J'ai entendu dire que Val était sortie de l'hôpital. Elle va bien ?

Bon. Au moins, sa première question n'était pas un interrogatoire indigné, du genre : « Où diable étais-tu passée, il y a trois ans ? »

— Oui. Je l'ai vue tout à l'heure et elle a l'air d'aller bien.

Juste comme Emma commençait à penser que les choses ne pouvaient aller plus mal, il lui sourit. Un grand sourire qui faisait pétiller ses yeux bleus et qui n'était que chaleur et malice, le tout formant un lot sublime.

— Je suis content de l'apprendre. Tu as des problèmes avec une arrivée d'essence ?

Il ne fallait pas être grand clerc pour le deviner, vu qu'elle en tenait une à la main.

— Euh… oui. Je crois… Papa et moi, nous en avons souvent débouché.

Josh hocha la tête.

— J'ai été très triste d'apprendre la mort de ton père. Comment va ta mère ?

À l'époque, ses parents appréciaient beaucoup Josh. Son père l'avait embarqué un jour dans une conversation de deux heures qui était allée de la médecine à l'archéologie, en passant par la difficulté de trouver des pièces de rechange pour les voitures anciennes. Par la suite, il avait donné un coup de coude à Emma en lui disant à l'oreille qu'elle ne devait surtout pas laisser filer ce garçon. Mais en fait, c'était elle qui était partie en courant…

— Aussi bien que l'on peut s'y attendre, je suppose. Le mois dernier, c'était le premier anniversaire de la mort de Papa et cela a été très dur. Mais elle se tient occupée, comme toujours.

Emma se détourna de Josh pour ne pas qu'il surprenne les larmes dans ses yeux. C'était la chaleur de sa voix qui lui donnait envie de pleurer.

Jouer avec l'arrivée d'essence était un bon prétexte pour ne pas le regarder. Peut-être était-il juste venu lui demander des nouvelles de Val et que, la voyant occupée, il la laisserait tranquille. Cependant, il ne bougea pas, malgré Griff qui tournait en rond au bout de sa laisse.

— Je… euh… je voulais te demander quelque chose…

Au ton hésitant qu'il employait, Emma comprit qu'elle n'allait pas aimer la question. En l'absence de David, il était clair que Josh prenait son rôle de remplaçant au sérieux et il avait l'habitude agaçante de vouloir tout planifier dans les moindres détails. Elle se redressa.

— Tu sais que mon père a dû partir à Londres hier soir, pour une réunion d'urgence du conseil d'administration ?

La curiosité d'Emma l'emporta et elle ne put s'empêcher de demander, même si cela menaçait de prolonger la conversation :

— Oui, on me l'a dit. Il y a un problème ?

— Des bruits ont circulé. Certaines personnes soupçonnent des irrégularités dans l'organisation du rallye. Apparemment, mon père a réussi à les faire taire. Je viens d'avoir de ses nouvelles ; il était en route pour rentrer, mais il a été dévié sur Liverpool.

— À cause du donneur ? Justement, Val…

Emma se mordit la langue. Si Josh se retrouvait dans la même situation qu'elle, c'est-à-dire sans partenaire, mieux valait ne pas mentionner qu'elle était à la recherche d'un copilote.

— Enfin, je suis au courant, se reprit-elle. Qu'on ait trouvé un donneur est une bonne nouvelle.

— Oui. Seulement, cela signifie que je cherche un pilote pour pouvoir terminer le rallye. Et comme Val va sans doute rentrer à Liverpool elle aussi…

Emma se figea. Ce qui lui semblait impensable jusqu'à présent se présentait comme la solution évidente.

— Justement, George et Tess sont en train de me chercher un remplaçant.

Du moins l'espérait-elle. Une semaine entière dans une Mini avec son ex ? C'était inenvisageable ! De toute façon, elle était sûre que Josh trouverait un partenaire pour la Daimler. Qui ne voudrait pas rouler dans des conditions luxueuses, avec cet homme-là comme compagnon de voyage ?

— Je sais, je viens de leur parler, répondit Josh. Ils ne trouvent personne. Alors je me demandais si tu voudrais bien te joindre à moi. Nous pourrions terminer le rallye dans la Daimler. Elle est confortable et tu pourrais choisir d'être soit pilote, soit copilote, à ta guise.

— Ah non ! Cette voiture a commencé le rallye et elle le terminera.

— Pour ton père ?

— Oui, pour mon père. Je suis sûre que tu vas trouver quelqu'un d'autre…

Il hocha la tête et repoussa de son front ses cheveux d'un blond doré, comme il le faisait toujours lorsqu'il réfléchissait.

— Dans ce cas, nous pourrions faire différemment. Je veux bien être ton copilote dans la Mini. De cette façon, nous pourrons terminer tous les deux et collecter les fonds promis.

— Dans la Mini ? Mais il n'y a pas beaucoup de place, tu sais !

Ce fut tout ce qu'elle trouva à dire, pour ne pas lancer : « Tu n'as pas envisagé la possibilité que nous nous en prenions férocement l'un à l'autre avant la pause-déjeuner ? »

— Nous pouvons toujours essayer, dit Josh avec un haussement d'épaules. Histoire de ne pas perdre tous les dons…

Il n'était pas dans la nature d'Emma de se montrer inflexible ; ça, c'était la spécialité de Josh. Résignée au pire, elle lui désigna la voiture d'un geste et il repoussa le siège avant pour permettre à Griff de monter à l'arrière. Après quoi il s'installa à la place du passager, ses longues jambes inconfortablement repliées.

— Tu peux reculer un peu le siège, hasarda-t-elle.

Mais Josh actionnait déjà le levier pour le faire. Il recula au maximum, tandis que Griff remuait, puis se portait en avant pour venir poser la tête sur son épaule. Josh eut un petit rire et lui caressa les oreilles.

— Ce n'est pas si terrible. On va pouvoir y arriver.

Ses genoux n'étaient plus coincés contre le tableau de bord et, s'il gardait les coudes serrés, il ne gênerait pas Emma pour passer les vitesses. Elle soupira.

— Tu as quelque chose pour contenir Griff ?

— Oui, et on pourra attacher son harnais à la fixation de la ceinture de sécurité. J'ai aussi une couverture, pour qu'il ne mette pas des poils partout. Mon père a pensé que ce serait une odeur familière pour lui et que ça le calmerait.

Josh fit glisser ses doigts sur le museau du chien. Apparemment, la chose qui le calmait le mieux était le contact humain et il n'en manquerait pas, dans l'étroit habitacle de la Mini.

— Bon, résolut Emma. Nous pouvons toujours faire un essai demain jusqu'à Hay-on-Wye et nous verrons comment ça se passe. Si je peux démarrer, bien sûr.

Josh aimait par-dessus tout la sécurité d'un programme bien défini. Face à cette incertitude, il se concentrerait au moins un peu sur la recherche d'autres solutions, espéra-t-elle.

Il ressortit de la voiture et Griff sauta sur Emma en agitant la queue, comme s'il savait qu'ils allaient être partenaires et qu'il était déterminé à jouer pleinement son rôle.

— Merci, dit Josh, dont les lèvres frémirent. Du coup, je n'amènerai pas mon éléphant avec moi. On serait trop serrés…

C'était lui tout craché. L'humour, le charme. La reconnaissance du fait qu'ils avaient bel et bien une histoire, tous les deux, mais qu'il pourrait ignorer ce que celle-ci avait d'encombrant si Emma en était capable elle aussi.

— Oui, il vaut mieux qu'il reste chez toi.

Emma réprima un fou rire. Partis comme ça, le plus grand risque de conduire avec Josh n'était pas qu'ils puissent se prendre le bec. C'était la tentation de se reconnecter à lui à un niveau bien plus intime, qui lui faisait tressauter le cœur.

On verrait bien le lendemain. Quand elle aurait réussi à démarrer la Mini.

— Je ferais mieux de continuer, déclara-t-elle.

— Tu veux un coup de main ? Griff et moi, nous sommes des assistants enthousiastes…

— Merci, ça va aller. George m'a aidée et ce qui reste à faire est le travail d'une personne. Je t'enverrai un texto pour te faire savoir si ça marche et le moteur tourne bien.

Reconnaître devant lui qu'elle avait toujours son numéro de portable dans son téléphone n'était pas si grave, mais qu'elle *sache* qu'il était toujours là sans vérifier était plus embarrassant. Ce détail n'avait sûrement pas échappé à Josh, qui percevait vite ce genre de choses. Cependant, il ne fit pas de commentaire. C'était déjà ça.

— Très bien, merci. Si je n'ai pas de nouvelles, c'est moi qui t'appellerai.

Il repartit avec Griff, laissant Emma se retourner vers la voiture… et tenter d'ignorer la pensée qui lui trottait dans la tête, à présent : Josh avait gardé son numéro, lui aussi.

Emma possédait toujours la même fougue, la même flamme. Naturellement, c'était quelque chose qui ne pourrait jamais être contenu. Ses cheveux roux étaient sagement attachés en arrière, la natte enfilée dans le dos de sa combinaison, mais Josh se souvenait très bien comme ils brillaient, chatoyants, lorsqu'ils étaient répandus sur l'oreiller. Il s'efforçait simplement de ne pas y penser. Non sans mal.

Elle aurait eu tous les droits de lui dire non et de maintenir le silence-radio qu'ils avaient observé durant la première semaine du rallye. Si on lui avait demandé son avis, il aurait dit que c'était la chose à faire, et tant pis pour les conséquences. Mais il n'avait eu d'autre choix que de lui reparler, à la fois pour les sponsors et les dons en jeu, et parce qu'il fallait que le rallye réunisse le plus de voitures possible. Apparemment, Emma s'était dit elle aussi qu'elle était contrainte d'accepter.

— Nous ferons bien d'être sages, hein, Griff ?

Le chien le considéra, une oreille baissée et l'autre dressée, avec l'air de le jauger.

— Bon, d'accord. Moi, je serai sage. Toi, ça ira.

La tendance de Griff à faire ce qui lui plaisait quand ça lui plaisait s'accorderait bien avec la vision qu'Emma avait de la vie, il le savait. C'était lui, Josh, qui devrait lui montrer qu'il avait appris, désormais, à prendre les choses comme elles venaient.

En tant que fils adoptif de David Kennedy, il avait bénéficié de tous les bienfaits de cette position – une bonne éducation et une foule d'opportunités. David était son père dans tous les sens du terme, sauf un, et c'était celui qui comptait le moins pour Josh. Son père biologique était juste une personne que sa mère avait rencontrée avant David, et que lui-même n'avait pas connue du tout.

Toutefois, cette personne avait commis des actes dont il avait souffert. Cet homme les avait chassés de chez lui, sa mère et lui, quand il n'était encore qu'un bébé. Ils s'étaient retrouvés dépourvus de tout et sa mère avait préféré ne pas demander d'aide, de crainte qu'on lui enlève son fils. Pendant dix ans, elle avait lutté pour joindre les deux bouts, passant avec lui d'un squat ou d'un meublé à l'autre. Puis David était tombé amoureux de l'art de Georgie de tirer toujours le meilleur parti des choses, et l'errance s'était achevée. Même si Josh, au début, n'y avait pas cru.

David et Georgie s'étaient mariés et dès lors, ils avaient formé une petite famille soudée.

Pour la première fois, Josh avait pu appeler quelqu'un « Grand-mère », même si la mère de David était plutôt surprenante : Noire américaine à l'impeccable accent anglais, elle apportait avec elle des effluves de parfum de luxe et une affection débordante pour sa nouvelle belle-fille et son nouveau petit-fils, ainsi que des histoires fascinantes sur ses nombreux voyages comme chanteuse.

C'était la première fois aussi que Josh pouvait appeler quelqu'un « papa ». Avoir un père qui s'intéressait à lui était une nouveauté qu'il n'avait pas toujours appréciée à sa juste valeur, ébloui qu'il était par Cerise et son glamour. Mais il voyait bien que sa mère était heureuse, et le charme et la fantaisie de celle-ci avaient pu s'épanouir et remplir les moindres recoins de leur existence.

David, lui, avait été le ciment calme et discret qui maintenait tout cela ensemble. Il avait adopté Josh et patiemment entrepris de lui assurer un foyer stable et tranquille. Et malgré le serment qu'il s'était fait de ne jamais accorder sa confiance à quiconque, en dehors de sa mère, Josh s'était mis à l'aimer peu à peu. Pourtant, quand Georgie était morte subitement alors qu'il était encore adolescent, il s'était enfui, songeant que cela éviterait à David le dérangement de le confier aux services sociaux. David l'avait retrouvé et ramené à la maison. Et il avait affirmé que Josh ne pourrait aller nulle part où il ne le retrouverait pas. Entre eux, l'amour était rugueux. Josh avait été privé de sorties pendant un mois et obligé à travailler au jardin avec David. Ce dernier lui avait beaucoup parlé.

Lors de leur rencontre, Emma avait vu l'homme que David Kennedy avait contribué à façonner, mais Josh ne parlait jamais du jeune garçon effrayé qu'il avait été.

Quand les choses avaient commencé à devenir sérieuses entre eux, Josh avait compris qu'il y avait un problème. Emma, qui aimait la vie d'un amour insouciant, lui rappelait tellement sa mère ! Il avait alors réagi sans réfléchir. Comme il s'était toujours dit qu'il donnerait à ses propres enfants la stabilité dont il avait été privé jusqu'à ses dix ans, il avait pris du mauvais côté tout ce qu'Emma faisait ou disait quand cela semblait menacer le foyer solide et rassurant qu'il entendait bâtir avec elle.

Et elle avait fait la seule chose possible, la seule chose raisonnable à faire dans ces circonstances : elle était partie en courant. Il en avait eu le cœur brisé, tout en se sachant fautif.

Toutefois, il ne l'avait jamais appelée pour s'expliquer, n'avait pas essayé de redresser la situation. Il s'était comporté comme il l'avait toujours fait vis-à-vis des pertes, tournant le dos à Emma et faisant comme si rien n'était jamais arrivé.

Maintenant, toutefois, Emma semblait prête à laisser le passé derrière eux. Oublier était hors de question – il serait le premier à la dissuader de le faire –, mais pardonner… Non, c'était probablement hors de question aussi. Cependant un homme et son chien étaient des passagers suffisants pour une Mini, sans y ajouter d'anciens griefs très encombrants. Et, à en juger par le sourire involontaire d'Emma quand il avait parlé de son « éléphant », elle pensait elle aussi qu'il valait mieux laisser ce dernier sur la touche.

2.

Emma faisait le compte de ce qui allait bien. Elle s'était levée tôt ce matin, très nerveuse, et elle regardait à présent le mécanicien de course vérifier les réparations qu'elle avait effectuées sur sa voiture. Le spécialiste avait déclaré la Mini apte à rouler. Premier bonus ! Et la fraîcheur de l'aube commençait à laisser la place à ce qui promettait d'être une claire et belle matinée. Second et dernier bonus !

S'habiller pour le rallye n'était pas aussi amusant que ça l'avait été la semaine précédente. Tous les concurrents n'assortissaient pas leur tenue à l'époque de leur voiture, mais Val et elle avaient adopté cette idée avec enthousiasme. Les années 1960 leur plaisaient beaucoup. Elles avaient troqué des accessoires, s'étaient coiffées mutuellement et avaient essayé différents styles de maquillage. Mais maintenant, sa minirobe verte lui paraissait horriblement courte et l'étoile rouge brillante qui ornait sa joue trop frivole. En outre, le pendentif *peace and love* qu'elle portait autour du cou semblait être d'une ambition inatteignable pour une journée à passer avec Josh.

Elle mit ses bagages dans le coffre et arriva en retard au briefing pour la journée. Assis à l'avant, Josh feuilletait déjà le dossier d'information. L'itinéraire que les voitures suivraient était soigneusement indiqué et le navigateur devait noter les différents postes de contrôle. Il y avait des tâches amusantes à accomplir en route, des défis à relever sur la base d'un indice pour gagner des points. Les voitures devaient respecter une stricte limitation de vitesse, sous peine de perdre des avantages.

Emma alla se poster avec deux autres pilotes au fond de la salle. C'était à Josh de s'assurer qu'ils effectuent correctement la course ; sa fonction à elle serait de conduire. Cette pensée ne l'emplissait pas d'impatience et d'excitation comme la semaine précédente, quand elle avait Val comme copilote. Josh collerait sans aucun doute au plan de course, car il adorait s'en tenir à des plans. Dans ce contexte, ce n'était pas une si mauvaise chose, mais cela avait pour Emma un arrière-goût de tristesse et de colère, parce que c'était précisément cette divergence de vues qui les avait séparés.

Il était toujours l'homme dont elle était tombée amoureuse et il serait si facile de recommencer ! Toutefois, depuis l'instant où ils s'étaient sottement murmuré des mots d'amour à l'oreille, dans un élan de passion, Josh avait changé. Il s'était mis à parler sécurité, stabilité, cartographiant leur vie comme si ce qu'ils feraient dans vingt ans devait être décidé d'urgence ce jour-là. Son côté décontracté avait disparu et la vie était devenue un grand organigramme, avec chaque possibilité prévue et enregistrée. Emma avait eu de plus en plus de difficulté à respirer et elle avait compris que, si elle ne s'enfuyait pas tout de suite, elle ne partirait jamais.

Il lui avait fallu longtemps pour souhaiter être ailleurs que dans les bras de Josh. Tant bien que mal, elle s'était remise à regarder vers l'avant, puis son monde avait de nouveau cessé de tourner quand on avait diagnostiqué à son père un cancer en phase terminale. Elle avait pris un poste près de chez ses parents, afin de pouvoir être là pour eux.

Cette année avait été longue et douloureuse. Ses projets d'avenir, qu'elle avait toujours partagés joyeusement avec son père, avaient soudain semblé creux et vides de sens. Et quand il était mort, elle s'était figée dans le chagrin.

Maintenant, sa mère n'avait plus besoin de sa compagnie quotidienne. Et comme son père lui avait toujours recommandé de ne pas faire du surplace, de continuer à « faire tourner ses roues », comme il disait, elle s'était lancée dans ce rallye – dans l'espoir que cette entreprise qui aurait procuré de la joie à son père lui rendrait le sentiment d'aller de l'avant. Or la seule personne capable d'ébranler ce fragile élan était Josh.

Dès que le briefing fut terminé, Emma s'esquiva, ignorant

les couples de pilotes et copilotes qui consultaient ensemble les dossiers d'informations. Josh se ferait déjà une idée très précise de ce qui allait suivre, elle le savait, et elle n'aurait pas grand-chose à y ajouter. Conduire avec Val avait été un travail d'équipe, mais avec cet homme, il s'agirait surtout d'écouter ses instructions tout au long de la journée.

Elle rejoignit la Mini et la conduisit à sa place dans la file de près de quarante voitures anciennes qui seraient lancées dans le rallye par les commissaires de course, à une minute d'intervalle. Juste à temps, ni trop tôt ni trop tard, elle vit Josh venir vers elle.

— Tu es superbe, lui dit-il.

Il souriait et elle vit que Griff était habillé pour l'occasion, avec un bandana fleuri enroulé autour de son collier. Quant à Josh, il était…

Splendide, comme toujours. Il paraissait doré dans le soleil matinal, avec ses longs cheveux blonds et sa peau hâlée. Il portait une tunique sans col aux manches remontées, un jean délavé et ses baskets vertes. Une tenue simple, mais qui constituait le meilleur clin d'œil aux années 1960 que l'on pouvait attendre de lui en un délai aussi court.

— Toi aussi, répondit-elle.

Elle espéra que ses mots passeraient pour une réponse polie, et non pour un compliment.

— C'est tout ce que tu as ?

Elle désigna le petit sac fourre-tout qu'il tenait à la main, avec une couverture roulée logée entre les poignées.

Il hocha la tête.

— Je me suis dit qu'il n'y aurait pas trop de place et je n'ai pu garder que les chemises de mon costume années 1930. Le reste part chez mon père dans l'Oxfordshire, avec la Daimler. Tu pourras caser ça ?

Sans problème. Emma avait pris exactement la moitié de l'espace disponible pour ses bagages et Josh voyageait beaucoup plus léger qu'elle. Il mit le sac dans le coffre, puis il se pencha dans la Mini pour étaler la couverture sur la banquette arrière. Griff tirait sur sa laisse extensible, reniflant les jambes d'Emma.

— Qu'en penses-tu, Griff ? Ce n'est pas le luxe auquel tu es habitué, hein ?

Elle se pencha pour le caresser et le chien lui lécha la main.

— Il sera très bien. Pas vrai, vieux ?

Utiliser le chien comme un intermédiaire entre eux lui convenait tout à fait, comme cela semblait convenir à Josh. Il tint la porte du passager ouverte et désigna le siège arrière.

— Allez, monte, Griff !

Le chien l'ignora, préférant s'asseoir aux pieds d'Emma et lever une patte. Il adorait la compagnie et avait appris quelques tours pour attirer l'attention sur lui. Emma noua les mains dans son dos, soucieuse de ne pas l'encourager.

— Griff !

La voix de Josh se fit plus ferme, son geste plus autoritaire.

— Allez, tu montes dans la voiture maintenant !

Rien. Griff continua de regarder Emma et de quémander son attention. La jeune femme savait qu'en cédant, elle perturberait l'agenda de Josh. Elle l'entendit soupirer.

— D'accord. Comme tu voudras…

Voilà qui n'était pas juste, pensa-t-elle. C'était là le Josh qu'elle avait connu au début, bien dans sa peau, capable de s'adapter. Celui dont elle était tombée amoureuse.

Puis il lui décocha le sourire qui avait autrefois capturé son cœur.

Elle se baissa pour caresser les drôles d'oreilles de Griff, s'efforçant de ne pas penser au bonheur que c'était d'être dans les bras de Josh. Elle y avait été, elle était allée jusqu'au bout… et cela n'avait pas marché. Cette conclusion devrait suffire pour qu'elle reste concentrée sur le rallye, et non sur son copilote.

Griff la taquina du museau et, lorsqu'elle se redressa pour gagner le côté conducteur, il la suivit. Elle monta alors à bord et il lui grimpa dessus pour crapahuter ensuite vers le siège arrière. Josh se pencha en souriant pour lui attacher son harnais à la fixation de la ceinture de sécurité. Devant eux, les voitures avançaient en file indienne. Quand il s'assit enfin, il écarta vivement son bras lorsque la main d'Emma l'effleura pour saisir le levier de vitesses.

Ils étaient proches, partageant une véritable intimité dans l'espace confiné. La Mini était une voiture formidable, mais elle était vite encombrée. Et là, elle semblait terriblement encombrée à Emma. Elle espéra qu'elle se sentirait moins mal lorsqu'ils auraient commencé à rouler. Elle baissa la vitre afin de pouvoir au moins poser son coude sur le bord de la fenêtre.

— Par où partons-nous ? demanda-t-elle en se disant soudain qu'elle aurait dû s'intéresser au briefing du matin.

Josh consulta la carte dépliée sur ses genoux.

— D'abord à gauche après la ligne de départ, puis tout droit sur… un demi-mile environ, jusqu'à ce que tu arrives à un rond-point.

Cela irait pour commencer.

— Et quel est notre premier indice ?

Josh eut un petit rire.

— « Balançoires et ronds-points. » Je pense que ce sera assez facile, étant donné que nous allons longer un parc.

Il avait tout sous contrôle. Bien sûr ! La journée se passerait sans anicroche, la conduite serait aisée. À condition qu'elle garde les yeux sur la route, et non sur son navigateur.

La matinée s'était déroulée sans problème. Josh avait donné à Emma des instructions précises en temps voulu. Griff était sorti de la voiture avec eux pour être pris en photo sur une balançoire à côté d'Emma. Puis ils avaient continué à travers les faubourgs de Birmingham ; l'itinéraire s'était composé de petites routes secondaires, puis ils avaient atteint de vraies routes de campagne qui menaient vers le sud-ouest, entraient au pays de Galles et aboutissaient à Hay-on-Wye.

L'indice correspondant à l'arrêt-déjeuner était simple et ils s'arrêtèrent devant le pub de la Licorne, posant tour à tour sous l'enseigne pour prendre des photos. Une immense banderole annonçait leur arrivée. Elle avait manifestement attiré l'attention, car le parking était plein de gens venus voir les voitures, et les commissaires durent intervenir pour qu'Emma réussisse à se garer.

Tout était prêt pour eux. Une grande tente ouverte sur les côtés avait été installée dans le jardin et l'on y servait à boire et à manger. Dès que Josh sortit de la voiture, il entreprit d'étirer ses jambes et son dos. Aussitôt, l'assistant de production de l'équipe de télévision qui suivait le rallye et ses équipages célèbres lui fit signe.

— Pas de répit pour les coquins, lança-t-il.

Emma s'efforça de ne pas rougir. Elle savait exactement à quel point son copilote pouvait être coquin.

— Tu veux bien t'occuper de Griff pendant que je donne cette interview ? lui demanda-t-il. Il doit avoir soif, son bol est dans mon sac.

— D'accord.

Cependant, il était hors de question qu'elle aille fouiller dans le sac de Josh ; cela lui paraissait trop intime. Après tout, ils n'étaient pas des amis. Griff l'accompagna jusqu'à la tente, ravi d'être entouré de monde et remuant furieusement la queue. On lui trouva un bol d'eau, qu'il se mit à laper avec enthousiasme pendant qu'Emma regardait du côté de Josh.

Celui-ci paraissait détendu et enjoué. Il s'était assis devant la caméra en compagnie d'une femme qui portait un sweat-shirt GDK et d'un homme plus âgé. Le présentateur rejoignit le groupe et l'assistant de production réclama le silence. Les conversations autour d'Emma se turent. Griff tira sur sa laisse, semblant comprendre où se portait l'attention générale et Emma le suivit jusqu'au cercle de personnes qui s'était assemblé pour regarder.

— Ici Ryan Winterhauer, le huitième jour du rallye historique organisé par la Fondation GDK. Nous avons eu une journée formidable à Birmingham hier et…

Il se tourna vers Josh.

— Il paraît que nous avons enregistré un nombre record de demandes de cartes de donneur, monsieur Kennedy ?

Josh hocha la tête.

— Oui, et nous tenons à remercier toutes ces personnes.

Ryan remercia le propriétaire de la Licorne, d'abord pour son accueil, puis pour ce qu'il faisait pour soutenir les dons de sang.

— Ce genre de soutien compte pour vous, n'est-ce pas, Josh ?

— Absolument. En tant que chirurgien, je vois tous les jours pourquoi la générosité des donneurs de sang est d'une importance cruciale. Jim ne fait pas que recueillir des noms, il sauve des vies.

Jim, l'homme plus âgé, lui adressa un sourire rayonnant. Puis Ryan se tourna vers la jeune femme, qui s'appelait Maya et avait un groupe sanguin très rare, mais plus répandu en Inde. Josh en profita pour dire qu'ils essayaient de toucher le plus possible de personnes de différents groupes ethniques. Il expliqua qu'ils recherchaient actuellement des donneurs d'origine asiatique, mais aussi africaine et caribéenne.

— Pour quelle raison ? lui demanda le présentateur.

— Certaines maladies du sang comme la drépanocytose, qui sont traitées par des transfusions, sont plus fréquentes chez ces populations. Et la demande est en augmentation.

Ryan hocha la tête.

— Ce qui vaut pour les dons de sang vaut aussi pour les greffes d'organes et de moelle osseuse, n'est-ce pas ?

— En effet, mais chaque cas est unique.

— Et je crois savoir que vous êtes personnellement sensible aux problèmes que l'on rencontre pour trouver un donneur compatible, car vous avez été adopté, n'est-ce pas, Josh ?

Ce n'était pas un secret, mais un tressaillement dans la mâchoire de Josh indiqua que la question l'avait contrarié.

— Oui, c'est exact. Mais je n'ai pas besoin de donneur et je me préoccupe avant tout des besoins de mes patients.

Le présentateur avait visiblement trouvé l'angle humain qu'il recherchait pour son interview.

— Je pense que votre situation concerne beaucoup de gens adoptés qui attendent une greffe et ne sont pas en contact avec leurs parents biologiques. Ce qui est votre cas, n'est-ce pas ?

Josh pinça un bref instant les lèvres ; Ryan avait touché un point très sensible.

— Ma mère est décédée quand j'avais seize ans. Et mon seul père est David Kennedy.

— Oui, bien sûr. Vous n'avez pas de relations avec votre père biologique, n'est-ce pas ?

— Non, répondit sèchement Josh.

Cela allait trop loin. Et il était très clair pour Emma que Josh ne tenait pas à parler de ce sujet. Comme Griff tirait sur sa laisse, voulant rejoindre son maître, elle la lâcha et le chien galopa pour aller le prendre d'assaut avec une frénésie d'amour canin. Josh se mit à rire et Maya se pencha pour caresser l'intrus. Le moment d'embarras fut brisé et le présentateur s'inclina, plaisantant sur le concurrent le plus enthousiaste du rallye. Puis il se tourna vers Jim et lui dit que le moment était venu d'aller voir le mur sur lequel il inscrivait dans des cœurs le nom des donneurs de sang. Il fit signe à la caméra de les suivre à l'intérieur du pub.

Josh s'était levé et il parlait à Maya en lui serrant la main. Après lui avoir dit au revoir d'un ton enjoué, il vint rejoindre Emma.

Il savait ce qu'elle avait fait pour lui. Son expression amusée l'indiquait et elle sentit son cœur s'emballer. En cet instant, il y avait entre eux une complicité qui allait au-delà des mots et touchait à l'intimité qu'ils avaient partagée autrefois.

— Griff à la rescousse, hein ?

— Il est difficile de le contrôler, parfois, répondit-elle, pince-sans-rire.

Il hocha la tête et la chaleur de son regard bleu rappela à Emma comment il la regardait, avant.

— Je t'offre à déjeuner ? demanda-t-il.

— Ce n'est pas la peine. Jim ne fait pas payer les concurrents.

— C'est généreux de sa part. Puis-je aller te chercher ton repas, alors ? De ton côté, cherche un endroit sympa où s'asseoir.

Il lui remit la laisse de Griff.

— Tiens-le bien, cette fois !

La malice qui perçait dans son grand sourire incendia le sang d'Emma. Elle s'empressa de se tourner et chercha des yeux des chaises libres dans le jardin du pub.

3.

C'était atroce. Extrêmement embarrassant, parfois, et Josh devait rester sur le qui-vive pour esquiver les « éléphants » qui s'acharnaient à vouloir apparaître autour d'eux. Il avait cru pouvoir se comporter en adulte et garder sous contrôle le désir qui le poussait vers Emma, mais c'était excessivement difficile aussi.

Elle contenait son exubérant amour de la vie tant qu'elle se trouvait dans la voiture avec lui. En revanche, cet enthousiasme de tous les instants sautait comme un bouchon de champagne dès qu'elle en descendait pour se faire photographier sous des pancartes ou près des points de passage indiqués sur l'itinéraire du jour. Josh avait pris des photos – le règlement voulait que l'on fournisse des preuves photographiques –, mais il en avait désormais beaucoup plus que nécessaire sur son téléphone. Il n'avait pas pu résister à l'envie de capturer un peu de ce qu'il avait perdu.

Il n'avait pas pu s'empêcher non plus de ressasser dans sa tête les circonstances de leur séparation. Il avait beaucoup changé lorsqu'il était avec elle, essayant de concilier l'amour qu'il avait pour elle et la crainte qu'avec sa trop grande liberté d'esprit, elle ne cause autant de dégâts qu'en avait causés sa mère. Leur dernière dispute avait fait fuir Emma, mais ce n'était pas pour cela qu'un retour en arrière paraissait impossible. Non, c'était sa peur de la perdre qui avait conduit Josh à rayer cette femme de sa vie, à faire comme si elle n'avait jamais existé.

Pourtant, chaque fois qu'il la voyait dans sa minirobe verte, avec ses cheveux roux attachés en queue-de-cheval, cela déclenchait en lui les réactions les plus inattendues et rappelait des souvenirs auxquels il ne supportait pas de penser. Durant leur trajet ce jour-là, il avait gardé les yeux rivés sur la carte et sur la route. Et dès qu'ils avaient franchi la ligne d'arrivée à Hay-on-Wye, il avait saisi la laisse de Griff et s'était empressé d'aller présenter aux commissaires de course les preuves qu'ils avaient bien suivi l'itinéraire indiqué – laissant Emma chercher une place où garer la voiture.

Dans les petites villes, les événements liés au programme de sensibilisation avaient peu d'ampleur – ils étaient organisés par des représentants locaux de la Fondation – aussi Josh put-il se réfugier dans sa chambre d'hôtel et passer son temps à vérifier ses mails, Griff étalé en travers de ses jambes.

Certains messages n'avaient rien à voir avec le rallye et il décida de s'en occuper plus tard. Un autre, étonnamment enjoué, provenait de son père, David. Cela lui parut d'autant plus étrange que celui-ci avait dû abandonner un rallye qu'il avait travaillé pendant plus d'un an à organiser. Josh y répondit rapidement, assurant que tout allait bien, sans mentionner le fait qu'il se sentait sur le point d'être submergé. Par ailleurs, il y avait tous les mails des autres participants au rallye.

Les réseaux sociaux ne l'avaient jamais intéressé, pas plus que les blogs, mais comme il s'agissait de sensibiliser le grand public, la Fondation les utilisait le plus possible. Jusqu'ici, David postait des photos de chaque journée sur le blog que l'informaticienne du groupe, Evie, avait intégré au site. Maintenant, c'était à lui de le faire et il décida d'appeler la jeune femme pour qu'elle l'aide.

Josh raccrocha à 17 h 30. Il n'était pas question de faire travailler Evie en dehors des heures de bureau. Ensuite, il relut avec soin les notes qu'il avait prises durant la conversation et appliqua à la lettre les instructions qu'elle lui avait données. Le résultat obtenu lui parut assez satisfaisant. Cela devrait faire l'affaire, d'autant que Griff commençait à s'agiter. Il fallait le sortir.

Il gagna le centre-ville avec le chien. Le festival du livre de Hay-on-Wye était terminé depuis quinze jours, mais il y avait encore des banderoles qui flottaient dans la brise et les vitrines des librairies, fermées à cette heure, étaient intéressantes. Josh en regardait une, examinant les livres exposés, quand la voix d'Emma le fit sursauter.

— Griff n'a pas l'air de partager ton intérêt pour les livres !

Il se retourna. La jeune femme était juste derrière lui, ravissante dans un jean et une veste confortable. Elle avait dénoué ses cheveux, qui brillaient dans le soleil du soir. Il baissa les yeux vers Griff, qui s'en prenait à un racloir à chaussures installé près de l'entrée de la boutique.

— Griff ! Arrête ça !

Il s'adressa à Emma.

— Dès que je rentrerai à Londres, lui dit-il, je jure que j'inscrirai mon père et son chien à un cours de discipline !

Emma sourit.

— Griff est un peu foufou, mais c'est justement ce qu'on aime chez lui.

Il réprima une grimace contrariée. Voilà, Emma l'avait surpris à tout vouloir régenter, une fois de plus ! Il émit un petit rire forcé.

— Tu as raison, mais ce serait tout de même bien qu'il vienne quand on l'appelle.

Ce moment était agréable. Elle et lui ensemble dans la fraîcheur du soir, avec assez d'espace pour ne pas se gêner. Et peut-être discuter un peu.

— De quel côté vas-tu ? demanda-t-il.

Elle désigna la grand-rue.

— Par là. Moi aussi, j'ai envie de regarder les vitrines des librairies.

— Est-ce que je peux t'accompagner ?

— Évidemment !

Elle se mit à marcher et il l'imita, prenant soin de garder Griff entre eux deux. Emma avait accepté sans hésiter, songea-t-il. C'était un bon début, et peut-être pourraient-ils apprendre à être un peu moins crispés lorsqu'ils étaient ensemble.

Ils se promenèrent à pas lents dans la grand-rue. Quand ils s'arrêtaient, leur souffle couvrait de buée les vitrines qu'ils contemplaient. Griff les imitait, se dressant sur ses pattes arrière pour regarder les livres. Emma le regarda en souriant et lui gratta les oreilles.

— Quand nous travaillons, ton père se montre toujours aussi réservé et aussi affairé, dit-elle. Mais quand il est avec Griff, il est complètement différent.

Cette phrase réclamait des explications. Apparemment, Emma avait perçu son malaise face aux questions de Ryan, le présentateur qui avait lourdement insisté sur le fait qu'il avait été adopté, puisqu'elle lui avait envoyé Griff, et il eut soudain envie de lui en dire plus. Si elle comprenait que c'était la peur qui avait dicté sa conduite durant leur brève histoire d'amour, peut-être pourraient-ils être amis. Ou en tout cas, être un peu plus à l'aise lorsqu'ils se retrouvaient ensemble dans la voiture.

— Papa a son côté tendre, mais il ne le montre pas beaucoup. Il se préoccupe beaucoup des pauvres et des nécessiteux… comme je l'ai découvert quand il m'a adopté à l'âge de onze ans.

— Tu avais onze ans ? J'ai toujours cru que tu avais été adopté bébé.

— Non, il m'a adopté quand il a épousé ma mère. Elle n'avait que seize ans quand je suis né. Elle s'est vite séparée de mon père biologique, que je n'ai jamais connu.

— Alors elle t'a élevé seule ? Jusqu'à ce qu'elle rencontre David, je veux dire…

— Oui. J'ai souvent eu l'impression d'être son compagnon d'errance plus que son enfant, d'ailleurs. Mais ça n'empêche pas qu'elle était formidable. Elle m'adorait et elle avait le don de tirer le meilleur parti des choses.

— Parce que les choses avaient besoin d'être améliorées ?

Josh sentit une onde de chaleur le parcourir en voyant qu'elle s'intéressait ainsi à lui.

— Elle n'avait rien quand mon père biologique lui a dit de partir. Nous sommes passés d'un squat ou d'un meublé à l'autre et j'ai fréquenté un tas d'écoles différentes.

Il haussa les épaules.

— Je n'avais jamais le bon uniforme.

Il avait dit cela avec un sourire, mais il se souvenait de son amertume d'alors. Ce problème d'uniforme avait été un grave souci pour lui, parce qu'il l'empêchait de s'intégrer aux autres élèves.

Emma hocha gravement la tête.

— Nous avons beaucoup bougé aussi quand j'étais petite, à cause du travail de mon père. Comme il était archéologue, nous suivions les sites de fouilles. Seulement, mes parents m'ont toujours donné un sentiment de sécurité et d'appartenance. Il n'y avait que les choses autour de moi qui changeaient.

— La première personne avec qui j'ai eu ce sentiment a été mon père. J'avais été habitué à n'en faire qu'à ma tête avant que nous nous installions avec lui, et découvrir qu'il avait des règles et des principes a été un choc pour moi.

Emma eut un petit rire.

— Ça, on peut le dire ! Je n'aimerais pas être celle qui vient briser les règles de David.

Josh rit à son tour. Sentir qu'Emma le comprenait lui faisait chaud au cœur, et même plus que cela : il en avait presque le tournis.

— Je m'en suis vite rendu compte. Cela a été dur, mais David a transformé ma vie. Maman l'adorait et j'ai appris à l'aimer aussi.

— Et ensuite, tu as perdu ta mère, murmura-t-elle, redevenue grave.

— Oui. Je ne pensais pas que David voudrait de moi, après ça, et comme je ne pouvais pas supporter l'idée d'une autre perte, j'ai pris les devants et je me suis enfui. Il m'a vite retrouvé.

— Il devait être furieux, non ?

— Plus que ça ! Il m'a assuré qu'il me retrouverait toujours, où que j'aille, et il m'a puni. Il m'a obligé à construire un abri de jardin en briques avec lui. Mais je savais que, s'il était en colère, c'était parce qu'il m'aimait.

— J'imagine mal David en train de travailler de ses mains, de bâtir quelque chose. Mais c'est bon à savoir.

Emma sourit, malicieuse.

— Est-ce qu'il serait capable de construire un garage ?

— Bien sûr. Ce serait facile pour lui. Pourquoi ? Tu envisages d'en faire construire un ?

C'était là une chose qui paraissait inconcevable à Josh. Cela impliquerait qu'elle devienne propriétaire et qu'elle s'installe quelque part.

— Oh ! pas tout de suite, mais un jour, peut-être… Quand on a une voiture ancienne, il vaut mieux ne pas la laisser dans la rue.

Il eut l'impression qu'elle s'était rapprochée de lui en marchant. Peut-être le comprenait-elle mieux qu'avant, peut-être le blâmait-elle moins, maintenant, pour l'attitude qu'il avait eue avec elle. Toutefois, elle ne disait rien dans ce sens… Elle s'approcha soudain d'une autre vitrine.

Lorsqu'ils atteignirent le bout de la grand-rue, ils firent demi-tour et retournèrent tranquillement à l'hôtel. Emma s'arrêta cependant devant l'entrée en déclarant qu'elle voulait aller voir la Mini avant de se coucher. Elle se baissa pour caresser Griff et lui faire des mamours.

Devoir la quitter fit mal à Josh. Plus mal encore que lorsqu'ils se disputaient et qu'Emma partait en trombe car, dans ces moments-là, il n'y avait pas de compréhension entre eux, juste de la colère. Mais là, il lui semblait qu'en une heure, les choses avaient beaucoup changé. Enfin, peut-être se faisait-il des illusions, peut-être qu'Emma, elle, n'avait pas eu ce sentiment. Il ravala ses pensées et lui souhaita une bonne nuit.

— Josh…

Il se retourna au moment où il allait franchir la porte de l'hôtel. Manifestement, Emma avait une dernière chose à lui dire. Cela concernait sans doute le rallye.

— Oui ?

Il rencontra son regard et soudain, le rallye lui parut très loin.

— Nous nous ressemblons de bien des façons, dit-elle, mais… mais je n'avais jamais réalisé à quel point nous sommes différents, aussi.

Il crut entendre la cavalcade des éléphants qui déboulaient de l'horizon. Cependant, évoquer ce qui les séparait ne l'ennuyait plus ; il était peut-être bon, même, d'évoquer ces choses qu'il avait eues presque constamment à l'esprit depuis leurs retrouvailles. Emma, apparemment, pensait cela aussi.

— Nous sommes assez semblables pour être amis et assez différents pour faire un vrai four d'une relation, c'est ça ? hasarda-t-il.

— Oui. Pour ce qui est de ça…

Elle haussa les épaules et il se demanda si elle regrettait autant que lui ce qui s'était passé entre eux.

— C'était ma faute, Emma, je me sens coupable. Il faut dire que j'ai été un enfant très insécurisé et il m'en est resté…

Il s'interrompit. C'était difficile à admettre, même à présent.

— Je n'en parle jamais, reprit-il, et j'ai essayé de placer tout cela derrière moi. Mais parfois, je n'y arrive pas.

Emma eut un nouveau haussement d'épaules.

— On ne peut jamais placer derrière soi ces années de formation… commenta-t-elle.

Le moment était venu de s'excuser. Cela ne redresserait peut-être pas tout, mais c'était la chose à faire.

— Je suis désolé pour ce que je t'ai dit à l'époque. Que tu étais irresponsable…

Et incapable de se ranger. Puérile, intrépide, irréfléchie…

— N'en parlons plus ! Je regrette ce que j'ai dit moi aussi.

Rabat-joie, routinier, sans imagination… Ces qualificatifs l'avaient piqué au vif, même si Emma avait précisé *en dehors de la chambre à coucher*. Elle avait toujours été honnête, même quand elle était très en colère.

— Tu as raison, n'en parlons plus. N'empêche que tu n'avais sans doute pas tort. Si nous avions su à l'époque ce que nous savons aujourd'hui…

Ils se seraient rendu compte qu'ils étaient incompatibles et n'auraient jamais envisagé une relation. Et pourtant, malgré toute la souffrance que cela avait entraîné, c'était une chose que Josh ne pouvait se résigner à regretter.

Emma hocha la tête.

— Nous le savons, à présent. Bon, je vais te dire bonne nuit.

Il n'avait pas envie qu'elle s'en aille. Il avait envie de la prendre dans ses bras et de lui dire de ne pas changer, parce qu'elle était parfaite comme elle était. Mais ils étaient parvenus à une fragile entente – une entente qui aurait dû intervenir depuis longtemps – et il ne voulait pas risquer d'abîmer ça.

— D'accord. Alors, bonne nuit !

4.

Après une nuit passée à penser aux choses qui n'avaient pas été dites et aux différences qu'il y avait entre Josh et elle, Emma s'était levée tôt. Elle n'était parvenue à aucune conclusion, hormis le fait qu'on ne pouvait pas traverser un espace où l'on ne savait pas où poser le pied.

Elle accorda un peu plus de temps que d'habitude à se préparer, choisissant une tunique ajustée et un jean large, taille basse, avec une ceinture aux couleurs de l'arc-en-ciel. Des sandales plates en cuir et un collier de perles multicolores complétaient l'ensemble. Accrochée au collier, une petite clochette tintait, agaçante, chaque fois qu'elle bougeait. Tout cela donnait bien un look années 1960, mais comment supporter ce bruit permanent ?

Josh se trouvait déjà dans le grand salon de l'hôtel, qui avait été réquisitionné pour le briefing matinal. Cette fois il était assis seul, son dossier d'information placé sur la chaise voisine. Lui garder une place était une chose, et c'était gentil, mais fallait-il *vraiment* qu'il lui jette un regard aussi sensuel ?

Emma se rappela qu'il ne pouvait pas faire autrement. Ce charme était inné chez lui. Elle avait toujours aimé ses yeux et, dès leur rencontre, elle avait eu l'impression qu'ils l'appelaient. C'était cette idée qu'elle en avait qui leur donnait ce côté sensuel, se reprit-elle, alors que Josh, peut-être, ne s'en rendait pas compte. Elle lui adressa un signe de main et se faufila dans la rangée pour se laisser choir à côté de lui.

Il sourit.

— Tu es assise sur notre dossier d'information.

— Oh ! pardon…

Elle se souleva et lui tendit le paquet de feuilles. Josh avait accentué le côté hippy qu'il avait adopté la veille, ajoutant à son poignet une bande de tissu et un lien en cuir. Cette tache de couleur attirait l'attention sur ses bras, qui étaient plutôt agréables à regarder, mais Emma pensa surtout à la façon dont il pourrait la tenir contre lui. Elle lui décocha malgré elle un regard suggestif.

Assez ! se morigéna-t-elle aussitôt. Maintenant, il s'agissait du rallye. Et si la journée à venir contenait la promesse qu'ils puissent être un peu plus aimables l'un envers l'autre, cela n'avait rien à voir avec le charme de Josh. En fait, penser à autre chose qu'à de l'amitié interdirait de profiter de ladite amitié.

— Tiens, j'ai quelque chose pour toi. Pour ajouter à ton look.

Elle ôta un des bracelets en perles de son poignet et le lui tendit, en espérant qu'il ne jugerait pas ce geste déplacé.

Il posa les yeux sur les perles grises et noires et sur le petit symbole de paix qui y était accroché et ses lèvres s'incurvèrent ; apparemment, il prenait bien la chose.

— Il est à toi ? demanda-t-il.

Elle secoua vivement la tête.

— Val et moi, nous avons emporté un bocal de perles et du fil pour pouvoir fabriquer des bijoux en route. J'ai fait ce bracelet pour toi. Enfin, s'il te plaît…

— Oui, bien sûr qu'il me plaît. Merci.

Il batailla avec le fermoir et Emma se pencha pour fixer le rang de perles à son poignet.

— Votre attention, s'il vous plaît !

La voix du coordinateur de la course retentit dans la salle et tout le monde se tut. Emma poussa un soupir soulagé. Maintenant, peut-être pourrait-elle se concentrer sur ce qui allait venir.

Tout en Emma était parfait, pensa Josh. Son apparence, comme les choses qu'elle faisait. Même ce petit symbole de paix qui pendait à présent à son poignet était parfait. Ces perles étaient une gentille attention, mais Emma ne faisait jamais rien sans en mesurer les connotations. Ce symbole de paix qu'elle lui avait donné était un message qu'elle souhaitait lui transmettre.

Ce jour-là, ils allaient se rendre à Cardiff, la deuxième des grandes villes anglaises que le rallye visitait. Lorsqu'ils s'installèrent dans la Mini en prenant tout autant de précautions que la veille, les choses paraissaient un peu différentes. Il semblait à Josh que la colère et le ressentiment avaient disparu – ou, du moins, qu'ils étaient bien empaquetés. Quand Emma saisit le levier de vitesses et qu'il s'écarta légèrement pour éviter que le dos de sa main ne lui effleure la jambe, ce fut surtout parce qu'il savait que le moindre contact risquerait d'ébranler la paix fragile qui les unissait.

Au moment de quitter Hay-on-Wye, Emma baissa sa vitre pour adresser un joyeux au revoir à la ville. Josh sourit et se concentra aussitôt. Ce jour-là, les instructions qu'il lui donna ne furent pas accueillies dans un silence docile, mais par un signe de tête et, parfois, par quelques mots. Ils avançaient, de plus d'une façon.

Le sommet plat caractéristique du mont Crug Hywel se dessina à l'horizon et ils prirent alors la photo obligatoire d'Emma, bras levés, paraissant porter la montagne au-dessus de sa tête. Puis ils remontèrent dans la voiture pour suivre la route, qui alternait entre des régions boisées à la lumière tamisée et les magnifiques panoramas des Brecon Beacons. Soudain, Emma arrêta la voiture sur le bas-côté.

— C'est tout droit… dit Josh en se tournant vers elle, étonné.

— Oui, je sais.

Elle attrapa son collier de perles et démêla la clochette qui y était accrochée.

— Cette clochette me rend folle. Je vais la mettre dans la boîte à gants.

Josh se mit à rire. Il trouvait pour sa part cette clochette charmante, et très « années 1960 », mais il supposait que la porter sur soi devait être moins agréable.

— Cela ne changera rien, affirma-t-il. On l'entendra quand même et on croira que c'est un bruit du moteur. Passe-la-moi !

Il détacha un morceau de ruban adhésif de son dossier, tandis qu'Emma se penchait en avant pour lui tendre la clochette sans enlever le collier. La main de Josh trembla un peu face à ce geste inattendu et plutôt intime, mais il parvint à coller le ruban sur le minuscule battant de la clochette.

— Voilà, dit-il. C'est mieux ?

Emma se redressa et secoua les perles : aucun tintement ne se fit entendre.

— Bien joué, merci. Avoir un chirurgien dans sa voiture est pratique, finalement.

Ils semblaient passer du silence à de prudentes plaisanteries, voire à de joyeuses taquineries. Cette progression constituait l'opération la plus délicate entre eux et Josh était content qu'elle se déroule aussi bien.

— Allons-y maintenant ! Il ne faudrait pas que nous prenions du retard.

Emma lui décocha un sourire et démarra. Grimpant à travers bois, la route s'ouvrait de nouveau sur un panorama fantastique sur les montagnes. Brusquement, Emma tourna pour s'engager dans un chemin cahoteux.

— Attends… Ce n'est pas par-là !

Josh leva les yeux de la carte. La voiture accéléra, tressautant sur le sol inégal.

Alors il vit ce qu'elle avait vu. C'était un miracle qu'elle ait aperçu de la route cette tache de couleur vert d'eau, car l'Alfa Romeo était à moitié dissimulée dans un repli du terrain. Et maintenant, il était clair que le capot était enfoncé du côté du conducteur. La voiture avait à l'évidence percuté un gros arbre.

Emma freina à fond, suscitant les protestations de Griff, puis sortit précipitamment de la voiture tout en rangeant ses perles à l'intérieur de sa tunique, qu'elle boutonna. Josh descendit lui aussi.

— Tu crois qu'il s'agit de George et de Tess ? demanda-t-il.

— J'en suis sûre.

Elle alla ouvrir le coffre, écarta les bagages qu'il contenait et saisit, au fond, un kit d'urgence assez volumineux, qu'elle tendit à Josh. Puis ils coururent ensemble vers le véhicule accidenté. En s'approchant, Josh aperçut les deux têtes grises immobiles dans l'habitacle. Le parebrise était tordu et brisé du côté du conducteur. Quelques jours plus tôt, le couple avait dit que la retraite ressemblait à de longues vacances. Apparemment, ces vacances s'étaient terminées et Josh espéra très fort qu'ils s'en sortiraient tous les deux sans trop de séquelles.

— Tess… Tess…

Emma avait couru du côté du passager. Josh la vit se pencher à l'intérieur et s'aperçut que Tess pleurait. George, lui, était immobile au volant. Il alla le rejoindre.

— Il saigne, Emma, gémit Tess. Il faut arrêter le sang.

Josh parvint tant bien que mal à ouvrir la portière froissée du conducteur. Inconscient, George était cloué contre son siège par un montant qui s'était détaché du parebrise. Il y avait du sang partout.

— Il faut appeler une ambulance, dit Josh. Tu peux le faire, Emma ?

La jeune femme s'exécuta, tout en ouvrant la portière du passager. Aussitôt, Tess descendit de la voiture. Elle ne semblait pas trop atteinte et Emma l'éloigna un peu.

Pendant ce temps, Josh avait déchiré la chemise de George pour examiner ses blessures. Quand Emma reparut de l'autre côté, il dit automatiquement :

— Les voies respiratoires sont libres et il est inconscient. Un montant du parebrise lui a perforé l'épaule et le cloue au siège. Je ne vois pas d'autre saignement.

Emma hocha la tête et se faufila devant le tableau de bord enfoncé pour atteindre George par l'intérieur de la voiture.

— Il y a de la gaze dans le kit d'urgence. Et des gants…

Josh se pencha pour ouvrir la sacoche et en sortir la gaze, tout en comprimant la plaie de l'autre main afin de réduire le saignement.

— Comment est son pouls ? demanda-t-il en commençant à panser sommairement la blessure.

— Régulier. Et il respire bien.

— Bon. Gardons-le comme ça pendant que je regarde à l'arrière du siège, pour voir si je peux dégager le montant.

— D'accord.

Josh sentit la main d'Emma se poser sur la sienne pour maintenir la pression sur la plaie. En se contorsionnant, il vit que la fine barre métallique sortait de l'autre côté. Apparemment, rien ne l'empêcherait de retirer le montant par l'avant.

Cependant, s'il le faisait, il risquerait de toucher une artère ce qui serait fatal pour George. Mieux valait que la tige métallique soit enlevée en salle d'opération. D'un autre côté, si George cessait de respirer ou que son cœur flanchait, ils n'auraient pas le choix : ils seraient obligés de prendre ce risque pour le sortir de la voiture et le ranimer.

C'était Emma qui était la plus proche du blessé et elle pouvait l'examiner, ce qui signifiait que la décision de le sortir ou de le laisser dans la voiture jusqu'à l'arrivée de l'ambulance lui revenait.

C'était une lourde responsabilité, que Josh aurait voulu assumer lui-même. Toutefois, vu la situation, il n'avait pas le choix. Il pouvait seulement la soutenir en lui parlant, comme en salle d'op.

— Je peux le libérer et le sortir de la voiture. Mais c'est à toi de voir, Em. Dis-moi s'il te semble être en détresse respiratoire.

Elle souffla et hocha la tête.

— D'accord. Je vais me rapprocher encore un peu.

Elle se tortilla comme Josh n'aurait pas pu le faire dans l'espace confiné et parvint non sans mal à se placer face au blessé.

— Passe-moi le stéthoscope, dans le kit.

Il s'exécuta et lui mit l'instrument autour du cou, avant de poser le diaphragme sur la poitrine de George. Elle plaça les écouteurs dans ses oreilles et écouta.

— C'est bon. Nous allons rester comme ça.

— Très bien. Le saignement a l'air de s'arrêter. Dans combien de temps doit arriver l'ambulance ?

— Ils m'ont dit dix minutes. Et ils envoient des pompiers aussi. Ils ne vont pas tarder.

— Parfait. Tiens bon !

Elle leva les yeux vers lui et, quand elle prononça le mot « merci », il sut qu'elle comptait sur lui.

Ils continuèrent à surveiller les constantes vitales de George, vérifiant s'il n'y avait pas d'hémorragie interne. Josh vit sourire

Emma quand un bruit de sirènes leur parvint. Alors il sortit la tête de la voiture et cria à Tess, qui avait bondi sur ses pieds :

— Tess, restez où vous êtes ! Nous faisons tout ce que nous pouvons pour George et il est stable pour le moment.

La femme se rassit docilement, les bras serrés sur sa poitrine.

Quand les ambulanciers arrivèrent, Josh leur expliqua qu'ils étaient tous les deux médecins, puis leur exposa la situation. Il s'interrompit en entendant Emma l'appeler.

— Josh… Il se réveille !

Il retourna à la voiture et s'agenouilla de nouveau pour regarder à l'intérieur. George reprenait conscience, en effet, et dans un instant, il allait beaucoup souffrir. L'ambulancier vit tout de suite ce qu'il fallait faire et annonça qu'il allait administrer un analgésique. Josh donna son accord pour la dose.

— Je vais essayer de le faire tenir tranquille, mais il faut que tu lui parles pour le calmer, Em.

Emma hocha la tête. Elle se pencha et tapota la joue de George de son doigt, pendant que Josh le tenait par son épaule valide.

— George, c'est Emma. Ne bougez pas.

— Et Tess ? murmura péniblement le blessé.

— Tess va bien, elle vous attend. Restez immobile. S'il vous plaît, pour moi !

Elle continua à lui parler pendant que l'ambulancier passait devant Josh pour réaliser l'injection. George avait commencé à gémir de douleur, mais il écoutait Emma et faisait de son mieux pour ne pas bouger.

Emma avait réussi. Josh avait redouté le moment où George se réveillerait, mais elle les avait aidés à passer ce cap et les antalgiques allaient vite produire leur effet. Il leur restait encore beaucoup à faire, mais ils formaient une équipe, maintenant, pensant et agissant comme une seule personne. Si quelque chose pouvait sortir George de là, c'était leur travail en commun.

Josh avait été sa force, se dit Emma. Il était resté calme, l'avait soutenue à chaque instant. Les antalgiques faisaient effet et elle était mieux à même d'examiner George, maintenant, avec le matériel de l'ambulance.

— Tess…

La voix de George était pâteuse.

— Tess va bien, George. Un ambulancier est avec elle.

— Je veux la voir.

— Je sais, et vous la verrez bientôt. Une équipe travaille en ce moment pour vous sortir de la voiture. Vous avez été très courageux. Il faut juste que vous teniez encore un peu.

— Je vais… essayer.

Ses paupières commençaient à se fermer. Emma lui tapota la joue pour le tenir éveillé.

— Vous n'avez pas envie de crier « Restez avec moi » ?

Le sens de l'humour de George refaisait surface, sans doute provoqué par la dose d'opiacées dans son sang.

— Si, mais Tess pourrait m'entendre !

George grimaça.

— Vous êtes gentille…

— Les pompiers sont prêts à intervenir, indiqua Josh. Tu veux que je te remplace ?

— Non, ça va, répondit Emma, même si elle mourait d'envie de détendre ses membres crispés. Dis-leur qu'ils peuvent y aller.

Un instant, elle sentit la chaleur du regard bleu posée sur elle, la réconfortant, lui donnant de la force. Elle avait lu l'inquiétude sur son visage lorsqu'elle était montée dans la voiture endommagée. Toutefois, s'il l'avait trouvée trop intrépide, il l'avait gardé pour lui.

— Très bien. Le bouclier de protection arrive.

Elle sentit qu'il lui effleurait le bras. Sachant qu'il était là, près d'elle, il était plus facile d'être forte pour George.

L'opération de désincarcération prit du temps, mais se passa bien. La voiture vibra tandis que les pompiers en arrachaient le toit. Puis il y eut encore du bruit et des vibrations quand le siège fut extrait de sa coque. Enfin le bouclier de protection fut ôté et Emma cligna des yeux dans le soleil de l'après-midi.

— Tu peux sortir, Em.

Josh était de nouveau là.

— Euh… donne-moi un moment. J'ai l'impression de ne plus pouvoir bouger les bras et les jambes.

— Détends-toi. Laisse-toi aller.

Il passa ses bras autour d'elle, l'écartant de George, et la souleva. Lorsqu'il la remit sur ses pieds, elle sentit ses lèvres lui frôler la joue. Probablement une impression…

Non. Ce n'était pas une impression si elle en croyait l'expression de Josh quand il la regarda. Cependant, il devait à présent la laisser pour aller aider un ambulancier à soutenir le montant qui clouait George à son siège, tandis que les pompiers sortaient le fauteuil avec le blessé dedans.

À ce moment-là, un grondement sourd annonça l'arrivée de l'hélicoptère de secours qui transporterait George à l'hôpital de Cardiff. Emma étira ses membres engourdis, puis retourna à sa voiture, où elle prit un grand T-shirt, qu'elle enfila pour pouvoir ôter, par-dessous, sa tunique ensanglantée. Elle se lava ensuite les mains avec une bouteille d'eau avant d'aller retrouver Tess.

Celle-ci avait les doigts enflés au-dessus de la protection que l'on avait passée à son poignet. Emma s'assit à côté d'elle et fit de son mieux pour la rassurer, lui disant que tout ce que faisaient les pompiers paraissait effrayant, mais que c'était pour le bien de George.

— Est-ce qu'il va redevenir comme avant ? demanda Tess, des larmes dans la voix.

— Je ne connais pas l'étendue de ses blessures, Tess. On ne la connaîtra qu'à l'hôpital. Mais Josh a tout fait pour minimiser les dommages. Et les chirurgiens font des miracles, de nos jours.

— Nous avons eu droit à notre miracle, aujourd'hui : Josh et vous nous avez trouvés. Maintenant, tout ce que je veux, c'est que George reste en vie. Mon George…

Emma l'enlaça et la prit contre elle. Après avoir travaillé avec Josh comme elle l'avait fait ce jour-là, songea-t-elle, elle pourrait peut-être prononcer son nom chaque fois qu'elle serait effrayée ou fatiguée, tout comme Tess avait prononcé le nom de son mari. Cela ne paraîtrait peut-être pas complètement outrageux.

Seulement il ne l'entendrait pas… Josh resterait à Londres après le rallye, tandis qu'elle-même rentrerait à Liverpool. En outre, même si elle aurait peut-être envie de l'avoir à ses côtés pour une urgence ou pour une autre, ils étaient trop différents pour se supporter au quotidien, contrairement à George et Tess, qui vivaient ensemble depuis des dizaines d'années.

L'hélicoptère allait atterrir à présent et ils devraient bientôt repartir. Emma attendit que le grondement des pales se taise pour demander :

— Vous allez monter dans l'ambulance et je vais vous suivre avec la Mini. Josh montera dans l'hélicoptère avec George.

En disant ces mots, Emma espéra que Griff ne serait pas trop affligé quand il le laisserait. Le chien était resté tout l'après-midi à l'arrière de la Mini, regardant tranquillement le paysage par la vitre ouverte. Et même quand l'hélicoptère avait atterri, il n'avait pas aboyé. Un autre miracle.

— Ne vous inquiétez pas, Emma. Vous en avez déjà assez fait, ce n'est pas la peine de nous suivre. Il y aura bien quelqu'un de la Fondation pour me retrouver à l'hôpital. Tout ira bien pour moi. L'essentiel, maintenant, c'est George, conclut la dame, les larmes aux yeux.

Emma l'accompagna jusqu'à l'ambulance en songeant qu'en fin de compte, elle-même allait finir seule le trajet jusqu'à Cardiff.

— S'il vous plaît, dit encore Tess au moment de monter dans le véhicule, pouvez-vous faire dire à George que je l'aime ?

— Je vais transmettre le message à Josh. Je suppose que vous savez ce que votre mari répondra ?

Tess rougit légèrement.

— Oui, bien sûr que je le sais.

Emma lui dit au revoir, puis alla rejoindre le groupe attroupé autour de George. Josh se tourna vers elle dès qu'il la vit arriver.

— Tess a un message pour George, indiqua-t-elle sans attendre. Il faut lui dire qu'elle l'aime.

Josh sourit.

— Ce sera fait.

— Bon. Je te verrai plus tard ? À l'hôtel ?

— J'en aurai peut-être pour un bon moment, mais si tu veux attendre ici, je reviendrai et nous finirons l'étape ensemble.

— Peu importe combien de temps il te faudra. J'attendrai.

Toute la nuit, s'il le fallait…

Il lui décocha ce regard bleu qui la faisait fondre. Le regard qui disait qu'elle pouvait lui faire confiance.

— Tiens bon, alors ! Et à plus tard !

Emma appela le superviseur du rallye, qui lui dit qu'il y aurait quelqu'un pour enregistrer leur arrivée quelle que soit l'heure. Il déclara également qu'il allait demander à l'Automobile-Club local d'aller chercher ce qui restait de la voiture de George et Tess.

Il ne restait pas grand-chose à sauver, apparemment, mais ayant fréquenté toute sa vie des passionnés de voitures, Emma savait de quoi ceux-ci étaient capables. S'ils voulaient passer la prochaine période de leur retraite à retaper l'Alfa, George et Tess pourraient au moins le faire.

Puis elle fit sortir Griff de la Mini, lui mit sa laisse et l'emmena faire une longue promenade dans le but de ramasser les morceaux de voiture éparpillés entre la route et l'endroit de la collision.

Environ trois heures plus tard, un taxi ramena Josh près d'elle. Elle était en train de terminer les sandwichs qu'elle avait emportés et elle vit qu'il tenait à la main un sac en papier et deux grands gobelets en carton.

— C'est du café ? demanda-t-elle, pleine d'espoir.

Il s'assit dans l'herbe à côté d'elle.

— Tu veux du café, alors que je t'ai apporté une boisson énergétique parfaitement équilibrée ?

Emma se saisit d'un gobelet.

— C'est du café. Je le sens.

— J'ai aussi des sandwichs.

Josh écarta le sac du museau avide de Griff.

— Tu peux les partager avec Griff, dit-elle. Je viens de manger les sandwichs de secours que j'avais dans la malle.

— Tu avais des sandwichs de secours ? Et tu ne me l'as pas dit ?

— Tu étais occupé, tu n'aurais pas eu le temps de les manger. Comment va George ?

— Il est en salle d'opération. Apparemment, on va pouvoir retirer le montant sans endommager les nerfs principaux. Je suis parti avant que Tess arrive, mais je l'ai appelée du taxi pour la mettre au courant.

Il but une grande gorgée de café, puis lança sa balle à Griff, qui courut la chercher en aboyant joyeusement. Ensuite, il se leva et alla prendre une chemise propre dans le coffre de la Mini.

Alors qu'il commençait à déboutonner celle qu'il portait et qui était tachée de sang, il surprit Emma à le fixer.

— Tourne-toi, lui demanda-t-il.

— Quoi ? protesta-t-elle. Tu te déshabilles là, alors que n'importe qui peut te voir de la route, mais moi, je dois me tourner ?

Josh sourit.

— Disons que c'est un accord entre nous.

Il avait raison, ils avaient besoin de règles à respecter. En particulier maintenant, alors qu'elle se sentait si proche de lui. Elle se tourna, son café à la main.

— Rappelle-moi, Josh. Qu'as-tu fait, toi, après m'avoir aidée à sortir de la voiture ?

— Je t'ai donné un petit baiser amical. Sur la joue.

Donc elle ne s'était pas trompée. Elle l'entendit arriver derrière elle et effaça son sourire. Il se rassit à côté d'elle et remonta les manches de sa chemise.

— L'honnêteté fait aussi partie de l'accord, déclara-t-il. Tu avais été si courageuse que je n'ai pas pu me retenir.

— Tu ne dis pas que j'ai été inconsciente de faire ça ?

Il secoua la tête.

— Non. Toi, tu pouvais te faufiler bien mieux que moi dans la voiture. Et peut-être que tu as pris les devants parce que tu pensais que j'allais protester !

— Ça m'a traversé l'esprit. Mais dis-moi… en fait, tu avais tout planifié ?

— Sans couper les cheveux en quatre ? Sans forcer sur des détails inutiles ?

Apparemment, il n'avait pas oublié ce qu'Emma lui avait reproché, à l'époque, tout comme elle-même se rappelait très bien ce qu'il lui avait dit.

— Non. Aucun détail n'était inutile.

— Bon. Je suis content d'avoir parlé avec toi, alors.

Il relança la balle que Griff lui avait ramenée.

— Je vois que tu as fait enlever l'Alfa, dit-il en désignant le lieu de l'accident.

— Oui, l'Automobile-Club local s'est occupé de tout en moins d'une heure. Ils ont chargé l'épave sur un camion.

— On ne doit pas vérifier qu'ils n'ont rien oublié ?

— Non, ils l'ont fait avec des détecteurs de métaux. Nous pouvons donc reprendre la route dès que tu auras fini de manger.

Josh hocha la tête. Il avait visiblement quelque chose à l'esprit. Soudain, il se tourna vers Emma.

— C'était chouette de travailler avec toi, Em.

Elle hocha la tête. Ces mots signifiaient beaucoup pour elle, et elle songea qu'elle devait le lui dire. C'était probablement la première et la dernière fois qu'ils collaboreraient de la sorte, et ils avaient déjà laissé entre eux beaucoup trop de non-dits.

— Nous avons fait plus que travailler ensemble, là, non ? Tu as été l'ami qui m'a donné la force de faire ce qui devait être fait. Et maintenant tu es l'ami qui est revenu me chercher pour que nous terminions cette étape du rallye ensemble.

Il sourit.

— Cette histoire d'amitié commence à vraiment me plaire, conclut-il.

5.

Josh était plus que fatigué. Il était vidé, comme durant sa première année de spécialisation. Les derniers jours avaient été non stop, avec le remplacement de David, la participation au rallye et les questions que lui posait sa relation avec Emma. Sans parler de l'intense concentration requise pour sortir George de la voiture et pour garder ensuite l'esprit fixé sur la route tandis qu'ils rejoignaient Cardiff.

Le commissaire de course qui les attendait à l'arrivée leur serra la main.

— Vous êtes hors délai et vous n'aurez pas droit à des points de bonus, dit-il, mais félicitations à tous les deux.

Emma sourit à l'homme et Josh se sentit subitement réveillé par un pincement de jalousie. Mais cela ne dura pas. Le temps qu'ils se garent et rejoignent l'hôtel, il dormait quasiment debout. Emma tira sur sa manche.

— Il y a un bar, là-bas. J'espère qu'ils servent des chocolats chauds ?

— Sans doute, mais pour moi, ce sera une autre fois. Il faut que je sorte Griff et que je m'occupe du blog de ce soir.

Il regarda le chien, qui n'avait pas manifesté son excitation habituelle en entendant le mot « sortir ». En fait, Emma paraissait presque aussi fatiguée que lui et Josh se demanda si Griff le sentait.

— Je lui ai fait faire une longue promenade et j'ai passé une heure à lui lancer sa balle, expliqua Emma. Cela devrait suffire pour aujourd'hui. Et combien de temps va te prendre ce blog ? Un quart d'heure ? Tu pourrais le faire en buvant ton chocolat...

Elle semblait déterminée à le distraire et c'était tentant. Très tentant, surtout que le bar offrait de profonds fauteuils qui semblaient fort accueillant. L'idée de se détendre avec Emma à la fin d'une longue journée fertile en événements avait un parfum de paradis.

— Un quart d'heure pour toi, peut-être. Hier soir, ça m'a pris trois heures et un coup de fil à l'informaticienne en chef de la Fondation.

— C'est abominable ! Trois heures, un appel téléphonique, et tu n'as même pas pu mettre les photos en ligne correctement ?

Manifestement, elle avait regardé le blog de la veille.

— C'est bien ce que je dis, acquiesça Josh en lui décochant un sourire. Je n'ai pas tes aptitudes naturelles.

Elle tendit la main.

— Donne-moi ton ordinateur. Nous allons prendre un chocolat, tu me montreras où chaque chose se trouve et tu sortiras Griff ensuite. J'aurai fini quand tu reviendras.

— Tu n'as pas besoin de…

Malgré ses protestations, il avait très envie qu'elle le fasse.

— Pas de discussion, Josh ! déclara-t-elle. Nous sommes ensemble dans cette affaire.

Cela en avait bien l'air, en effet. Josh sortit son ordinateur et ils trouvèrent un canapé. Emma s'assit à côté de lui pour pouvoir regarder l'écran. Griff s'allongea sous la table basse. Un serveur apporta les chocolats et Josh ouvrit sa boîte mail, chargeant toutes les pièces jointes sur le blog.

— C'est bon. Je peux m'y mettre à partir de là, assura Emma.

Elle s'attela à la tâche, sélectionnant des photos et des captures d'écran, coupant les clichés de façon à les rendre vibrants et pleins de vie. Tout comme elle… Absorbée par son travail, elle demanda quand même :

— Tu ne sors pas Griff ?

— Il dort. Je préfère regarder et apprendre.

Elle lui décocha un large sourire.

— Très bien. Tu veux que j'aille moins vite ?

— Non.

Les gestes répétitifs, ce qui apparaissait sur l'écran et le tintement des perles au poignet d'Emma avaient quelque chose d'étrangement apaisant. Josh étendit les jambes devant lui et s'enfonça dans les coussins…

— Ouille !

Emma pouvait réveiller un homme d'un doux baiser, il le savait très bien, mais elle savait aussi le faire d'un coup de coude dans les côtes. Il vit qu'elle affichait un sourire satisfait.

Il se passa une main sur le visage, tâchant de reprendre ses esprits.

— Dois-je m'excuser de m'être endormi ?

Le sourire s'élargit.

— Non, pas la peine.

— Tu as fini ?

Josh se pencha et vit le nouveau blog qui s'affichait sur l'écran.

— C'est très bien. J'apprécie, vraiment.

— Si tu veux, je pourrai m'en charger à partir de maintenant. Puisque je suis meilleure que toi !

Elle faisait souvent ça : envelopper sa gentillesse d'un petit sourire et d'une remarque caustique. Josh se demandait s'il devait le mentionner quand un appel-vidéo s'annonça sur son ordinateur. Il sentit Emma s'écarter de lui pour se mettre hors de portée de la caméra et réalisa alors que leurs épaules se touchaient presque, un instant plus tôt.

— Que veut David ? demanda-t-elle, sur la défensive, comme si elle avait été prise à faire quelque chose de défendu.

— Aucune idée.

Josh se pencha en avant et répondit à l'appel de son père.

— Bonsoir, papa. Comment ça va ?

David sourit.

— Moi, très bien, merci. Mais j'ai appris que George et Tess avaient eu un accident.

— Oui, malheureusement…

— Et quel est ton pronostic, Josh ?

— D'après les premières indications, le montant du pare-brise n'a pas causé de dommages majeurs. Avec le temps et de la physiothérapie à haute dose, George peut très bien recouvrer l'usage complet de son bras.

David hocha la tête.

— Bon. Et Tess ?

— Une fracture du poignet et quelques contusions. Erica lui a trouvé un hôtel près de l'hôpital et elle va rester avec elle cette nuit.

— Formidable. J'ai dit à Erica que je couvrirai tous leurs frais.

Josh n'en attendait pas moins de son père.

— Merci, papa.

— Heureusement que vous êtes arrivés, Emma et toi ! On m'a dit que vous avez joué un rôle crucial, tous les deux, pour que l'on puisse extraire George de la voiture sans aggraver ses blessures.

Soudain, Josh eut envie que son père sache qu'Emma était là, avec lui, et qu'après toute la douleur du passé, ils avaient réussi à faire quelque chose de bien ensemble. Elle le souhaitait aussi, apparemment, car elle se pencha pour sourire à la caméra.

— Bonsoir, David ! Je suis là, alors ne dites pas quelque chose de trop gentil sur moi !

D'abord surpris, David sourit.

— Désolé, Emma, je vais devoir vous embarrasser. Josh et vous avez fait du très bon travail. Et le fait que vous ayez terminé la course pour assurer le versement de vos dons est un bonus supplémentaire.

— J'ai attendu sur place avec la voiture et Josh est venu me rejoindre en revenant de l'hôpital, expliqua Emma d'une voix un peu altérée qui en disait long sur les sentiments que ce retour lui avait inspirés.

Josh en fut content.

David hocha la tête. Emma fixait maintenant l'écran comme si quelque chose l'interpellait.

— Comment ça se passe, à Liverpool ?

— Bien. Très bien. En fait, j'ai une bonne nouvelle à vous annoncer, mais je préférerais te la dire de vive voix, Josh.

— Nous serons à Londres dans quelques jours. Tu assisteras au gala de clôture, n'est-ce pas ?

— Je ne le manquerais pour rien au monde ! Nous parlerons à ce moment-là. Comment va Griff ?

— Il dort, pour l'instant, répondit Emma. Attendez…

Elle se pencha et gratta les oreilles du chien pour le réveiller – avec plus de douceur qu'elle ne l'avait fait pour Josh. Quand il entendit la voix de son maître, Griff agita frénétiquement la queue. Et lorsqu'ils se dirent au revoir, David était tout sourire. C'était bon de le voir aussi détendu, aussi heureux.

— Je me demande ce que c'est que cette nouvelle…

Josh ferma son ordinateur et regarda Emma, qui pinçait les lèvres pour ne pas rire.

— Tu le sais, toi, n'est-ce pas ?

Elle sursauta comme une gazelle effarouchée.

— Moi ? Mais non ! Enfin… c'est à David de te le dire.

Bien sûr qu'elle savait. Josh s'adossa au canapé.

— Cinq jours. Tu tiendras aussi longtemps ?

Emma s'empourpra.

— Arrête ! C'est leur nouvelle, pas la mienne.

Elle mit sa main devant sa bouche, rougissant de plus belle.

— Tu vois ? Au bout de deux minutes, tu parles déjà de *leur* nouvelle.

Josh était plein de curiosité, à présent.

— Tu me le diras tôt ou tard, Em.

— Ne me regarde pas comme ça, s'il te plaît ! Bon. Je suppose que ce ne serait pas mal que tu t'habitues à l'idée avant que David t'explique ce qui se passe. Mais je tiens à préciser que tu m'as forcée à te le dire !

— Je t'ai mis une pression intolérable, d'accord.

Il pouvait aller plus loin en l'embrassant, par exemple. Mais ce ne fut pas nécessaire, hélas pour lui.

— Quand il nous a parlé tout à l'heure, David était assis sur le canapé de Val. Et il buvait dans le mug favori de Val, celui qu'elle ne prête jamais à personne.

Josh la dévisagea fixement.

— Papa et Val ?

— Cela expliquerait pourquoi Val ne cessait de disparaître

durant la première semaine du rallye. Et ça expliquerait aussi les boucles d'oreille qu'elle portait. Des boucles faites pour séduire.

Josh réfléchit un moment.

— Tu crois que je devrais le rappeler ?

Emma le regarda d'un air suppliant.

— Tu ne vas pas faire ça, si ? Lui dire que je t'ai révélé son grand secret ? Il souhaite te l'annoncer lui-même.

— Oui. Et sur Internet, je ne vais pas pouvoir lui taper sur l'épaule pour le féliciter… Mais je suis heureux pour lui : il était grand temps qu'il pense à autre chose qu'au travail.

— Comme il était grand temps que Val accueille quelqu'un dans sa vie.

Josh hocha la tête.

— Cela fait vingt ans que ma mère est morte. Papa est resté seul longtemps, et Val est parfaite pour lui. Nous allons leur laisser un peu d'espace, pour qu'ils nous le disent quand cela leur conviendra.

Emma poussa un soupir de soulagement.

— Merci !

— Maintenant, je sais ce que papa a ressenti la première fois que j'ai amené une fille à la maison.

Il sourit.

— Les rôles sont inversés, reprit-il. J'espère sincèrement qu'il ne fera rien de stupide, pour ne pas gâcher ça.

— C'est ce que je pensais à propos de Val. Mais ils se débrouilleront sans doute très bien sans nous.

Ils riaient tous les deux, à présent, et Josh se rendit compte qu'il avait passé un bras autour des épaules d'Emma. Il n'aurait pas su dire comment il était arrivé là, mais cela semblait juste. Il n'avait pas encore mesuré à quel point ils pouvaient être bien en tant qu'amis ; il était en train de se faire à cette idée.

S'y faire ne voulait pas dire aller plus loin, se rappela-t-il. Ils avaient déjà essayé et cela n'avait pas marché. Il devrait plutôt faire en sorte de préserver cette amitié. Il lâcha Emma et prit son ordinateur, qu'il serra contre lui.

— Il faut vraiment que je dorme maintenant.

Elle hocha la tête.
— Moi aussi.

Le lendemain matin, Josh se réveilla tard, avec Griff étalé sur sa poitrine et qui lui léchait la joue. Il avait rêvé que c'était Emma, mais elle l'embrassait et son haleine sentait bon. Il grogna, repoussa le museau de Griff et téléphona pour savoir pourquoi le personnel de l'hôtel ne l'avait pas réveillé comme prévu.

Il s'avéra qu'Emma avait annulé l'appel. La Mini n'était pas au parking de l'hôtel et Josh combina la promenade matinale de Griff avec une course à petites foulées pour rejoindre le lieu où devait se produire l'événement du jour. Cardiff était l'une des trois villes les plus importantes du rallye, et il était contrarié de devoir arriver en retard. Le programme battait déjà son plein et il aperçut Emma au beau milieu de la foule, en train de distribuer des prospectus et de parler aux gens qui entouraient sa voiture.

— D'accord, tu as gagné ! lui dit-il en la rejoignant. Vous n'aviez pas besoin de moi, après tout.

Contre toute attente, cette idée le blessait. Emma était particulièrement radieuse ce jour-là, avec sa minijupe bleue et sa longue veste assortie. Cette fois, elle avait remonté ses cheveux roux en un chignon bouclé qui brillait au soleil.

— Oh ! Josh, bien sûr qu'on a besoin de toi ! Que dire de tous les appels que tu as passés de la voiture pour tout organiser, tout en essayant de me guider ?

— En *essayant* de te guider ? Nous n'avons rien manqué, que je sache ! ronchonna-t-il.

— Non, ce qui montre que tu es capable de faire deux choses à la fois ! Tout le travail que tu as fourni pour que le rallye continue signifie que tout ne va pas s'effondrer parce que tu dors un peu !

L'attention d'Emma fut soudain détournée par un petit garçon qui tirait sur sa jupe.

— Bonjour, mon chou ! Où sont ton papa et ta maman ?

L'enfant indiqua un couple qui se tenait à l'écart. Elle leur adressa un signe de tête, puis se pencha pour entendre ce que lui disait le garçonnet.

— Tu veux une voiture comme celle-ci quand tu seras grand ? Avec des soleils autour des roues ?

L'enfant lui murmura encore quelque chose.

— Ah oui ? Et comment s'appelle ton frère ? Et toi, comment t'appelles-tu ?

Le petit garçon le lui dit et elle sourit.

— Eh bien, merci d'être venu ici aujourd'hui pour me parler de lui, Matthew.

Emma fit signe aux parents de s'approcher et se tourna vers Josh.

— Le frère de Matthew vient d'être inscrit sur une liste d'attente pour une greffe du rein. Et Matthew aimerait monter dans la Mini, alors... je crois que j'ai trouvé un nouveau copilote. Tu es au chômage, pour l'instant.

La malice qu'elle affichait fit rire Josh.

— D'accord. Message reçu !

Il se tourna vers les parents et leur tendit la main.

— Bonjour. Je suis Josh Kennedy, chirurgien spécialisé dans les transplantations. Je fais partie de la Fondation GDK. Il paraît que votre fils attend un rein ?

Au cours des derniers jours, il avait fait beau tout le temps. Le rallye avait traversé le pont sur la Severn et était entré en Angleterre pour s'arrêter à Bath. Emma avait accompagné Josh et Griff dans une longue promenade, mais les principaux sites touristiques de la ville étaient fermés pour la journée.

— Ce serait agréable de revenir essayer les thermes romains, une fois, avait lancé Josh.

Elle s'était demandé s'il s'agissait juste d'un commentaire général, ou bien d'une invitation.

— Oui, ce serait bien, avait-elle répondu, sans savoir non plus si cela valait acceptation ou non.

Le lendemain matin, à son réveil, le ciel était noir. De lourds nuages cachaient le soleil. Elle compléta sa tenue d'un imperméable et d'un suroît en plastique noir qu'elle avait trouvés dans une boutique vintage. Lorsqu'ils quittèrent Bath, il se mit à pleuvoir à verse.

— Cela devait arriver, je suppose, dit-elle.

Déjà, les vitres de la Mini se couvraient de buée. Il était beaucoup plus confortable de conduire une voiture ancienne par beau temps.

— Oui, nous avons eu de la chance jusqu'à présent.

Josh se pencha en avant pour essuyer le parebrise.

L'itinéraire serpenta sur des routes secondaires, jusqu'à ce qu'ils atteignent une portion de la route très fréquentée qui passait par Stonehenge. Bien sûr, il fallait prendre des photos du site et Emma trouva un endroit où s'arrêter.

— Bon, c'est le moment de nous tremper les pieds.

Elle attrapa son imper et son chapeau roulés sous le siège, mais elle dut attendre que Josh ait enfilé sa veste pour pouvoir s'habiller à son tour.

Le site de Stonehenge se dressait à quelque distance de là, baigné de brouillard. Les nuages sombres se confondaient avec ses pierres grises. Autant dire qu'ils bénéficiaient des meilleures conditions pour le voir… Griff fut plus qu'heureux de rester dans la voiture pendant qu'Emma posait pour une photo, frissonnante, avec de l'eau qui lui coulait dans le cou.

Alors que Josh essuyait l'objectif de son portable, un éclair déchira le ciel, suivi du tonnerre. Un autre lui succéda.

— Josh ! Tu as réussi à le prendre ?

— Je crois…

Il courut se mettre à l'abri dans la voiture et Emma l'imita. Quand ils se furent dévêtus, éclaboussant Griff au passage, Josh lui tendit le téléphone et elle passa les photos en revue.

Il y en avait deux ou trois d'elle debout sous la pluie, puis une floue et, enfin, le cliché parfait : tonnerre et éclairs sur Stonehenge. Les hautes pierres levées semblaient être seules dans un paysage sauvage et mystérieux.

— Ah, j'adore, Josh ! dit-elle en contemplant la photo.

— Ça valait la peine de se mouiller ?

— Absolument ! Tu ne trouves pas ça magnifique ?

Il hocha la tête en riant.

Ils se remirent à rouler, empruntant de nouveau les petites routes de campagne, ce qui était plus facile puisqu'il y avait moins de circulation. Toutefois, il fallait faire attention aux imprévus. Le ciel s'éclaircit un moment, puis s'obscurcit de nouveau, libérant des torrents d'eau. Emma s'arrêta pour regarder devant elle : une vraie rivière s'était formée sur la route, descendant d'une colline. Un tracteur la traversait lentement, mais la Mini, plus basse et plus légère, aurait toutes les difficultés du monde à le faire.

— Nous ne pouvons pas traverser ça, Em. Attends, je vais demander à cet homme s'il est possible de contourner cet endroit.

Josh remit sa veste et courut jusqu'au tracteur. Un moment plus tard, il revint, quittant sa veste trempée avant de remonter en voiture.

— Il dit que nous devons faire demi-tour jusqu'à l'embranchement et passer par un autre côté. Ce sera assez long.

Il montra le chemin sur la carte.

— Sinon, il paraît que d'ici une demi-heure on devrait pouvoir traverser.

— Je suis d'avis d'attendre, dit Emma. Prendre la déviation demandera plus de temps, et nous manquerons des indices.

— Oui, d'accord.

Josh reposa la carte et étendit ses jambes autant qu'il le pouvait. Emma se gara sur le bas-côté. La route était déserte.

— Où sont passés les autres ? demanda-t-elle.

— Ils ont dû s'arrêter avant. Ils nous rattraperont sans doute quand l'averse cessera.

Josh se tourna alors que Griff commençait à manifester son mécontentement : une vitre arrière fuyait et il recevait des gouttes d'eau sur le museau et les oreilles.

— Laisse-le venir devant avec nous, dit Emma.

Aussitôt, Josh décrocha le harnais et Griff escalada les sièges avant pour s'installer sur les genoux d'Emma. Elle le serra dans ses bras et il se calma un peu. Elle n'était pas très à l'aise.

— Ça va ? demanda Josh.

Rien n'échappait à son regard attentif.

— Ce joint fuit depuis toujours. Mon père n'a jamais réussi à le réparer.

— Si c'est la seule fuite, ton père a fait du bon travail.

Josh n'oubliait jamais de vanter les choses que le père d'Emma avait faites sur la voiture. Cela faisait plaisir à la jeune femme, mais cela rendait le moment encore plus doux-amer. Elle gratta les oreilles de Griff, n'osant pas tendre la main vers Josh comme elle avait envie de le faire.

— Il me manque, avoua-t-elle.

Josh hocha la tête.

— Oui. Cela ne fait qu'un an.

— Je pensais que ça irait mieux avec le temps.

Il tendit la main pour caresser la tête de Griff. C'était comme si le chien servait de lien entre eux.

— Tu es restée six mois avec ta mère avant d'aller vivre à Liverpool ?

— Oui. Au début, elle avait besoin de moi. Et puis, elle a fini par me dire qu'elle allait bien et que je devais vivre ma vie.

— Et penser un peu à toi, à ton propre chagrin.

La voix de Josh était tendre.

— Oui. Je ne l'avais pas vu comme ça. Toi, ta mère te manque toujours, n'est-ce pas ?

— Oui. Mais au bout d'un certain temps, la perte ne te déchire plus autant. Papa m'a beaucoup aidé à faire mon deuil, malgré sa propre peine.

C'était une bonne façon de décrire un deuil. Un déchirement... Emma fonctionnait parfaitement bien désormais, mais elle se sentait toujours « déchirée ».

— Quand mon père était malade, il me disait de ne pas me soucier de lui. Que je devais continuer à avancer. Que mes roues devaient continuer à tourner.

Une larme roula sur sa joue et Josh se pencha pour l'essuyer. Ce contact, bien que fugace, compta énormément pour Emma. Jusqu'alors, tous deux ne s'étaient touchés que par mégarde. Hormis le baiser, bien sûr.

— C'est à la fois juste et faux, fit observer Josh, pensif.

— Comment ça ?

— Je pense à une chose que mon père m'a dite quand ma mère est décédée. Il m'a dit qu'il ne restait pas avec moi par devoir, mais parce que c'était son droit. C'était ton droit de rester avec ton père lorsqu'il était malade. Et maintenant, tu peux penser à vivre ta vie. À faire tourner tes roues.

— J'ai voulu faire ce rallye en pensant que ce serait une façon d'y arriver. Mais, pour le moment, même si je bouge, j'ai l'impression de rester sur place.

— Donne-toi du temps. Tu retrouveras cette sensation d'aller de l'avant. Tu es au mieux de ta forme quand tes roues tournent.

C'était gentil à lui de dire ça, étant donné que c'était précisément ce qui les avait séparés.

À ce moment-là, une voiture se gara sur le bas-côté derrière eux, et ils se retournèrent pour regarder.

— C'est Ryan et Kaitlin, indiqua Josh. Je vais aller leur dire un mot.

Avant de sortir, il hésita, comme s'il se demandait si Emma n'allait pas ajouter quelque chose.

— Vas-y, lui dit-elle en souriant. Je vais faire le plus dur : garder Griff au sec.

Il hocha la tête.

— Bon. Eh bien, bonne chance !

Il tendit de nouveau la main vers elle et effleura de ses doigts le dos de sa main. Un tout petit geste, limité par tout ce qui leur faisait peur à tous les deux, mais qui signifiait beaucoup. Puis il quitta la voiture, enveloppé dans sa veste, et courut sous la pluie jusqu'à l'autre véhicule.

— Comment est-ce possible, hein, Griff ?

Elle serra le chien dans ses bras et il frétilla de joie, avant de poser la tête sur son épaule.

— Que nous soyons si semblables et si différents…

Griff n'en savait rien et elle non plus. Peut-être que son père et Josh avaient raison tous les deux et que, si elle continuait à faire comme si elle avançait, elle finirait un jour par avancer pour de bon.

6.

Josh avait appelé son père de la voiture ce matin-là, lorsqu'il était apparu que le rassemblement de Salisbury serait compromis par le mauvais temps. David lui avait dit de le laisser s'en occuper. Et quand ils avaient franchi la ligne d'arrivée, ils s'étaient rendu compte qu'il avait fait ce qu'il fallait : un long auvent protégeait de la pluie les stands d'information et les spectateurs. L'événement ne fut pas aussi important que prévu, mais il régna un esprit bon enfant parmi les gens qui cherchaient à s'abriter et Josh fit des photos qu'il envoya à son père. Celui-ci répondit par un émoji souriant. Puis Josh et Emma rejoignirent leur hôtel tard dans la soirée, après avoir aidé à ranger. Il la quitta devant la porte de sa chambre et elle lui avoua rêver d'une longue douche brûlante. Il s'éloigna en s'efforçant de ne pas s'imaginer la scène.

Le lendemain, il faisait de nouveau beau et tout paraissait plus propre, plus vert. Le trajet entre Salisbury et Brighton était relativement long et tout le monde était fatigué. Néanmoins, savoir que Londres n'était plus qu'à deux jours de là insufflait de l'énergie aux équipages. Lorsqu'ils passèrent du Wiltshire au Hampshire, Emma sortit de la voiture et courut poser à côté du panneau. Et l'arrivée dans le Sussex lui tira un cri de joie qui réveilla Griff endormi à l'arrière.

Elle fronça les sourcils en lisant le dernier défi qui leur vaudrait des points supplémentaires.

— « Attrapez une étoile filante »... Il fera nuit lorsque nous arriverons à Brighton, mais faudra-t-il regarder les étoiles ? À moins qu'il n'y en ait sur l'écusson de la ville ?

— Il faut attendre et voir, déclara Josh, l'air malicieux.

— Toi, tu sais ce que cela signifie, pas vrai ?

— Oui, mais je ne peux pas te le dire. Papa m'a fait jurer de garder le secret.

Emma n'eut plus qu'à ronger son frein, avec une moue délicieuse qui produisit beaucoup d'effet sur Josh.

Juste avant Brighton, les commissaires de course les arrêtèrent pour réduire les écarts entre les voitures, afin qu'elles entrent dans la ville en file indienne. Il commençait à faire sombre et Emma se dévissait le cou pour regarder le ciel.

— Il ne peut pas s'agir de vraies étoiles filantes, décréta-t-elle. Il y a des nuages, et David a sûrement pensé à cette possibilité. Il pense toujours à tout.

— Oui.

— Oui quoi ?

— Oui, répéta-t-il pour la taquiner, et elle poussa un soupir exaspéré.

— Si tu continues, je vais te faire endurer quelque chose qui ne te plaira pas.

Il aimerait tout ce qu'elle voudrait bien lui faire subir, se dit-il tandis qu'ils redémarraient. Et il caressa cette idée pendant un moment.

Lorsqu'ils arrivèrent au centre-ville, les rues étaient pleines de monde, comme on pouvait s'y attendre pour un vendredi soir de début d'été dans une station balnéaire. Beaucoup de gens s'étaient arrêtés pour voir défiler les voitures et les bénévoles de la Fondation distribuaient des prospectus avec enthousiasme.

Emma klaxonna pour se joindre à la liesse générale et d'autres voitures l'imitèrent. Josh se tourna et posa une main sur la tête de Griff, mais le chien appréciait visiblement ce charivari.

— Sapristi, où sont les étoiles ? bougonna Emma.

Ils descendirent lentement la colline en direction du front de mer et, alors que les premières voitures commençaient à tourner à gauche, trois rayons lumineux jaillirent de la mer pour retomber ensemble. Puis des lasers provenant des immeubles voisins inondèrent la rue de lumière, des étoiles filantes dansant autour des toits.

— Oh ! Regarde, Josh !

Emma pointait le doigt vers l'avant, dansant pratiquement sur son siège.

— Regarde la jetée !

Elle n'avait d'yeux que pour la magie des étoiles qui tombaient du haut du Palm Court pour piquer dans la mer.

— Ça te plaît ? demanda Josh.

Question stupide. Il était clair qu'elle *adorait* ce spectacle.

— Non, c'est horrible, ironisa-t-elle. Je veux rentrer à la maison.

Au pied de la colline, des commissaires de course indiquaient aux voitures de tourner à gauche. Emma s'arrêta et baissa sa vitre.

— Je veux aller à droite.

— Non, ma belle. Une section du front de mer a été fermée...

— Je prendrai à gauche dans une minute, mais je veux d'abord aller à droite.

Le commissaire fronça les sourcils et Josh se pencha vers lui. Il lui montra sa carte d'organisateur. L'homme recula et leur fit signe de passer.

— Je ne savais pas que tu avais une carte officielle, dit Emma avec un sourire.

Il haussa les épaules.

— Je n'ai pas eu à m'en servir jusqu'à présent. Pourquoi allons-nous à droite ?

— L'indice dit « Attrapez une étoile filante ». Il y a un endroit un peu plus loin où l'on pourra donner l'impression qu'on en attrape une.

— D'accord.

Elle roula un moment le long de la promenade, puis tourna à droite dans une petite rue. La mer apparut de nouveau devant eux. Elle se gara.

— Voilà. C'est parfait !

Ils avaient une belle vue de la jetée. S'ils traversaient la rue et descendaient sur la plage déserte, Emma pourrait lever les bras et ce serait comme si elle attrapait une étoile. À partir du moment où elle le voulait, Josh le voulait aussi. Pour partager un peu de sa magie.

Elle le regardait avec de grands yeux dans l'obscurité. Il tendit la main vers elle et elle ne s'écarta pas. Encouragé par la chaleur qu'il lisait dans son regard, il osa la toucher. Il passa les doigts sur le dos de sa main. Elle se saisit de ses doigts et les porta à ses lèvres.

C'était trop, et pas assez en même temps. Comme toujours avec Emma. Elle submergeait ses sens.

— Em ?

Elle posa un doigt sur ses lèvres.

— Je ne veux pas que tu réfléchisses, Josh. Si tu réfléchis, tu ne le feras jamais.

Elle avait peut-être raison. Et de toute façon, il était incapable de penser en cet instant. Il passa ses bras autour d'elle et l'embrassa en savourant la douce chaleur de sa bouche…

Il y eut un déclic à l'arrière. Visiblement, Griff se sentait délaissé. Il passa la tête devant et fit de son mieux pour lécher la joue d'Emma.

— Berk ! Arrête de baver.

— Tu parles à Griff, j'espère ?

Josh attrapa le chien par son collier et le repoussa.

— Je n'ai pas beaucoup pratiqué ces derniers temps, mais tout de même…

— Bien sûr, que je parle de Griff !

De la gaieté dansait dans les yeux d'Emma.

— Et ton manque de pratique est très séduisant.

C'était bon à savoir. Josh sentait la faim qu'elle avait de lui, aussi, et il ne put s'arrêter. Il posa sa main libre sur sa taille et elle lui passa les bras autour du cou, l'attirant contre elle. Elle l'embrassait avec toute la douceur et la magie dont il se souvenait et ce baiser l'enivra. Cela lui avait tellement manqué…

Il était la proie d'Emma tandis qu'elle lui caressait le cou et descendait sur son torse, le faisant frissonner. Il la désirait trop en cet instant pour se retenir d'aller plus loin.

Elle s'écarta juste avant qu'il ne perde tout contrôle.

— Les étoiles filantes… murmura-t-elle, les yeux troublés par le désir.

Il esquissa un sourire.

— Tu veux en attraper une ?

Elle hésita, et sa réticence répondit à celle de Josh.

— Oui, même si être dans tes bras est encore meilleur.

Sortir dans l'air frais du soir leur fit du bien. Josh avait accroché la laisse au collier de Griff. Emma passa le bras sous le sien et ils traversèrent la route pour descendre sur le sable. Il leur fallut un moment pour trouver l'endroit qui conviendrait pour les photos, mais après quelques essais, Josh réussit à prendre le cliché parfait : Emma en train de bondir, ses doigts semblant toucher les étoiles.

Il prit également quelques photos de Griff. Puis Emma vint se blottir dans ses bras et le regarda dans les yeux.

— Tu m'as tellement manqué !

— Tu m'as manqué toi aussi…

Il sentit une boule se former dans sa gorge à la pensée de la nostalgie déchirante qui n'avait jamais vraiment disparu. Tout le temps où ils avaient été séparés, il s'était demandé comment elle allait et ce qu'elle faisait.

— Je…

Elle s'interrompit.

— Tu quoi ?

— J'ai parlé à David, durant ces trois années. Je lui demandais souvent de tes nouvelles…

Peut-être pensait-elle qu'il aimerait savoir qu'elle ne l'avait pas oublié. C'était le cas, mais bizarrement, il se sentait floué.

— Papa ne me l'a jamais dit.

— Non. Je lui ai demandé de ne pas te le dire.

Elle posa les mains sur son torse.

On ne pouvait reprocher à David de ne pas trahir une confidence.

— C'est comme ça qu'il a su, pour la mort de ton père ?

Josh s'était toujours posé la question.

— Oui. Il était d'accord pour ne pas te parler de nos conversations, mais il m'a dit qu'il ne pouvait pas te cacher ça. Et j'en suis heureuse, car ton message a beaucoup compté pour maman et moi !

— Tu lui as parlé plus d'une fois ?

Il posa la question avec une certaine agressivité. Elle se figea, toute excitation disparue. Le baril de poudre qui avait fait renaître la passion entre eux avait aussi la capacité de réveiller les sentiments de colère qui avaient brûlé dans leur cœur, à l'époque. C'était sans doute inévitable. Josh fut incapable de la garder dans ses bras ; il se détourna et se dirigea vers les marches qui remontaient de la plage.

— Qu'y a-t-il, Josh ?

Elle le suivit et le tira par le bras. La fureur le submergeait.

— Alors tu parlais régulièrement à mon père, mais tu ne l'as jamais laissé me dire comment tu allais ?

Elle fronça les sourcils, incapable pour une fois de deviner ce qu'il pensait.

— Il ne faut pas lui en vouloir, Josh !

— C'est à toi que j'en veux, pas à lui. C'est toi que je blâme !

« Blâmer » était un mot détestable. Mais ce qui arrivait là, après cette promesse de baiser, était encore plus détestable.

— Je ne voulais pas que tu penses que j'allais revenir, Josh. Parce que ce n'était pas le cas.

— Mais tu téléphonais quand même à mon père !

L'accusation était injuste, mais Josh n'était pas d'humeur à se montrer juste. La vie ne l'était pas.

— Ne sois pas ridicule.

Emma était en colère elle aussi, à présent.

— Nous ne nous parlions pas souvent. Je l'ai appelé quatre ou cinq fois en trois ans, et toujours au sujet de patients que je traitais à l'époque. Je lui demandais juste comment tu allais à la fin de nos conversations de travail. Ce n'était pas exactement du harcèlement.

— Mais tu ne le laissais pas me dire comment tu allais, toi. Tu ne pensais pas que j'avais envie de le savoir ?

L'air égaré qu'elle prit lui indiqua que l'idée ne lui en était pas venue. Ce qui n'arrangea pas les choses. Avait-elle oublié qu'il l'avait aimée ?

Elle haussa les épaules d'un air piteux.

— Je me disais…

— Tu te disais quoi ? Tu as tout décidé pour moi, et tu m'accuses de vouloir tout contrôler ?

C'était ce qui lui faisait le plus mal, dans l'histoire.

— Bon, d'accord, j'ai commis une erreur, admit-elle. Mais est-ce que tu es parfait ? Je souffrais, Josh.

— Je souffrais moi aussi.

Ne pouvait-elle pas le voir ? Ne pouvait-elle pas comprendre que, lorsqu'elle était partie, cela avait fait resurgir ce qu'il avait ressenti à la mort de sa mère ? Emma s'était rayée de la liste des gens sur lesquels il pouvait compter.

Ils se dévisagèrent. Chacun d'eux ne voyant que les blessures que l'autre leur infligeait, les différences qui les séparaient. Peut-être était-ce tout ce qu'ils avaient en commun, finalement.

Il n'y avait rien d'autre à dire. S'il avait espéré qu'Emma trouverait quelque chose pour faire paraître la situation moins désespérée, il n'en fut rien, et il en éprouva une déception encore plus grande. Incapable de continuer à la regarder, il tourna les talons et remonta sur la promenade.

Griff trottait sans bruit à côté de lui, comme s'il savait que quelque chose de désagréable venait de se passer. Josh se pencha pour le caresser et le rassurer.

— Ce n'est pas ta faute, vieux. Ne t'inquiète pas.

Ce n'était pas la faute d'Emma non plus, se dit-il. Il y avait entre eux un abîme qu'ils avaient simplement essayé de traverser. Une nouvelle fois.

Il se retourna. Dans l'obscurité qui les entourait, il regarda Emma qui montait les marches, les épaules basses, tout entrain disparu. Puis elle se redressa pour traverser la route, le corps raidi par la colère. Dès qu'elle fut à l'abri dans la voiture, il pivota de nouveau et s'éloigna à grands pas.

Josh n'assista pas aux festivités qui avaient lieu près du parc couvert, de l'autre côté de la jetée. Il fallait s'y attendre. Emma, elle, s'y rendit sans grand enthousiasme.

Au début, la colère chassa tout le reste. Puis quand celle-ci s'estompa, les émotions commencèrent à affleurer. Emma se sentait blessée que Josh soit incapable d'admettre son point de vue. Et coupable de ne pas avoir su voir le sien. Toutes ces pensées la laissaient en proie à la confusion et au désespoir.

Qu'ils se soient embrassés, puis disputés juste après était significatif. C'était le destin. On ne pouvait, en reproduisant les mêmes choses, s'attendre à un résultat différent. Josh devait le savoir aussi.

Lorsqu'elle réussit à s'échapper pour regagner son hôtel, il ne l'attendait pas. Il logeait ce soir-là dans un autre établissement qui, contrairement au sien, acceptait les animaux, et c'était probablement mieux ainsi.

Elle emprunta un ordinateur à un autre concurrent pour consulter ses mails. Pas de message de Josh – ce qui n'avait rien d'étonnant. En revanche, il lui avait envoyé les photos de la journée. Le rallye devait continuer. Elle posta ces images sur le blog.

Comment Josh et elle allaient-ils faire pour parcourir ensemble le trajet jusqu'à Londres, le lendemain ? Sans doute y aurait-il beaucoup de disputes et de cris. Elle n'y pouvait rien, aussi décida-t-elle de ne pas y penser. Elle verrait bien le moment venu.

7.

Emma n'avait pas beaucoup dormi et Josh avait dû se réveiller tôt, lui aussi, car lorsqu'elle rejoignit la Mini le lendemain matin, il était déjà là, assis sur le muret qui entourait le parking de l'hôtel. Griff s'appuyait contre ses jambes.

Malgré la situation, le seul fait de voir son ancien amant fit monter une boule d'émotion dans la gorge d'Emma.

Griff bondit vers elle avec des aboiements excités en tirant sur sa laisse. Elle se pencha pour le caresser, en se demandant si ne parler qu'au chien, comme ils l'avaient fait au début, fonctionnerait ce jour-là aussi.

— Bonjour…

Ce mot lui était clairement destiné, à elle. Sans doute Josh était-il parvenu à la même conclusion qu'elle et avait-il décidé de faire taire ses sentiments pour pouvoir terminer le rallye sans remous.

Elle déglutit avec peine.

— Bonjour, répondit-elle. Prêt à partir ?

Il secoua la tête.

— Oui, mais je dois faire quelque chose, d'abord.

Il paraissait calme et Emma songea qu'elle devrait le rester aussi. Quoi qu'il lui lance, elle ne pleurerait pas et ne lui rendrait pas les coups.

— Oui ?

— Il faut que je m'excuse. Je suis désolé pour les choses que je t'ai dites et pour la façon dont je te les ai dites.

D'abord étonnée, elle haussa les épaules.

— Cela n'a pas d'importance.

— Tu sais, j'ai appelé mon père, hier soir.

Elle tressaillit, alarmée, et il secoua la tête.

— Je ne lui ai pas raconté ce qui s'est passé, rassure-toi ! Ça, c'est entre toi et moi. Mais, comme je savais que j'avais été injuste, je voulais savoir de quoi j'allais devoir m'excuser exactement.

— Tu n'as pas à t'excuser de quoi que ce soit, répondit-elle, touchée au plus profond d'elle-même.

Ce qu'il était en train de faire n'était pas rien.

— Papa m'a confirmé qu'il t'avait appelée aussi, et qu'il t'avait demandé de le tenir au courant pour ton patient. Je sais que tu ne l'as pas harcelé pour avoir de mes nouvelles. Et si, j'ai de quoi m'excuser, parce que je ne t'ai pas écoutée quand tu as essayé de m'expliquer les choses.

La joie commençait à poindre en Emma. Elle se répandait jusqu'au bout de ses doigts, qui la picotaient. Ce jour-là pourrait-il apporter une réconciliation ?

Elle alla s'asseoir sur le mur, à côté de Josh.

— En fait, je n'ai pas vraiment essayé de t'expliquer. J'étais trop en colère.

— Et moi, je n'ai pas vraiment essayé de t'écouter. J'étais trop furieux aussi.

Elle poussa un soupir.

— Nous nous sommes fait mal, n'est-ce pas ?

Il secoua la tête avec lenteur, comme s'il réfléchissait à l'absurdité de la situation.

— Quand nous étions ensemble, je jouais un personnage que je n'étais pas. En réalité, j'étais resté l'enfant qui n'avait que sa mère et qui dressait des listes des gens qui pourraient s'occuper de lui si un malheur arrivait. Ces listes étaient très courtes.

Josh et ses listes… Les choses apparaissaient sous un autre angle, tout à coup.

— Alors, j'étais sur ta liste, et tu m'en as rayée… Je suis désolée.

Josh sourit.

— Désolée au sens où tu reconnais que tout a été de ta faute ? Ou désolée que les choses se soient passées ainsi ?

— C'est assez tentant de dire que tout a été de ma faute, répondit-elle en lui rendant son sourire. Mais je suis surtout désolée que les choses se soient passées ainsi et que tu en aies souffert toi aussi. Nous aurions dû parler davantage.

Il hocha la tête.

— Nous parlons maintenant…

— Oui.

Et c'était bon. Comme s'il y avait un moyen de guérir les blessures du passé, même si l'on ne pouvait pas changer le passé.

— Tu as publié sur le blog, hier.

— Bien sûr ! s'exclama-t-elle, heureuse qu'il l'ait vu. Tu pensais que je serais mesquine au point de ne pas le faire ?

— Jamais de la vie ! D'ailleurs, ta publication est super. Mais je ne t'avais pas envoyé les meilleures photos. Les meilleures, je te les ai envoyées ce matin.

Emma sortit son téléphone et vit qu'elle avait un mail de lui, en effet, avec deux photos en pièces jointes. Elle et Griff en train d'attraper des étoiles. C'était très beau.

— Tu as pris ton petit déjeuner ? demanda-t-elle.

Il haussa les épaules.

— J'ai bu un café.

Maintenant qu'elle pouvait supporter de le regarder en face, elle vit qu'il semblait aussi fatigué qu'elle. Un supplément de café et un copieux petit déjeuner les mettraient tous les deux en forme pour la journée.

— Il y a un endroit où l'on peut manger dehors avec Griff et, si tu prends ton ordinateur, j'ajouterai les photos tout de suite.

Il se baissa pour ouvrir son sac.

— J'ai autre chose pour toi.

Il sortit son MP3 avec les écouteurs.

— Une playlist ? s'exclama-t-elle, ravie.

— Oui. J'ai chargé des chansons des années soixante hier soir.

Elle eut envie de se jeter dans ses bras et de l'embrasser. Toutefois, ils n'étaient peut-être pas encore prêts pour ça, même si elle ne lui aurait donné qu'un baiser amical sur la joue.

— Merci, Josh, c'est une super idée !

Il eut un large sourire.

— Je t'en prie.

Emma s'était surpassée pour cette dernière portion du rallye. Elle portait une minijupe en daim avec un sac en bandoulière assorti orné de franges, ainsi qu'un chemisier aux couleurs vives. Ses cheveux étaient relevés sous une casquette, et une paire de bottines à petits talons complétait sa tenue. Josh commençait à vraiment apprécier la mode des années soixante.

Les bénévoles de la Fondation étaient de nouveau sortis en force ce matin-là, distribuant des prospectus et faisant des signes aux voitures qui passaient. La Mini traversa lentement Brighton puis, assez vite, ils se retrouvèrent sur la route. Le soleil éclairait de ses rayons les collines crayeuses des Sussex Downs.

— Oh… remets cette chanson, je l'adore !

Emma tapotait le volant au rythme de la musique.

— « L'amour en rose » ?

Josh sourit.

— Tu sais que c'est ma grand-mère qui chante ?

— Quoi ? Cerise Kennedy était ta grand-mère, et tu ne me l'avais pas dit ?

Emma ôta une main du volant pour lui donner une bourrade de reproche.

— Je ne te parle plus, Josh Kennedy !

Lors de leur brève liaison, ils avaient été si captivés l'un par l'autre que rien d'autre n'avait existé.

— Dommage, dit Josh. Si tu ne me parles plus, je ne pourrai pas te la présenter le soir du gala de clôture du rallye.

— Quoi, elle sera au gala ? Cerise Kennedy ?

— Oui. Mon père me l'a dit hier soir. Tu vas venir, n'est-ce pas ?

— Eh bien, oui, je vais venir, finalement...

À l'évidence, Emma avait songé à faire l'impasse sur le gala, tout comme lui-même, la veille au soir. Mais à présent, il était certain qu'ils y seraient tous les deux.

— Cerise Kennedy est la mère de David ? Je n'arrive pas à le croire !

— Tu n'as pas remarqué qu'ils portent le même nom ?

Elle lui jeta un coup d'œil de côté.

— Si, mais… Cette chanteuse est tellement fabuleuse, tellement excentrique, alors que David est si raisonnable… Est-ce qu'ils s'entendent bien ?

— Ils ont été en froid, il y a quelques années. Gran était mère célibataire et elle n'avait jamais dit à papa qui était son père. Il ne l'a découvert qu'à la mort de celui-ci, quand il lui a légué sa fortune.

Emma tiqua.

— C'est délicat…

— Oui, très. Ils sont restés deux ou trois ans sans se parler. Et maintenant, ce n'est plus tout à fait comme avant entre eux. Ils se parlent, mais ils ne se disent rien.

— Pourtant elle va venir au gala…

— Quand papa m'a dit qu'il l'avait invitée, ça m'a surpris. Je me demande si ce n'est pas l'influence de Val, et je croise les doigts pour qu'ils enterrent enfin la hache de guerre ! En tout cas, ils ont veillé à faire en sorte que leurs différends ne m'affectent pas. Même quand ils étaient en froid, j'ai continué à passer des vacances et des week-ends avec Gran.

— Il était important pour toi de savoir qu'elle était toujours là. Tu avais déjà perdu ta mère.

— Oui. Gran ne m'a jamais laissé tomber. Elle aurait pu disparaître de ma vie, mais non : elle m'envoyait des cartes postales de tous les endroits où elle se rendait en tournée. J'en avais des centaines, pleines d'affection et de baisers.

— Elle a l'air merveilleuse. Dire que je vais la rencontrer… ou au moins la voir de loin. Est-ce qu'elle chantera ?

— Tu la rencontreras. Et elle va chanter, bien sûr. Ça, il n'y a pas moyen de l'en empêcher.

— Fantastique ! Tu peux remettre cette chanson, s'il te plaît…

Josh prit le MP3 et remit « L'amour en rose » au début. Emma entonna les paroles. Elle les connaissait par cœur, ce dont Cerise aurait été flattée, mais en revanche, elle écorchait joyeusement la mélodie.

Par chance, le récit des bisbilles entre David et Cerise n'avait pas entamé le bonheur de leur réconciliation. Josh n'était pas sûr d'être un jour à l'aise avec l'insouciance d'Emma vis-à-vis de l'avenir, mais il pourrait peut-être apprendre à vivre avec. Et même à aimer sa façon d'être, comme il aimait l'optimisme qui l'accompagnait.

Il baissa les yeux sur la carte étalée sur ses genoux, qu'il avait oubliée un moment.

— Attends… arrête-toi !

Emma pila brutalement sur la route déserte.

— Quoi ?

— Nous aurions dû prendre à gauche il y a un demi mile.

Chantonnant toujours « L'amour en rose », Emma fit demi-tour et repartit dans l'autre sens.

Les voitures du rallye traversèrent le Pont de la Tour de Londres par une belle journée d'été et roulèrent en direction du Mall pour se garer à proximité de St James's Park, où l'on préparait déjà la grande journée de sensibilisation du lendemain. Tout le travail de David, ses négociations, les lettres qu'il avait écrites, avaient porté leurs fruits. L'ensemble était remarquablement organisé.

Lorsqu'ils avaient franchi la dernière ligne d'arrivée du rallye, Emma avait lancé un cri de triomphe et Josh avait applaudi. Griff s'était réveillé et il s'était mis à aboyer joyeusement. Josh savait qu'avoir terminé le rallye était une victoire personnelle pour Emma, une victoire qu'elle dédiait à son père.

La jeune femme descendit de la voiture et alla bavarder avec les autres pilotes et les bénévoles de la Fondation. Elle paraissait très excitée.

C'était la fin. Josh n'aurait plus à se tasser pendant des heures dans un espace confiné. Il ne rirait plus aux plaisanteries plus ou moins drôles d'Emma et ne l'entendrait plus chanter faux. Il n'aurait plus à se retenir de la prendre dans ses bras et de l'embrasser.

C'était pour le mieux, car même si c'était la fin de quelque chose, ce n'était peut-être pas une fin définitive, se dit-il. Tous deux avaient tourné la page sur l'amertume de leur première séparation, et cela s'accompagnait d'un certain espoir : à l'avenir ils seraient peut-être capables de se saluer en amis, au lieu d'éviter de prononcer le nom de l'autre. Il était temps pour lui de prendre ce qu'il avait et de s'en aller.

Toutefois, il ne put pas partir aussi facilement. Il sentit que l'on tirait sur sa manche. En se retournant, il découvrit Emma qui lui tendait un verre en plastique.

— Je t'ai apporté du champagne, pour fêter ça.

Elle le lui mit dans la main et en prit un autre pour trinquer avec lui.

— Nous avons réussi ! s'exclama-t-elle.

— Oui, nous l'avons fait ! Félicitations, Em.

Il était heureux qu'elle ait voulu partager ce toast avec lui. Qu'elle soit venue le chercher pour le faire.

— Tu ne pars pas, n'est-ce pas ?

Elle le regarda tout en buvant une gorgée de champagne.

— J'ai une longue liste de choses à faire pour le gala. Il faut que je passe au bureau.

C'était vrai. Son père lui avait envoyé par mail une liste interminable, mais il s'agissait surtout de vérifier que tout avait été fait, et cela lui prendrait une demi-heure à tout casser.

Emma se rembrunit.

— Mais tu seras là demain, hein ?

— Oui. Et il y a encore le gala, lundi.

Elle retrouva son sourire.

— Oui, c'est vrai, et je m'en réjouis d'avance. À demain, alors.

Il eut toutes les peines du monde à s'éloigner d'elle. Cependant, songea-t-il, il devrait s'habituer à ne plus la voir.

8.

La journée de sensibilisation de Londres avait été un grand succès. Il y avait eu tant de monde que Josh et Emma n'avaient pu échanger que quelques mots. Vers la fin, il lui avait demandé ce qu'elle faisait le lendemain, et elle avait bafouillé, parlant de robes, de missions top secrètes et du fait qu'elle se réjouissait de le voir au gala dans la soirée.

Cela suffit à Josh. La mine d'Emma lui indiqua qu'il pouvait s'attendre à une soirée hors du commun et, s'il lui fallait la journée pour s'y préparer, c'était très bien. David rentrait à Londres ce soir-là, et Josh comptait le voir de bonne heure le lendemain.

La journée du lundi se passa comme prévu. Ce fut un plaisir pour Josh de voir son père si heureux. Ils discutèrent toute la matinée et partagèrent un long déjeuner. Ensuite Josh passa à l'hôpital, où il constata que tout le monde se débrouillait très bien sans lui. Puis il rentra s'habiller pour la soirée, empli d'un sentiment de plaisir anticipé.

Les bureaux de la Fondation GDK étaient logés dans une grande maison géorgienne peinte en blanc, en lisière d'un square tranquille de Notting Hill. Les marches du perron étaient flanquées de torches qui feraient de l'effet à la nuit tombée. À l'intérieur, le vestibule et la salle de conférences avaient été débarrassés et l'on avait replié la cloison mobile qui les séparait pour créer un immense espace.

David optait toujours pour la simplicité lorsqu'il recevait. Les hauts plafonds ornés de moulures et le parquet brillant suffisaient à donner de la grandeur à l'événement. Et Cerise était là pour achever de rendre les choses étincelantes.

Elle surveillait les gens qui entraient et se porta à la rencontre de Josh lorsqu'il arriva. Vêtue du rose et des paillettes qui la caractérisaient, elle était fabuleuse ce soir-là.

Josh se pencha pour recevoir un baiser donné en l'air.

— Gran ! Tu es en beauté ce soir.

— Merci, chéri. Laisse-moi te regarder !

Cerise recula un peu et passa les doigts sur le revers de la veste de soirée qu'il portait. Elle approuva d'un signe de tête, puis lui prit le bras pour l'entraîner lentement vers le stand des boissons.

— Je veux te dire un mot, mon chéri.

Josh sourit. Elle avait repris son accent traînant du sud des États-Unis, ce qui arrivait quand elle voulait exprimer sa tendresse envers sa famille.

Elle fit signe au serveur, qui emplit aussitôt deux coupes de champagne et en tendit une à Josh. Elle avait visiblement tout organisé, ce qui n'était pas une surprise. Elle aimait prétendre que tout dans sa vie était le fruit d'heureux hasards, mais en réalité, c'était une travailleuse acharnée.

Elle guida Josh jusqu'au piano qui se dressait dans un coin, sous une arcade de ballons roses et argent – une idée à elle, sans aucun doute. Elle s'assit sur la banquette et fit de la place pour son petit-fils.

— Alors, Josh. Ce coup de foudre de ton père… Tu étais au courant ?

— Il ne m'avait rien dit, mais Emma et moi, nous nous sommes doutés de ce qui se tramait. Ce que j'ignorais, c'est qu'il avait l'intention d'épouser Val. Il me l'a dit ce matin !

— Emma et toi ? releva Cerise, curieuse de tout ce qui pouvait toucher à la vie amoureuse de Josh.

— Oui, c'est elle qui m'a piloté pendant la deuxième semaine du rallye, quand papa et Val sont partis à Liverpool pour la transplantation. C'est une bonne amie de Val.

— Ah ! fit Cerise, déçue. Écoute, ce que je vais te dire est très important. Je suis sûre que Val est la femme parfaite pour ton père, et il a l'air d'être aux anges avec elle. Seulement je ne veux pas que tu penses qu'elle va remplacer ta mère. David adorait Georgie, tu le sais.

— Et il est manifestement fou amoureux de Val aussi, Gran. Je t'assure que je suis très content pour lui, sans aucune arrière-pensée.

— Ah, très bien !

La vieille dame s'éventa de sa main gantée.

— Ma foi, je suis heureuse que tu le prennes ainsi. David sera toujours ton père.

— Je sais.

Josh fit tinter son verre contre celui de Cerise.

— Si nous leur portions un toast ?

— Volontiers, répondit-elle, tout sourire. Je n'ai pas encore rencontré Val. Il faudra que tu me la montres quand elle arrivera.

Ce ne fut pas nécessaire. Il y eut des remous près de la porte d'entrée quand David et Val apparurent ensemble, bras dessus bras dessous. Josh eut peine à reconnaître Val. Elle avait rabattu ses cheveux sur un côté et ses boucles cascadaient le long de sa joue et de son cou. Elle avait choisi une robe vert foncé recouverte de perles noires brillantes qui lui donnaient un style très années 1920. Au bas du vêtement, une frange de perles étincelait lorsqu'elle marchait.

Gran pressa la main de Josh.

— C'est elle ?

Cela ne pouvait pas paraître plus évident. David contemplait sa compagne avec une expression de vénération.

— Oui, c'est elle.

— Elle est magnifique. Et regarde ton père, comme il est heureux !

Toutes ces années perdues ! songea Josh. Son père et sa grand-mère les avaient supportées stoïquement, mais il était clair qu'ils avaient souffert tous les deux. Peut-être ne se remettait-on jamais d'avoir perdu un être que l'on aimait. Emma, de même, lui manquerait toujours.

Il se pencha vers Cerise.

— Si nous allions les saluer ?

— Bien sûr, mon chéri, allons-y !

Il se leva en lui offrant son bras.

Val semblait un peu nerveuse, mais Gran, qui pouvait faire trembler quelqu'un d'un seul regard, avait manifestement décidé de la mettre à l'aise. Elle embrassa David, puis se tourna vers Val et la complimenta sur sa robe, avant de commencer à parler avec excitation. David rayonnait, et Val souriait aussi à présent. Josh s'écarta un peu pour observer le couple.

— Ça se passe bien. Val était terrifiée…

Emma se tenait près de lui. Il sentit les battements de son cœur s'accélérer soudain.

Les cheveux roux de la jeune femme étaient relevés en un haut chignon et elle portait une robe à col haut qui lui laissait les épaules nues. L'étoffe bleu pâle, qui lui arrivait aux genoux, était incrustée de perles et de paillettes. Un clin d'œil aux années 1960 qui toucha vivement Josh.

— Emma !

Ce seul mot résumait l'impression qu'elle lui faisait : elle était splendide.

— Quoi ? Est-ce que tu vas bien ?

— Non, non, je ne vais pas bien… Tu programmais d'avoir à me ranimer quand tu t'es habillée pour cette soirée ?

Elle se mit à rire.

— Tu es plutôt bien arrangé de ton côté. Et ne m'oblige pas à te ranimer. J'ai dû faire respirer Val profondément dans le taxi qui nous ramenait de nos courses.

— C'est donc à ça que vous avez passé la journée ?

— Oui. Val voulait trouver une tenue qui lui permette de se fondre discrètement dans le décor.

— Vraiment ? Je crains que votre mission secrète n'ait échoué, dans ce cas.

— Je l'ai emmenée dans une boutique vintage sur Kings Road et je lui ai fait essayer plusieurs tenues. Je pense que nous avons fait toutes les deux un trou dans notre budget, mais tu ne peux pas passer incognito quand tu as un caillou pareil au doigt. Tu as vu la bague ?

— Pas encore. Papa a fait honneur à Val ?

— Oh ! oui. Des diamants autour d'une magnifique aigue-marine assortie à ses yeux.

Emma passa une main sous le bras de Josh et lui murmura :

— Ça te paraît bien, cette demande en mariage éclair ?

— Oui, je suis vraiment heureux pour eux. Tu veux du champagne, pour célébrer ça ?

— Juste de l'eau pour moi, s'il te plaît. Je tiens à être tout à fait sobre quand je rencontrerai ta grand-mère. Déjà que je risque de perdre l'usage de la parole tellement je serai impressionnée !

— Gran adore que les gens soient muets d'admiration pour elle.

Emma fut complètement retournée. La grand-mère de Josh insista pour qu'elle l'appelle Cerise et lui chuchota qu'elle chanterait *L'Amour en rose* rien que pour elle. Josh lui fit remarquer en riant, lorsqu'ils dansèrent sur la chanson, que Gran avait dû promettre la même chose à d'autres personnes, mais cela n'eut pas d'importance. Emma était transportée.

La soirée fut pleine de rires et de musique. Quand les gens commencèrent à s'en aller, elle souhaita pouvoir les retenir, afin de faire durer cette bulle enchantée. Il fallait que la fête se prolonge au maximum, car le lendemain, elle retournerait à Liverpool.

Elle retrouverait ses amis, son travail, le petit cottage de banlieue où elle habitait. Elle ferait « tourner ses roues », comme disait son père. Pourtant, la seule chose qui lui semblait compter, c'était qu'elle allait laisser Josh à Londres.

Josh avait renvoyé David chez lui en prenant les clés des bureaux pour pouvoir fermer. Et cela tombait bien, car la joyeuse excitation de Val avait cédé place à la fatigue.

— Nous partons ! avait lancé David en souriant, tandis que Val et lui regagnaient la porte d'entrée en esquissant de petits pas de danse, à moitié enlacés.

Il avait escorté sa fiancée dans l'escalier, puis dans la Daimler des années 1930 qui les attendait au bas des marches.

David était parfait pour Val, songea Emma. Quelque part,

peut-être, un homme qui serait tout aussi bien pour elle l'attendait. À moins que cet homme ne soit déjà à côté d'elle…

Liverpool. Demain. La soirée prenait vraiment fin maintenant et il fallait qu'elle agisse dans ce contexte.

— Ma chérie…

Cerise, aussi fraîche qu'à son arrivée, lui prit les mains et distribua de petits baisers en l'air.

— J'ai été enchantée de vous rencontrer. La prochaine fois que j'irai à Liverpool, il faudra que je vous montre quelques endroits où j'ai des souvenirs spéciaux.

Elle se pencha pour lui murmurer quelque chose à l'oreille, et Emma porta une main à sa bouche.

— Non… !

— Si. Il n'était pas très connu à l'époque, mais c'était un jeune musicien plein de talent, et très beau.

Cerise posa un doigt ganté sur ses lèvres et Emma sourit.

— Je peux être mis dans la confidence ? demanda Josh en enlaçant sa grand-mère pour lui dire au revoir.

— Bien sûr que non ! C'est une prérogative de toute grand-mère de faire allusion à des histoires de jeunesse sans entrer dans les détails !

Elle sourit et planta un baiser sur la joue de Josh, qui se frotta pour effacer les traces de rouge à lèvres. Puis elle prit le bras du chauffeur qui devait l'accompagner à sa voiture.

Lorsqu'elle se retourna pour lui adresser un dernier signe de la main, Josh était radieux.

Il rejoignit Emma dans le bâtiment et se mit à chercher dans son trousseau de clés.

— Papa m'a dit que tu voulais prendre quelque chose à la bibliothèque. Tu veux la clé ?

— Oui, je veux bien.

Ils approchaient du moment des adieux et Emma n'avait pas envie de gaspiller le temps précieux qui leur restait à passer ensemble, mais la bibliothèque de la Fondation contenait des documents qu'il était difficile de trouver ailleurs.

— Je te laisse faire. Je vais dire au revoir aux derniers

invités et faire une dernière ronde pour vérifier que personne n'est enfermé dans les toilettes.

Les traiteurs étaient en train de ranger et eux aussi partiraient bientôt. Emma traversa le jardin d'hiver au plafond vitré et entra dans la bibliothèque. Elle trouva le document qu'il lui fallait et le photocopia.

Elle avait presque terminé quand Josh apparut sur le seuil.

— C'est fait ?

— Une minute…

Elle remit la publication à sa place sur une étagère. Si elle feignait d'avoir des problèmes pour éteindre la photocopieuse, se dit-elle, peut-être se détournerait-il et cesserait-il de la regarder de cette façon. Devoir le quitter était déjà assez difficile.

Mais il n'en fit rien. Lorsqu'elle eut éteint la lumière et fermé la porte à clé, il était toujours là. Elle lui rendit la clé et voulut passer devant lui pour aller chercher son manteau, mais le frôlement des doigts de Josh sur son bras la fit s'arrêter.

Ils s'étaient avoué pas mal de choses au cours de la dernière semaine. Peut-être pouvait-elle se permettre d'être franche.

— Cette soirée a été merveilleuse, Josh. Je n'avais pas envie qu'elle se termine.

— Doit-elle se terminer ?

— À un moment donné, oui. À moins que tu n'aies une machine à remonter le temps.

Et pas seulement pour ce soir-là. La machine devrait remonter dans le passé et changer toute leur vie, changer qui ils étaient, changer toutes les choses qui étaient maintenant gravées dans la pierre.

— À un moment donné, ce n'est pas tout de suite.

— C'est bientôt. Je dois rentrer à Liverpool demain après-midi.

Et Josh devrait la rayer de la liste des gens qui ne le laisseraient pas en arrière.

Il s'en rendait compte, apparemment. Elle voyait en le regardant qu'il brûlait de jeter toute prudence par la fenêtre et de profiter au maximum de la nuit. Elle en avait envie aussi.

Mais Josh était un gentleman et il ne la presserait pas. Il hocha la tête, glissa la clé dans sa poche et commença à traverser le jardin d'hiver.

— Josh !

Il se retourna.

— Tu as raison, Em. Cette semaine a été formidable et j'espère vraiment que nous nous reverrons. Mais pour l'instant, nous devons poursuivre notre vie.

— Demain. Nous devrons poursuivre notre vie demain. Et nous le savons tous les deux, alors ce n'est pas comme si nous nous faisions des promesses.

Josh la dévisagea. Elle savait exactement ce qu'elle voulait, et elle savait qu'il le voulait aussi. Peut-être pouvaient-ils apprendre à mieux se séparer.

Elle haussa les épaules, mal à l'aise.

— La dernière fois que nous nous sommes dit adieu, ça a été très amer. Je suis partie, déterminée à ne plus jamais te revoir. Nous pourrions faire beaucoup, beaucoup mieux, cette fois-ci.

Il hésitait encore.

— Ce n'est pas la façon traditionnelle de dire au revoir à quelqu'un.

— Qui s'en soucie ? Tout ce qui compte, c'est de savoir si cela marche pour nous, et si nous voulons que cela arrive.

Le regard de Josh s'adoucit. Devant de tels yeux, il était impossible que la nuit se termine maintenant.

— N'en doute pas un instant : c'est ce que je désire, Em.

Ils n'en dirent pas plus. Il alla chercher leurs manteaux et ferma la porte d'entrée derrière eux, en silence. Il fallait dix minutes de marche pour rejoindre son appartement, installé dans des écuries rénovées, mais ils échangèrent à peine quelques mots. Son bras autour de la taille d'Emma, la façon dont son corps bougeait en parfaite harmonie avec elle, étaient suffisants.

La paisible allée pavée était toujours la même, tout comme l'appartement de Josh. Emma lui prit la main pour l'entraîner dans l'escalier qui montait du garage à l'espace à vivre, au premier étage. Puis elle continua jusqu'au second, où était la chambre à coucher.

— Tu es sûre, Em ?

Il lui caressa la joue.

— Je peux te faire un chocolat et te montrer la chambre d'amis, si tu veux…

— C'est ça dont tu as envie ?

Elle se hissa sur la pointe des pieds pour l'embrasser sur la bouche.

— Non.

— Moi non plus.

Il la fit reculer contre le mur et la souleva, afin qu'elle puisse passer les bras sur ses épaules et les jambes autour de ses hanches. Il était le spécialiste des longues nuits de délices, et il n'était visiblement pas d'humeur à rater un seul instant de cette soirée-là. Il l'embrassa et la lente danse de l'amour commença. Emma redécouvrit chaque exquise courbe de son corps, elle sentit monter le désir, tandis qu'il réapprenait toutes les choses qui la faisaient soupirer de plaisir autrefois.

La chambre était obscure, leurs silhouettes se découpaient sur la lumière des réverbères venue du dehors.

— Il faut que je te voie, Josh.

Emma ne voulait pas distinguer que des contours. Elle voulait voir la lumière dans ses yeux bleus pendant qu'il lui faisait l'amour.

Avec un petit rire, il la remit debout et appuya sur l'interrupteur qui fermait les rideaux. La chambre fut un instant plongée dans le noir et Emma cligna des yeux quand il alluma la lumière.

— C'est mieux ?

— Beaucoup mieux. Tu as toujours tes rideaux à séduire ?

Les rideaux automatiques, que l'on pouvait actionner du lit, étaient dans l'appartement quand Josh l'avait acheté. Tous deux s'étaient souvent amusés à les ouvrir et à les refermer.

— Oui. Mais ça fait longtemps qu'ils n'ont pas servi à ça.

Il se pencha pour l'embrasser.

— Au cas où tu te poserais la question…

Oui, elle se l'était posée. Il était incroyable que Josh n'ait pas eu quelqu'un durant les trois dernières années, mais elle ne pouvait oublier qu'il lui avait dit « manquer de pratique » quand ils s'étaient embrassés à Brighton.

— Si je comprends bien, la dernière fois, pour nous deux, c'était ici, déclara-t-elle.

Il n'y avait eu personne d'autre, ni pour l'un ni pour l'autre. Josh avait manifestement envie de l'entendre, autant qu'elle.

— Ce qui me rend d'autant plus affamé de toi, dit-il.

Leurs gestes se firent plus urgents tandis qu'ils se déshabillaient. Puis Josh la souleva pour la déposer doucement sur le lit.

— Et d'autant plus soucieux de faire durer la chose.

Ce qui n'allait pas se produire. Emma avait eu trois années pour penser à tout ce qui lui avait manqué par rapport à Josh, et pour regretter toutes les choses qu'ils n'avaient jamais eu l'occasion de faire. Elle le fit rouler sur le dos et chercha à tâtons dans le tiroir de la table de nuit.

Les préservatifs étaient toujours au même endroit. Il se pouvait même que ce soit le même paquet. Josh se dressa sur les coudes et la regarda lui mettre le préservatif, avant qu'elle se positionne sur lui.

— C'est tout pour toi, Josh. Profite !

Il tendit les mains vers elle et elle les écarta. Lorsqu'elle descendit sur lui pour le prendre en elle, il lâcha un soupir incisif.

— Emma… Attends, je ne peux pas…

— Tu ne peux pas te retenir ? C'est exactement ce que je veux.

Elle bougea les hanches et il grogna.

— Tu aimes ça ?

— D'après toi ?

Il aimait *énormément* ça. Et il fut encore plus comblé lorsqu'elle ôta les épingles de son chignon et secoua ses boucles rousses en accroissant le rythme de ses mouvements.

— Em…

Tout son corps tremblait, à présent.

— S'il te plaît, Em. Je veux d'abord te sentir…

Elle savait ce que cela voulait dire. Il avait besoin de la sentir jouir avant de se laisser aller. D'ordinaire, il la faisait jouir plusieurs fois, en une lente et délicieuse ascension qui la privait de tout contrôle. C'était son tour à lui de découvrir combien il était fantastique de tout lâcher.

Et il en était tout près. Elle se pencha en avant, trouvant juste le bon angle pour les satisfaire tous les deux. Il tendit de nouveau les bras vers elle et elle lui saisit les poignets pour les clouer au matelas. Elle l'embrassa sur la bouche, puis se redressa un peu, prenant un sein dans sa main.

— Emma… Em, je t'en prie…

Il prononça ces mots d'une voix étranglée et elle eut un violent orgasme, sans que rien n'ait pu l'y préparer. Il dut le voir et le sentir, car soudain il perdit contrôle lui aussi et cria son nom tandis que son corps était secoué d'un spasme qui semblait dépasser de loin le plaisir. Dépasser de loin tout ce qu'ils avaient jamais connu ensemble.

Josh avait souhaité que cette nuit-là ne soit que pour Emma, mais elle avait renversé les choses. Il ne s'agissait pas seulement d'un adieu passionné. Ce qui se passait avait le pouvoir de tout changer.

Emma tira les couvertures sur eux et se blottit dans ses bras. Elle n'avait peut-être pas eu conscience qu'il avait perdu son contrôle, mais il en doutait beaucoup. Cette étreinte avait porté en elle toutes les blessures, tout l'espoir et tout le plaisir de la semaine précédente et, en un instant de volupté sidérante, elle l'avait libéré.

— Tu en as fini avec moi ? demanda-t-il en posant un baiser sur son front.

— Je ne crois pas, non…

Il sentit ses doigts dessiner de petits cercles sur son torse.

— Tant mieux. Je n'en ai pas fini avec toi, moi non plus.

Emma eut un rire paresseux.

— Pour le moment, si, mon cœur.

Elle allait voir… Il la fit rouler sur elle-même et lui plaqua le dos contre son ventre. Lorsqu'il passa un bras autour d'elle, une main et saisit un sein, tandis qu'il glissait l'autre main entre ses jambes, elle réprima un petit cri qui lui indiqua qu'elle était prête de nouveau. Et elle allait le désirer encore plus d'ici une minute.

— Peut-être que tu vas me supplier, lui chuchota-t-il à l'oreille, avant de la sentir frissonner contre lui.

— Comme toi tout à l'heure ?

— Oui, exactement comme ça.

9.

La nuit avait été longue et délicieuse. Ce dernier adieu semblait les avoir rendus libres d'atteindre des choses qui leur avaient échappé jusqu'à présent. Toutefois, Emma ne se faisait pas d'illusions : dès qu'ils sortiraient du lit, ensommeillés et courbatus, ce qui les séparait serait toujours là. Josh voudrait toujours un genre de vie et elle, un autre. En outre, ils resteraient limités par leurs craintes.

Il était plus de midi et Josh lui avait apporté du café et des toasts, quand son téléphone sonna. Elle le saisit et posa un doigt sur ses lèvres avant de répondre.

— Bonjour, David ! dit-elle. J'avais l'intention de vous appeler pour vous remercier pour hier soir. Ce gala a été magnifique.

Elle s'assit dans le lit et drapa machinalement un drap autour d'elle.

— Merci d'avoir été là, Emma. Votre présence a enchanté notre soirée !

Toujours aussi charmeur, pensa-t-elle. Tel père, tel fils ! Elle but une autre gorgée de café pour sortir de la torpeur qui devait s'entendre dans sa voix.

— J'ai parlé à quelques collègues d'Iain Warner, le donneur de foie dont vous vous êtes occupée à Liverpool. La greffe devrait avoir lieu incessamment.

— Ah oui ? C'est bien. Val a tout arrangé ?

Iain avait été hospitalisé à St-Agnes pour un suivi psychologique avant la transplantation d'une partie de son foie. Emma avait effectué les examens médicaux nécessaires pour s'assurer qu'il était en bonne santé.

— Oui. De la même manière qu'elle a travaillé avec Iain à Liverpool, j'ai travaillé avec la receveuse et sa famille à Londres.

Mais le coordinateur de transplantation du Metropolitan Hospital est en congé maladie. Val et moi devions être en liaison concernant les besoins du donneur et de la receveuse, seulement, maintenant qu'elle a donné sa démission, l'équipe de St-Agnes préfère qu'elle passe le plus de temps possible avec sa remplaçante. De mon côté, j'espère intervenir un peu moins…

— Que puis-je faire pour vous aider, David ?

— Je me demandais si vous pourriez passer quelque temps à Londres pour superviser les choses et assurer la liaison entre les deux équipes. Val et moi resterons à votre disposition si vous avez des questions ou des soucis, et je réglerai tout avec St-Agnes. Comme c'est Josh qui réalisera la greffe, vous travaillerez en étroite collaboration avec lui, également.

Emma déglutit avec peine. C'était là une position supérieure, qu'elle ne s'attendait pas à se voir offrir avant quelques années. Ce serait seulement pour quinze jours, mais l'expérience promettait d'être enrichissante.

Et en plus, elle travaillerait avec l'homme à qui elle venait de dire adieu. Toute la nuit. De la façon la plus incroyable qui soit…

— Vous en avez parlé à Josh ?

— Je voulais vous en parler d'abord. Ces deux semaines seront un défi pour vous, mais je ne vous proposerais pas cette opportunité si je ne vous en savais pas capable. En outre, le Dr Khan m'a dit qu'il était très impressionné par votre travail, et il m'a demandé si je pourrais suggérer des manières d'élargir votre expérience.

Le chef de l'unité de transplantation de St-Agnes avait dit ça ? Cet homme était avare de compliments et des félicitations de sa part valaient leur pesant d'or. Par ailleurs, Josh était assis à côté d'elle. Il ne pourrait donc pas se dire qu'elle avait recherché cette promotion pour retarder le moment de leur séparation.

— Vous pouvez me donner votre réponse, Emma ? insista doucement David.

— Je… vous remercie. Je serai ravie de m'occuper de ce cas et je ferai de mon mieux pour que tout se passe bien. Si cela convient à Josh.

— Pourquoi cela ne lui conviendrait-il pas ? N'oubliez pas que vous pourrez toujours me joindre par téléphone. J'attendrai de vos nouvelles régulièrement.

Une voix se fit entendre derrière David.

— Val vous transmet toutes ses amitiés, ajouta-t-il.

Emma sourit. Il était plaisant de l'entendre fondre lorsqu'il parlait de Val.

— Transmettez-lui les miennes, David. Et merci encore. L'occasion que vous m'offrez est vraiment excitante.

— Je suis heureux que vous le pensiez. Val et moi allons regagner Liverpool cet après-midi, alors nous vous y verrons demain. Sur ce, je vais parler à Josh.

Une vague de panique submergea Emma. David se doutait-il de l'endroit où elle était ? Mais non. Elle raccrocha et elle posa le téléphone sur le lit, soulagée.

— Que voulait mon père ? Et qu'est-ce qui doit me convenir ?

Elle sentit la main de Josh sur son dos nu et frissonna. Comment allait-elle le lui annoncer ?

— Je... euh... Il...

La sonnerie du téléphone de Josh la tira d'embarras. Il regarda qui l'appelait et eut un large sourire.

— J'ai l'impression qu'il va me le dire lui-même.

Josh ne passait pas beaucoup de temps dans son bureau, qui était confortable et silencieux et qui offrait une vue superbe sur Londres du haut de son quatorzième étage. En général, il préférait se trouver en salle d'opération ou auprès des malades. Ailleurs, il avait l'impression de perdre son temps.

Ce jour-là toutefois, il avait besoin du calme de cette pièce. Sa conversation avec son père l'avait convaincu que l'opportunité offerte à Emma était formidable et que la jeune femme devait la saisir à bras-le-corps. Mais quel dommage qu'elle se présente aussi vite après ce qui devait être une nuit d'adieux très affectueux ! C'était embarrassant, même, d'autant que la nuit en question lui avait donné l'impression qu'elle était le début, et non la fin, de quelque chose. Il faudrait néanmoins faire avec.

La première réaction d'Emma avait été très semblable à la sienne. Elle avait bondi hors du lit dès qu'il avait fini de parler à David et il lui avait crié à travers la porte de la salle de bains qu'il était très content pour elle. Elle était sortie le visage rose, un peu fébrile, et s'était enroulée dans une serviette pour venir l'embrasser. Un instant de pause, pour se rappeler avec chaleur leur nuit ensemble, puis les choses étaient reparties.

Josh avait enfilé un jean et un sweat-shirt et Emma avait relevé ses cheveux en chignon sans prendre le temps de les sécher. Puis il l'avait raccompagnée en voiture à son hôtel, sans oublier de mentionner qu'il se réjouissait à l'idée de la revoir bientôt et de travailler avec elle. Un dernier baiser et elle était partie, promettant de lui envoyer un mail pour lui donner la date de son retour à Londres.

Le mail arriva comme promis avec la date d'arrivée prévue pour le jeudi suivant à 9 heures. Emma semblait décidée à se mettre au travail tout de suite et donnait ainsi le ton des deux semaines à venir. Josh lui en fut reconnaissant.

Elle fit son entrée à 9 heures moins deux, avec un porte-documents et deux gobelets de café.

— Du café. Tu me sauves la vie ! s'exclama-t-il.

Elle sourit. Elle était en tenue de travail, pantalon sombre, chemise blanche et chignon. C'était moins amusant que les mini-robes des années 1960, mais Josh n'était pas sûr qu'il aurait pu se concentrer sur quoi que ce soit si elle était arrivée ainsi vêtue.

Elle posa le café sur son bureau et s'assit face à lui, puis se pencha pour sortir un épais dossier de son porte-documents. Il la devinait nerveuse sous son air calme. Il l'était aussi.

— Tu as fait bon voyage ?

— Oui, merci. Je suis venue en train.

Pas de Mini rouge sur le parking de l'hôpital, donc.

— Où loges-tu ?

Elle s'empourpra légèrement.

— Dans un hôtel de Battersea.

— Confortable ?

— Moyen. Je n'y passerai pas beaucoup de temps.

Ce qui voulait dire inconfortable, mais bon marché. Josh lui aurait bien offert sa chambre d'amis, mais ce serait allé un peu trop loin dans l'état actuel des choses entre eux.

— Cette situation est…

Il n'acheva pas et Emma hocha la tête.

— Embarrassante.

— Oui.

La pièce parut soudain très silencieuse.

— Si nous passions en revue quelques détails préliminaires ? lança Emma en souriant. Histoire de se mettre dans le bain… Tu as le temps ?

Josh ouvrit son gobelet de café.

— Oui, bonne idée.

— Bon. Le donneur a été hospitalisé à St-Agnes pour un suivi psychologique et des examens. Il a vingt-huit ans et enseigne à l'université. Sa famille est à Londres, aussi sera-t-il bien entouré après l'opération. Il est en très bonne santé. Nous n'avons rien pu trouver qui clochait.

— Parfait.

En fait, dans ce genre de greffe, la procédure était plus risquée pour le donneur que pour le receveur, qui avait toute une batterie d'examens à effectuer auparavant.

— Et il n'est pas apparenté à la receveuse ?

— Non. Il s'est inscrit comme donneur d'organes il y a un an et il connaît les risques. D'après notre psychologue, il est prêt à les assumer.

Emma but une gorgée de son café.

Josh savait qu'elle ne lui en dirait pas plus, car les deux équipes médicales agissaient séparément. Le donneur et le receveur étaient également tenus à distance l'un de l'autre. Emma serait l'une des rares personnes qui aurait accès aux deux, ainsi qu'à leur dossier médical. Elle pourrait aussi faire appel aux ressources de la Fondation GDK, si nécessaire.

— David m'a donné toutes ses notes sur la receveuse, mais j'aimerais avoir aussi ton point de vue.

Josh hocha la tête.

— C'est une petite fille de sept ans qui a développé une cholestase quand elle était bébé, à la suite d'une infection. On a tardé à la soigner, car sa mère biologique était une droguée qui n'était pas en état de s'occuper d'elle. Elle a fini par renoncer à l'élever et l'enfant a été adoptée. Elle a été très malade pendant un certain temps et il a fallu la mettre en soins intensifs pour qu'elle puisse conserver son foie. Mais ce foie est définitivement endommagé et c'est pourquoi elle a besoin d'une greffe maintenant.

— Et dans sa famille adoptive, personne n'a le même groupe sanguin qu'elle ?

— Non. Amy est O négatif et sur les quatorze personnes qui se sont présentées comme donneurs potentiels, aucune ne convenait. Sa seule chance était donc un donneur étranger.

Josh ajouta :

— Elle est vraiment très mignonne…

Emma sourit.

— Je suis impatiente de la rencontrer. Tu feras la greffe et c'est… M. Sargent qui opérera le donneur ?

— Oui. Alex Sargent est l'un des meilleurs chirurgiens que je connaisse et nous avons souvent travaillé ensemble sur des cas similaires. Quand j'ai le temps, je fais toujours un tour dans la galerie qui donne sur la salle d'op pendant qu'on opère le donneur, pour le regarder faire.

Josh esquissa un sourire.

— Tu m'accompagneras la prochaine fois ?

— Oh oui, cela me plairait beaucoup. Merci.

Emma posa encore beaucoup de questions. Au bout d'une demi-heure, elle but la fin de son café et referma le dossier.

— Voilà, j'ai tout ce qu'il me faut.

Mais son expression indiquait qu'elle n'en avait pas terminé. Il restait la question du défi qu'ils avaient à relever tous les deux.

— Josh, je… Je sais que rien ne se passe comme prévu. J'espère que cela ne te pose pas trop de problème.

Il réprima un soupir. Bien sûr qu'il aurait préféré s'en tenir au programme établi ! Il se débattait encore avec le souvenir des moments incroyables qu'ils avaient partagés. Il s'était donné à Emma et, au cours des deux derniers jours, il n'avait pas été capable de se reprendre.

— Nous avions l'intention de tirer un trait sur ce que nous avons vécu il y a trois ans, dit-il. Pour pouvoir aller de l'avant. Et là, j'ai le sentiment que nous avons réussi : nous allons de l'avant.

— Oui, je suis d'accord avec toi. Merci.

Elle le gratifia d'un sourire sublime, celui qu'il adorait et pour lequel il était prêt à additionner les mensonges. Si telle était sa récompense, il voulait bien feindre qu'il ne la désirait pas chaque fois qu'il la voyait.

— Je dois y aller, reprit-il. J'opère ce matin.

Une idée soudaine lui vint à l'esprit.

— Est-ce qu'on t'a attribué un bureau où travailler ? Tu peux prendre le mien, si tu veux. Je n'en aurai pas besoin aujourd'hui.

Emma hésita.

— On m'a dit qu'on me trouverait une table dans le bureau commun…

Pas très élégant ! pensa Josh. Nul n'aurait osé suggérer la même chose à David. Emma n'avait peut-être pas son ancienneté, mais elle était censée le représenter. Or l'endroit où l'on travaillait en disait long sur le rang que l'on occupait dans l'institution.

— J'insiste, déclara-t-il.

Il contourna le bureau et se risqua à la toucher pour la pousser vers le fauteuil. Elle poussa un petit cri alarmé, mais parut se résigner une fois assise.

— Fais comme chez toi ! Je repasserai plus tard.

Josh tourna les talons, ignorant ses remerciements, et quitta la pièce.

Emma avait passé la journée à se familiariser avec l'hôpital et à parler à tous les membres des deux équipes médicales. Cela faisait beaucoup de monde, infirmiers, médecins, équipes chirurgicales, physiothérapeutes et psychologues. Mais c'était la première chose qu'elle avait à faire, d'après David : apprendre à connaître la procédure et les gens.

Vers 6 heures, Josh passa la tête par la porte du bureau.

— Je viens juste chercher mon manteau…
— Entre. Tu es chez toi, tout de même !
— Hmm.
Il regarda autour de lui.
— J'aime bien ce que tu en as fait.
Elle n'avait touché à rien. Il y avait juste un petit tube de crème pour les mains posé sur le bureau. Emma s'empressa de le mettre dans son sac. Toutefois, Josh paraissait détendu et enjoué. Quant à elle, après toute cette activité, elle était moins stressée et moins gênée.
— Tu veux savoir comment s'est passée ma journée ? interrogea-t-elle.
— Je pensais que tu ne le demanderais jamais, répondit-il.
Il eut un large sourire et prit place dans un fauteuil.
— Comment s'est passée ta journée ?
— Bien. J'ai réussi à parler à tout le monde. Je pense que tout est sous contrôle.
Sous contrôle. Les mots lui avaient échappé et elle vit briller un éclat chaleureux dans les yeux de Josh. Elle savait combien lui-même aimait tout maîtriser et elle avait vu ce qui s'était passé quand il avait perdu le contrôle, l'autre nuit, avec elle. Cela avait été un ébranlement.
Et cela avait été un adieu. Une étape qui les faisait passer à un nouveau stade de leur relation et qui ne pourrait être reproduite, malgré l'envie qu'en avait Emma. Elle brûlait de recommencer chaque fois qu'elle voyait Josh.
— Tu veux un café ? Je te laisserai le payer, si tu y tiens.
Elle se mit à rire. Rien de tel que l'humour décontracté de Josh pour mettre un terme à un moment d'embarras.
— Je ferais n'importe quoi pour un café. J'ai parlé toute la journée.

10.

Emma s'était attendue à ce que Josh lui suggère de passer au moins une partie du week-end ensemble, et elle avait même longuement réfléchi à la réponse qu'elle lui donnerait. Toutefois, elle aurait pu s'éviter ce souci : il s'était comporté en ami, et non en amant, et lui avait lancé un « à lundi matin ! » en la quittant le vendredi soir.

Elle passa donc une seconde nuit dans un lit inconfortable, bercée par le bruit de la circulation incessante sous sa fenêtre. Elle avait eu tant à faire avant de quitter Liverpool qu'elle avait réservé dans le premier hôtel venu. Le petit déjeuner du samedi matin lui confirma qu'elle devait trouver un établissement plus accueillant. En attendant, elle se rendit à l'hôpital en songeant que c'était le seul endroit où elle trouverait un peu de calme et pourrait travailler.

Le bureau de Josh n'était pas fermé à clé et, lorsqu'elle poussa la porte, elle eut la surprise de trouver son propriétaire assis à sa table.

— Oh ! pardon… Je ne savais pas que tu serais là aujourd'hui. On est samedi.

— Ne t'en fais pas.

Il se leva.

— Je ne faisais que passer. Je te laisse la place. Tu travailles aujourd'hui ?

— Je fais juste un saut. Je serai là demain aussi, pour m'assurer que le donneur est bien installé et qu'il n'y a aucun problème.

Il hocha la tête.

— Bonne idée. Je vais… euh…

Il se tut, mais son silence en disait long. Emma remarqua qu'il avait l'air fatigué et fronçait les sourcils.

— Qu'y a-t-il ? C'est un patient qui t'inquiète ?

Il fit non de la tête.

— Quoi, alors ?

Comme il ne répondait pas, elle essaya une autre tactique.

— Tu as pris ton petit déjeuner ?

— Hein ? Non.

— Eh bien, il paraît que le café au coin de la rue sert de super petits déjeuners. J'avalerai bien autre chose que le toast ramolli et le thé insipide qu'on m'a servi ce matin, alors tu me feras une faveur en m'accompagnant. Je rêve de croissants aux amandes tout chauds, mais je me contenterai de moins.

Josh sourit.

— Tu veux dire chez Riley's ? Oui, tout le monde va là-bas. Et je crois bien qu'ils ont des croissants aux amandes.

— Mon moral remonte en flèche !

Elle le pressa de se lever.

— Allez, viens…

Il y avait bien des croissants aux amandes chez Riley's. Et du chocolat chaud. Emma en commanda deux de chaque et Josh porta leurs assiettes jusqu'à une table logée dans un angle.

— Est-ce là le ravitaillement de campagne du Dr Owen ?

Il s'assit et s'étira, comme si ses épaules étaient contractées.

— C'est trop organisé pour moi. Parle plutôt d'ultimatum amical. Si tu ne me dis pas ce qu'il y a avant que je termine ce croissant, j'en commanderai un autre, et encore un autre, et ainsi de suite jusqu'à ce que tu t'exécutes.

Josh lui décocha un long regard.

— Tu es en mode « hors travail », n'est-ce pas ?

— Je n'avais pas conscience de me transformer en quittant l'hôpital, mais si tu le dis…

Elle réfléchit un instant.

— Je suppose que je me donne du mal pour que tout aille bien entre nous.

Elle essayait de se montrer amicale, mais sans familiarité. De marcher sur cette corde raide quand tous ses instincts tentaient de lui faire perdre l'équilibre et de la ramener au point où elle retomberait amoureuse de Josh. Mais là, en cet instant, il semblait avoir plutôt besoin d'une amie.

— Ce n'était pas une critique. Et tes deux facettes me plaisent.

Emma se pencha vers lui par-dessus la table.

— Mode « hors travail » ou pas, mes deux facettes te posent la même question : qu'est-ce que tu as ?

Il prit une grande inspiration.

— Je t'ai dit que je n'avais plus jamais eu de contacts avec ma famille biologique, n'est-ce pas ? Eh bien, hier soir, j'ai reçu un mail.

— De qui ?

— En fait, mon père biologique s'est remarié après avoir divorcé de maman. Et le mail était d'un de ses fils.

— Tu veux dire ton demi-frère ?

— Oui, si on veut.

Il sembla remuer cette idée dans sa tête.

— Ça fait un peu bizarre d'avoir un frère, même si ce n'est qu'un demi-frère.

— Et comment tu te sens ?

— Eh bien, je… je crois que je suis content. Il a dit qu'il aimerait me connaître, et j'ai envie de le rencontrer moi aussi.

— C'est plutôt un bon départ, alors, non ?

Josh secoua la tête.

— Je ne sais pas. Je me demande surtout ce que papa va en penser.

Emma réfléchit un instant.

— D'après moi, David a toujours su que c'était une possibilité. Il ne t'a jamais proposé de prendre contact avec ta famille biologique ?

— Une fois ou deux. Je répondais que je n'en avais pas besoin. Mais maintenant… Savoir que j'ai un demi-frère qui s'appelle Jamie rend tout cela plus réel. Comme si ma famille biologique n'était pas simplement une idée que je peux chasser si j'en ai envie.

— Tu veux savoir ce que je pense, moi ?

C'était si personnel qu'Emma osait à peine émettre une opinion.

Josh eut un sourire.

— Bien sûr que je veux le savoir ! C'est pour cela que j'ai cédé à la pression intolérable que tu m'as mise.

Il plaisantait, mais elle savait que son humour recouvrait de profondes blessures.

— Je pense que tu dois en parler à David. Lui raconter ce qui s'est passé et lui demander ce qu'il éprouve.

— Je ne sais pas si je vais réussir… C'est peut-être mieux de ne rien dire.

— Et comment se sentira-t-il, à ton avis, s'il l'apprend un jour ? Josh, c'est la première fois que je t'entends dire que tu ne peux pas parler à ton père de quelque chose.

— C'est la première fois que cela m'arrive. Mise à part la fois où je me suis enfui, quand j'étais ado.

— Tu t'étais enfui parce que tu avais peur que David ne veuille pas de toi ?

Josh fit signe que oui.

— Écoute : je sais que tu es vraiment heureux pour Val et lui. Mais sois honnête. N'as-tu jamais pensé que, s'il se remariait ou si tu reprenais contact avec ta famille biologique, votre lien se distendrait un peu ?

— Peut-être. Je ne peux pas écarter cette idée.

— Je te laisse y réfléchir.

— Oui.

Il but une gorgée de son chocolat.

— Alors qu'est-ce que tu prévois aujourd'hui ? Tu as du travail ?

— Pas vraiment. Pour être sincère, mon hôtel est un peu sinistre. Je me suis dit que je pouvais aussi bien venir à l'hôpital.

— Tu n'as pas d'autre solution ? Qu'est-ce qui t'arrive ?

Elle rit.

— C'est une affaire de vingt-quatre heures, c'est tout. J'irai mieux demain matin.

— Ça te dirait de passer la journée dehors ? Pour nous améliorer ?

C'était une vieille plaisanterie, entre eux. Ils se rendaient au centre de Londres et se promenaient de musées en galeries. Sans plan ni direction pré-établie, en prenant les choses comme elles venaient.

— Pourquoi pas ? Je ne l'ai pas fait depuis longtemps.

Ils se rendirent au Victoria and Albert Museum. C'était l'un des endroits où Emma aimait le mieux se perdre, car les collections étaient très variées et qu'on ne savait jamais sur quoi on allait tomber. Ils flânèrent plusieurs heures, puis Josh tira son téléphone de sa poche.

— J'ai un appel à passer. Tu m'excuses ?

Emma savait qui il allait appeler.

— Vas-y. Je te retrouve à l'entrée principale dans… une demi-heure ?

— Ça ne prendra pas si longtemps.

— Si. Disons trois quarts d'heure, pour faire bonne mesure.

Josh sourit.

— Je m'en vais avant que tu ne dises une heure.

Emma se promena à travers les salles, mais c'était plus stressant en regardant l'heure toutes les deux minutes. Finalement, trois-quarts d'heure plus tard, elle sortit du musée et trouva Josh assis sur un banc.

Il semblait très seul, les yeux rivés sur son téléphone, plongé dans ses pensées. Elle alla s'asseoir à côté de lui et posa une main sur son épaule. Il la regarda.

— Alors ?

— Papa est d'accord sur tout. Il dit que c'est à moi de décider, mais qu'il me soutiendra si je veux rencontrer Jamie. Il a dit aussi qu'il allait m'envoyer quelque chose.

Son portable bipa et il baissa les yeux dessus.

— Voilà.

Emma se détourna pour le laisser tranquille, mais il lui donna un coup de coude.

— Regarde. C'est ce que ma mère a écrit au dos de la dernière carte d'anniversaire qu'elle m'a envoyée.

Il lui tendit son téléphone et elle vit trois lignes tracées d'une jolie écriture, à l'encre verte.

— J'aime son style, dit-elle en souriant.

— Oui, c'est tout à fait maman.

Emma tourna le portable et agrandit l'image, puis elle le tint entre eux. Ils étaient si proches. Un peu trop proches pour être à l'aise, mais Josh avait besoin de réconfort. Elle lut le texte avec attention.

Rappelle-toi toujours que tu peux prendre tout ce que tu veux de la vie, Josh. Et que, aussi loin que tu ailles, David et moi serons toujours là pour toi.

— C'est gentil.

Et terriblement triste, aussi, car la mère de Josh n'avait pas vécu assez longtemps pour le voir quitter le nid.

— Oui. Et papa a tenu sa promesse pour elle.

Josh leva les yeux vers Emma, qui essuya une larme.

— Alors, tu sais un peu mieux ce que tu veux faire ? interrogea-t-elle.

— Je vais répondre à Jamie que j'aimerais le rencontrer.

— C'est bien. David t'a donc rassuré ?

— Oui.

Il étira ses bras devant lui, comme s'il était délivré d'un poids trop lourd.

— Cet hôtel où tu loges… Il est si moche que ça ?

— C'est surtout qu'il est très bruyant. Je n'arrive pas à dormir. Je vais devoir trouver autre chose.

Josh hocha la tête.

— Je suppose que tu n'envisagerais pas de rester chez moi quelques nuits ? Seulement dans l'intérêt d'une bonne journée de travail. Tu pourrais prendre la chambre d'amis, ou le canapé du salon… Tu pourrais même dormir dans la voiture, au garage, si tu préfères pouvoir partir précipitamment.

— Dans le cas où David téléphonerait, tu veux dire ?

Il acquiesça.

— Oui. S'il recommence, je pense que nous devrions au moins prendre le temps de savourer notre petit déjeuner.

— Un petit déjeuner chez toi, ce serait super. Et je ne serais pas mécontente de pouvoir dormir une nuit sans être dérangée.

— Je suis ton homme, alors ! Nous pouvons aller chez moi prendre la voiture et aller récupérer tes bagages. En revenant, nous achèterons quelque chose pour casser la croûte ; mon frigo est vide.

Voilà que Josh se remettait à établir des programmes ! Cependant, ceux-ci ne paraissaient pas aussi restrictifs, maintenant ; c'était juste un moyen pour tout faire tenir dans la journée.

— D'accord. Et merci, tout ceci semble très bien.

Josh se sentait… complet. Pas seulement à cause du mail de Jamie ou de la réaction favorable de son père. Mais parce qu'Emma était là, et qu'elle paraissait heureuse de faire toutes les choses qu'ils avaient faites trois ans plus tôt, quand il avait pensé qu'il pouvait planifier leur avenir.

Il n'y avait plus de plans, désormais. Plus de navigation le long d'un itinéraire bien balisé. Mais cela ne lui posait pas de problème, puisque c'était en se souciant constamment du lendemain qu'il avait perdu Emma. Elle était là, à présent, et il devait simplement s'habituer à l'idée qu'elle trouverait bientôt un autre endroit où séjourner et qu'elle s'en irait.

Elle avait insisté pour faire la cuisine et il s'était assis pour écrire son mail à Jamie. Il en avait rédigé plusieurs versions, ne changeant parfois que des virgules, avant qu'Emma ne lui dise de mettre ses délibérations de côté et de venir manger.

Lorsqu'ils eurent terminé, il mit de la musique et lui demanda de regarder la dernière mouture de son mail. Ils s'assirent côte à côte sur le canapé et elle lut le texte avec application. Elle suggéra que *J'aimerais te rencontrer* manquait peut-être un peu d'enthousiasme, et que *J'adorerais te rencontrer* serait mieux. Josh trouva la formule un peu trop exubérante, et ils se mirent d'accord sur *J'aimerais beaucoup te rencontrer.*

Lorsqu'il eut appuyé sur « Envoyer », ils restèrent tous les deux à fixer l'écran.

— Il est parti ? demanda Emma. Je n'ai rien entendu.

Josh, qui avait lui aussi des doutes, ouvrit le fichier « Éléments envoyés ».

— Oui, il est parti.

— Bien.

Elle tendit le bras pour fermer l'ordinateur.

— Ce Jamie mettra peut-être du temps à te répondre. Lui aussi, il doit s'habituer à ce que tout ça devienne une réalité.

— Oui. Il n'a que vingt ans et… Je ne sais pas très bien ce que les grands frères sont censés faire.

— Ce que tu fais maintenant. Te montrer un peu protecteur, mais lui laisser de l'espace. Écouter ce qu'il souhaite et lui dire ce que tu ressens.

— En d'autres termes, jongler. Quoi d'autre ?

Emma leva les yeux au ciel.

— Comment veux-tu que je le sache ? Je n'ai pas de frères, moi ! Sois simplement toi-même, Josh. C'est ce qu'il souhaite : il veut te connaître.

— D'accord.

Il songerait aux ramifications de tout cela plus tard, quand il ne serait plus obnubilé par la proximité d'Emma.

— Tu veux regarder un film ? proposa-t-il.

— Volontiers. Qu'est-ce que tu as ?

— Tout ce que tu veux. Tiens !

Il lui tendit la télécommande, puis alla inspecter son freezer.

— Qu'est-ce que tu veux comme dessert ? J'ai des glaces maison. Vanille, framboise, fraise…

— Tu fais tes propres glaces ?

— Gran m'a offert une sorbetière pour Noël.

— Ah oui ? fit Emma en haussant les sourcils.

— Elle a des idées de cadeaux assez farfelues, parfois.

Josh décida de ne pas mentionner que Cerise avait joint au cadeau un billet qui disait qu'un des meilleurs moyens de toucher le cœur d'une femme était de lui offrir de la glace maison. Et qu'elle espérait ainsi aider à combler le vide de sa vie amoureuse.

— Faisons-lui honneur, alors ! Je vais prendre fraise.

Emma vint s'accouder au comptoir qui séparait la cuisine du living-room. Josh lui tendit une petite cuillère et elle goûta la glace.

— Mmm…

Elle fit une grimace.

— Je suis désolée de te le dire, mais c'est un peu trop sucré. Tu as mis beaucoup de sucre ?

— Oui. Ce n'est pas si mauvais, si ?

— Tu as toujours adoré le sucré, alors que moi, j'aime plutôt le salé.

— Est-ce que tu veux goûter…

Il allait dire « la framboise », mais il n'en eut pas le temps. Emma s'était penchée vers lui pour l'embrasser. Conquis, il se trouva incapable de la moindre réaction.

— Emma…

Le plus naturel serait de l'embrasser à son tour. Toutefois, ce serait s'engager sur une pente trop glissante. D'ailleurs, il dérapait déjà dessus. Quand Emma le caressa du bout des doigts et lui donna un nouveau baiser, celui-ci lui parut d'autant plus délicieux qu'il ne put attirer la jeune femme contre lui à cause du comptoir qui les séparait. Toute la sensation se concentra sur ses lèvres.

— Em, ce n'était pas dans mes intentions.

— Je n'avais pas prévu ça non plus.

Et cependant, ça s'était produit. Elle se hissa sur le comptoir et fit agilement passer ses jambes de l'autre côté. Josh l'attira en avant jusqu'à ce que leurs corps se touchent. Il sentit qu'elle retenait son souffle.

Un battement de cœur de plus, et il serait complètement perdu. Mais il fallait qu'il sache.

— Tu es sûre, Em ?

— La question ne se pose pas.

Elle l'embrassa encore, les yeux assombris par le désir. Pour autant qu'il sache, son jugement à lui aussi était troublé, tout autant que le sien, en cet instant.

Il dut faire un suprême effort pour s'écarter d'elle.

— J'ai vraiment besoin que tu sois sûre, Emma.

Il suffirait d'un mot pour qu'ils redeviennent amis. Des amis qui dormaient dans des chambres séparées.

— Nous formons une bonne équipe, tous les deux. Une équipe super au lit, précisa-t-elle avec un sourire coquin.

— Je dirais même beaucoup plus que super.

Il lui rendit son sourire en se demandant vers quoi ils se dirigeaient.

— Nous recherchons des choses différentes, dit-elle, et nous avons peur de ce que cela signifie. Alors pourquoi ne pas nous en tenir à ce qui nous réussit, sans promesses, sans regarder plus loin ? Histoire de faire la paix avec le passé.

— En posant nos propres règles ?

— Pourquoi pas, Josh ? La vie passera quoi que nous fassions, alors nous pouvons aussi bien faire ce dont nous avons envie tous les deux.

À ces mots il s'avança de nouveau vers elle pour venir poser les mains sur le comptoir, de chaque côté de ses hanches.

— Règle n°1 : tu dois m'embrasser, maintenant.

Emma sourit et tout redevint sensualité. C'était d'autant mieux qu'il avait la tête claire, cette fois, et il savait que c'était pareil pour elle. Elle l'embrassa, et le moment se fit intense, empli d'impatience.

— Règle n°2, dit-elle en tirant sur sa chemise. Enlève-moi ça…

11.

Emma avait cessé de compter. Les chiffres n'avaient pas leur place dans les bras de Josh, et les règles non plus. Il s'agissait juste d'apprécier lentement, délicieusement, chaque instant plein de séduction. La moitié de leurs vêtements était éparpillée en bas, et le reste gisait en tas près du lit.

Il l'allongea sous lui, entra en elle, et son rythme régulier la propulsa vite vers les sommets du plaisir, comme une vague que rien ne pouvait arrêter. Elle jouit presque tout de suite et le sentit se durcir en elle.

C'étaient peut-être ces nouvelles règles qui lui donnaient le sentiment d'être libre. Libre d'être aimée de lui, libre de l'aimer en retour. Josh paraissait différent, aussi, moins policé, plus imprévisible. Il avait toujours été tendre, mais il y avait aussi une pointe d'excitation dans sa façon de faire l'amour ce soir-là.

— Tu adores ça autant que moi ? demanda-t-elle.

Il lui sourit. Il avait un bras sur ses épaules et elle sentait son autre main sur sa jambe, qu'il relevait un peu afin qu'ils se sentent davantage, l'un et l'autre.

— Peut-être plus que toi…

Il se remit à bouger, faisant jaillir en elle des gerbes de sensations.

— Ça, ce n'est pas possible, Josh.

Elle s'accrocha à lui et leurs plaisirs se nourrirent mutuellement.

Il se pencha pour lui chuchoter à l'oreille :

— Tu veux en faire une compétition ?

— Oui.

Josh avait toujours eu la capacité d'enflammer son imagination et là, elle en avait la tête qui tournait.

Elle posa les doigts sur le pouls de son cou et sentit ses battements de cœur s'accélérer. Cela ajouta encore à son plaisir. Le rythme de leur étreinte grimpa d'un cran. Ils ne parlaient plus maintenant. Il y avait juste cette sensation délicieuse que quelque chose les attendait et que, lorsque cela arriverait, rien ne pourrait l'arrêter.

Quand cela arriva, ce fut dans une sorte de folie. Un ravissement sans nom se propagea jusqu'au bout des doigts d'Emma. Ce fut à ce moment-là seulement que Josh se laissa aller, criant son intense plaisir.

Ils restèrent serrés l'un contre l'autre pendant un long moment, leurs corps encore sensibles. Et Josh se montra toujours parfait. Alors que cette journée, qui avait changé tant de choses, s'achevait tranquillement, Emma le sentit se blottir contre elle. Elle sombra dans le sommeil.

Emma se tenait devant le miroir, en haut de l'escalier, et tressait ses cheveux roux. Josh était censé faire du café, mais en réalité il l'observait.

Il avait trouvé l'endroit où elle allait lorsqu'elle perdait tout contrôle et se laissait emporter par la tornade du plaisir. C'était d'une intensité un peu effrayante, mais plus il la rejoignait là, plus il avait envie d'y retourner. Quand il s'était réveillé dans la nuit, et l'avait entendue chuchoter « Tu dors ? », le désir était immédiatement monté en lui.

C'était peut-être parce que les règles avaient changé. Emma y avait fait allusion en riant ce matin-là, et il supposait que pour eux deux, cela avait quelque chose à voir avec l'embrasement de leur sensualité.

— Moi aussi, je dois aller travailler aujourd'hui, annonça-t-il.

Elle avait terminé sa tresse et il put servir le café sans en renverser partout.

— Ah oui ? Qu'est-ce que tu as à faire un dimanche ?

— Amy voudrait voir la salle d'opération et ses parents m'ont demandé si ce serait possible. Je craignais que cela ne l'effraye, mais j'ai réfléchi. Amy a été dans des hôpitaux toute sa vie, elle n'est pas comme les autres enfants. Elle a envie de savoir.

Emma hocha la tête. Josh poussa son café vers elle et attendit sa réponse, mais elle but une gorgée, les sourcils légèrement froncés.

— Je vais voir sa mère aujourd'hui et je compte lui dire que je vais emmener Amy dans la galerie qui surplombe la salle d'op. Qu'est-ce que tu en penses ?

— Hum… oui.

— C'est tout ?

— Je… C'est difficile, Josh. Tu me demandes un avis professionnel, alors que nous avons passé la nuit dernière à faire… ce que nous avons fait.

— Tu le regrettes ?

La culpabilité l'assaillit. Peut-être aurait-il dû insister davantage sur le fait qu'ils devaient être très sûrs d'eux.

Elle tendit le bras par-dessus le comptoir et posa la main sur son visage.

— Mais non, Josh, je n'ai aucun regret. J'étais sûre hier soir, et je suis encore plus sûre maintenant. Compris ?

— Compris. Alors quel est le problème ? La frontière entre travail et vie privée ?

Il y avait beaucoup de couples, dans le personnel de l'hôpital, et ils semblaient bien s'en accommoder. Par ailleurs, durant leur première histoire, Emma n'avait jamais eu de mal à tirer un trait entre son travail et sa relation avec Josh.

— Oui, les frontières comptent pour moi, parce que je suis nouvelle à l'hôpital et que je cherche encore ma place.

— D'accord. J'en prends note. Nous pourrions peut-être adopter un code vestimentaire. Quand tes cheveux sont attachés, nous sommes des collègues de travail. Quand ils sont détachés, nous pouvons être des amis… ou plus.

— Et quand j'ôte mes habits ? demanda-t-elle avec un sourire coquin.

— Amis aussi. Y compris quand je te déshabille.

— Bien sûr. Cela va sans dire.

Josh se força à ramener ses pensées sur la question présente.

— Et quel que soit ton état, j'apprécierais que tu me dises ce que tu as à l'esprit. Parce que, si tu ne me donnes pas ton opinion sur tout, je serai obligé de te prendre entre quatre yeux et de te demander ce que tu as fait de l'Emma que je connais.

Elle eut un sourire et se pencha par-dessus le comptoir dans l'intention évidente de l'embrasser. Il recula.

— Oh-oh, ce n'est pas dans notre accord. Tes cheveux…

— Bon, très bien. Pour ce qui est d'Amy, je pense que si c'est ce qu'elle veut, tu devrais l'écouter. Un de ses parents sera présent, je présume.

— Bien sûr. Sa mère, probablement.

— Donc elle sera soutenue. Et elle a sans doute une idée de ce qu'est une salle d'op, elle a dû en voir à la télévision. La réalité la décevra peut-être.

Josh hocha la tête.

— J'espère qu'elle ne s'attend pas à ce que je sorte un scalpel pour lui faire une démonstration.

Emma rit.

— Tu devrais surtout t'inquiéter si elle veut en manier un elle-même ! Les petites filles ne sont plus en sucre, de nos jours. À quelle heure dois-tu voir sa mère ?

— Pas avant cet après-midi. Mais je vais aller à l'hôpital avec toi ce matin. Je trouverai bien de quoi m'occuper.

— Le donneur devait être admis dans la matinée. J'ai dit que je passerais le voir l'après-midi.

— D'accord. Eh bien, nous pouvons rester ici jusqu'au déjeuner et finir de régler ce qui est en suspens.

— Je n'ai rien en suspens. Tu as quelque chose en suspens, toi ?

Il souhaita qu'Emma ne se mette pas à lui sourire de cette façon alors qu'elle avait les cheveux relevés.

— Qui sait ?

— Quelle est la règle quand j'ai les cheveux relevés et pas de vêtements sur moi ?

Elle se mit à déboutonner son corsage.

Josh sourit, appuyé au comptoir. Il allait peut-être pouvoir la regarder se déshabiller, ce qui lui plairait beaucoup.

— Aucune idée. À toi de me le dire.

Josh respecta sa parole. Lorsqu'ils entrèrent ensemble à l'hôpital, il souriait, tout en restant professionnel. Emma n'eut aucun mal à l'imiter.

— Tu n'as pas envie de rencontrer Amy ? Je peux prendre un café avec sa mère, en attendant que tu aies vu le donneur.

— Oui, ça me ferait plaisir. Je t'envoie un texto quand j'ai terminé.

— Parfait. À plus tard.

Il s'éloigna sans regarder en arrière et, bien qu'elle soit en mode « travail », Emma se permit de le suivre des yeux avec volupté.

L'unité de transplantation se composait de chambres individuelles et elle trouva Iain Warner assis sur son lit, en train de lire.

— Bonjour, Emma.

— Bonjour. Qu'est-ce que vous lisez, aujourd'hui ?

Iain venait toujours à l'hôpital avec un livre.

— Le programme de mes étudiants pour le prochain semestre.

Il haussa les épaules.

— Mais les hôpitaux ne sont pas le lieu idéal pour la concentration.

— Pas si vous êtes un patient. Le chirurgien, lui, sait se concentrer. J'ai rencontré le Dr Sargent, l'autre jour. Il paraît que c'est le meilleur.

— C'est ce qu'on m'a dit aussi. Mais il n'a pas le sens de l'humour.

— Qu'est-ce qui vous fait dire ça ?

— Quand je l'ai vu la semaine dernière, il m'a dit que j'aurai une toute petite cicatrice. J'ai rétorqué que je préférerais en avoir une en forme de cimeterre, pour impressionner ma moitié. Il n'a pas apprécié.

Emma se mit à rire.

— Où est Peter ?

— Il est allé chercher mes parents. Il sera de retour bientôt. Puis-je vous demander une faveur ?

— Bien sûr !

— Quand on m'opérera... Si quelque chose se passe mal...

— Il n'y a aucune raison.

— Oui, mais au cas où... Pourrez-vous parler à Peter et lui dire ce qu'il en est ? Il aura besoin d'un avis honnête et gentil, et je sais que vous pourrez le lui donner.

C'était un beau compliment.

— Merci. Je saurai comment les choses se sont passées dès que l'opération sera terminée. Je pourrai le rencontrer pendant que vous serez en salle de réveil. Donnez-moi son numéro.

Iain s'exécuta.

— Très bien, dit Emma. Dites-lui d'attendre mon appel.

— Je le ferai, merci.

— Puis-je faire autre chose pour vous ?

— Non, mais... Vous savez qu'il y a eu une réunion à Liverpool ? J'ai rencontré les parents de la petite fille.

— Oui, c'est la procédure.

— Ce que je voulais vous dire, c'est que la maman, malgré sa peine, m'a dit que je devais être bien sûr de vouloir donner une partie de mon foie.

— Elle avait raison. Vous devez en être absolument sûr.

— Je sais. Mais qu'elle me dise ça, alors que je peux sauver sa petite fille... C'est incroyablement généreux, non ?

— Ce que vous faites l'est aussi.

— J'aimerais qu'elle sache que je suis sûr de moi. Plus que jamais !

Emma réfléchit un instant.

— Je transmettrai votre message à l'équipe qui s'occupe de la receveuse.

— Merci.

— À une condition, ajouta-t-elle en levant l'index. Que vous cessiez de vous inquiéter pour tout le monde. C'est mon travail, ça. Concentrez-vous sur vous-même et sur votre rétablissement, d'accord ?

— Oui, docteur.

Emma avait attendu le retour de Peter, le compagnon d'Iain, puis elle avait envoyé un texto à Josh. Il lui avait demandé de le retrouver devant la galerie, au-dessus de la salle d'opération n° 4. Après s'être un peu perdue dans les couloirs, elle avait fini par trouver.

Josh était là en compagnie d'une femme et d'une petite fille en fauteuil roulant au teint jaune qui devait être Amy. Pour rendre l'expérience authentique, il avait enfilé l'uniforme bleu foncé de chirurgien. Une tenue qui lui allait beaucoup trop bien au gré d'Emma. Elle sentit son cœur s'emballer lorsqu'il tourna vers elle son regard bleu.

— Voici le Dr Emma Owen, qui remplace David Kennedy, dit-il. Emma, je vous présente Julie Thompson, la maman d'Amy.

Les deux femmes se serrèrent la main.

— Je suis heureuse de pouvoir vous rencontrer, Amy et vous, répondit Emma.

Elle se pencha vers la petite fille.

— Bonjour, Amy. Je suis Emma.

L'enfant la regarda fixement, se demandant visiblement quel était son rôle.

— Le Dr Emma travaille avec le Dr David, expliqua Josh. C'est elle qui contrôle tout.

Amy hocha la tête.

— On peut y aller, maintenant ? demanda-t-elle à Josh.

— Oui. Nous ne pourrons pas entrer dans la salle d'opération, mais il y a une galerie d'où l'on voit tout.

— Je sais. Est-ce que des gens regarderont mon opération ?

— Pas si tu ne veux pas.

— Ça ne me fait rien. Vous allez leur montrer comment on fait ?

— Non, je ne m'occuperai que de toi.

— Et maman et papa ? Ils pourraient regarder !

— Je préfère qu'ils attendent dehors, pour que je me concentre bien sur ton opération. Mais tu les verras dès que tu ouvriras les yeux.

— D'accord. J'ai confiance en vous, docteur Josh.

— Merci, Amy.

Josh, qui s'était agenouillé devant elle, se releva vivement et Emma le vit cligner des yeux.

— Y allons-nous, maintenant ?

Comme beaucoup d'enfants gravement malades, Amy était très mûre pour son âge, constata Emma. Si tout se passait bien le lendemain, Josh ne lui rendrait pas seulement la santé, mais aussi son enfance. Elle savait également que tous les espoirs et toutes les craintes des parents reposaient sur ses épaules, ce qui était un lourd fardeau. Mais il le portait avec assurance.

La visite se passa bien. Josh expliqua tout à la fillette et répondit à ses questions. Quand ce fut fini, il déclara :

— Nous devons encore prendre une décision importante.

Il sortit deux coiffes de chirurgien du sac posé à côté de lui.

— Les rayures ou les étoiles ?

— J'aime bien les étoiles, répondit Amy.

— Ce sera donc les étoiles, rien que pour toi. Maintenant, tu vas retourner à ta chambre et prendre une bonne nuit de sommeil. Moi, je te revois demain matin, d'accord ?

— D'accord, acquiesça Amy, visiblement à contrecœur.

Emma croisa le regard de Josh et lui fit signe qu'elle voulait lui parler. Il la rejoignit et elle lui transmit rapidement le message d'Iain.

Il hocha la tête.

— Tu veux bien rester un moment avec Amy pendant que je parle à Julie ?

— Bien sûr. Et merci.

Amy commençait à être fatiguée et elle n'avait plus de questions à poser. Emma vérifia son goutte-à-goutte et lissa la couverture posée sur ses genoux. Du coin de l'œil, elle regardait Josh et Julie, qui discutaient au fond de la galerie. La mère porta une main à sa bouche et vacilla. Josh tendit aussitôt la main pour la stabiliser et elle enfouit le visage dans son torse, secouée de sanglots silencieux. Il sortit alors un mouchoir en papier qu'il lui donna, elle essuya ses larmes et se moucha. C'était une scène pleine d'émotion.

Mais Josh avait bien fait de lui transmettre le message, car, lorsqu'elle revint, elle arborait un large sourire. Elle caressa tendrement les cheveux de sa fille.

— On y va, poupée ?

Amy hocha la tête et ils la ramenèrent dans sa chambre. Josh la souleva alors dans ses bras pour la mettre au lit. Emma installa la perfusion, puis une infirmière arriva pour les faire partir.

— À demain, docteur Josh, dit la petite voix d'Amy.

— À demain, Amy.

Julie sortit avec eux.

— Merci, Josh. J'apprécie vraiment le temps que vous avez pris pour nous aujourd'hui. Amy va raconter sa visite à toutes les infirmières.

— Je vous en prie. Et j'espère que ça l'a aidée.

— Oui, je le pense. Merci à vous pour le message, Emma. Je ne sais pas quoi dire, il y a tant de choses…

— Dire que le message a été bien reçu suffira.

— Oui. Mais s'il vous plaît, dites-lui aussi que je le remercie du fond du cœur.

12.

Emma connaissait les signes. Ils s'étaient couchés tôt et Josh avait dormi profondément. Il se leva de bonne heure et, lorsqu'elle descendit, il avait préparé le petit déjeuner. Une bonne nuit de sommeil et un solide petit déjeuner, c'était ainsi qu'il se préparait avant une longue opération.

Mais cette fois-ci, elle comprenait mieux les enjeux. Son travail représentait un tournant dans la vie de ses patients, et c'était tout ou rien. Elle avait pensé qu'il gardait une certaine distance avec eux pour supporter cette pression, mais le voir avec Amy la veille l'avait fait changer d'avis.

Comme ils avaient peu parlé, durant les quelques mois de cette romance effrénée qui n'avait jamais été ancrée dans un terrain solide ! Avant qu'ils ne se disputent aussi amèrement, ils n'avaient eu ni échanges professionnels ni véritable amitié, juste une connexion instinctive. Une connexion si fragile qu'elle avait toujours été destinée à se briser. Et quand cela s'était produit, ils en étaient sortis blessés tous les deux, beaucoup plus qu'Emma ne l'avait prévu.

— Tu montes voir ton donneur ? demanda Josh tandis qu'ils traversaient le hall de l'hôpital.

— Oui. Et toi ?

— Je vais voir Amy, puis j'irai dans la galerie.

— Je te retrouverai probablement là-bas.

Il hocha la tête et ils partirent chacun de leur côté.

Emma trouva Iain assis dans un fauteuil roulant, un peu nerveux mais toujours déterminé. Peter lui tenait la main et souriait pour le rassurer.

— Emma, pourriez-vous me débarrasser de ce type ? lança Iain quand elle entra. Il me coupe la circulation des doigts.

Cette bravade ne trompa personne, sauf lui.

— C'est bientôt le moment de partir, de toute façon, dit une infirmière entrée derrière Emma.

Iain hocha la tête.

— Très bien. Allons faire ce qu'il y a à faire.

Emma accompagna Peter dans un endroit où il ne gênerait personne.

— Hum… quatre heures, c'est ça ? demanda-t-il, tendu au plus haut point.

— Oui, au minimum. Voulez-vous aller prendre un café ?

— Non, je ne pense pas. Vous avez mon numéro, n'est-ce pas ?

— Oui, je vous appellerai dès que j'aurai des nouvelles.

— Merci.

Peter soupira.

— Iain et moi sommes ensemble depuis cinq ans, et c'est la personne la plus courageuse que je connaisse. Il tient à cette chance de changer la vie d'une enfant.

— Ce qu'il fait est remarquable. Mais ce que vous faites pour le soutenir est dur aussi, Peter. Tenez bon, parce qu'il compte sur vous.

Peter se redressa.

— Merci. Je vous vois dans quatre heures.

La procédure était bien chorégraphiée. Le lobe droit du foie d'Iain serait prélevé pendant qu'Amy serait préparée pour l'opération. On examinerait soigneusement le lobe, pour s'assurer qu'il était viable, puis on le transporterait dans la salle d'opération voisine où Josh attendrait pour faire sa première incision. De son côté, Alex Sargent refermerait la plaie d'Iain.

Emma trouva Josh assis dans la galerie, observant l'intervention d'Alex. Il était penché en avant, attentif, et elle s'assit sans bruit à côté de lui.

— Tout va bien ?

— Oui.

Donner des détails le déconcentrerait. Il hochait la tête,

approuvant la façon dont les choses étaient faites. Quand Alex se tourna vers la galerie en levant une main, il se leva.

— C'est mon invitation à partir.

Emma acquiesça. Ils avaient tous les deux leur rôle à jouer. Josh savait qu'elle tiendrait les deux familles informées et s'efforcerait de rendre leur attente moins pénible ; elle savait qu'il donnerait tout ce qu'il avait pour que la greffe d'Amy soit un succès.

Toutefois, ils eurent un instant l'un pour l'autre. Un instant où elle le regarda dans les yeux et vit le poids de la responsabilité qui l'attendait. Elle vit aussi son sourire, qui la soutenait. Ils ne faisaient pas que se réconforter mutuellement. Ils établissaient la passerelle dont David lui avait dit qu'elle était si importante. Ils s'unissaient pour soigner et accompagner.

Emma le regarda s'en aller. Apprécier la façon dont Josh bougeait n'était pas sur la liste des choses prescrites par David, mais il lui avait dit qu'elle trouverait ses propres façons de traverser la journée. Et ce qui marchait, marchait.

Une longue journée. Une bonne journée. Emma avait profité d'une pause-café pour se glisser dans la galerie et regarder Josh opérer. La petite silhouette d'Amy était dans l'ombre, mais il était facilement reconnaissable à sa coiffe ornée d'étoiles. Elle sourit. Josh avait tenu sa promesse.

Il était debout depuis trois heures et c'était loin d'être fini, mais il ne montrait aucun signe de fatigue. Il était totalement concentré. Elle savait qu'il ne ressentirait ni mal au dos, ni faim, jusqu'à ce que l'opération soit terminée. Et alors tout lui tomberait dessus en même temps.

Elle savait aussi qu'il menait sa salle d'opération de main de maître. Il n'avait pas besoin de lever les yeux pour s'assurer que tout le monde faisait ce qu'il demandait. Comme toujours, il contrôlait tout jusque dans les moindres détails. C'était peut-être son pire défaut dans le cadre d'une relation, mais c'était un atout majeur dans son travail.

Une fois qu'il eut achevé l'opération, ils allèrent annoncer aux parents d'Amy que leur fille allait bien. Puis ils les laissèrent avec elle dans la salle de réveil.

Josh paraissait fatigué à présent. Ces longues heures de concentration l'avaient épuisé. Emma lui sourit.

— Tu devrais rentrer à la maison.

— Tu ne viens pas ?

— Je veux parler au donneur et à sa famille. Et j'ai encore quelques choses à faire avant d'envoyer mon rapport à David, pour lui dire comment ça s'est passé.

En outre, Emma voulait prendre du temps pour réfléchir. Elle avait été tellement plongée dans son travail ce jour-là que ses doutes constants sur sa relation avec Josh n'avaient pas eu le temps de se manifester. Maintenant que cela arrivait, elle pouvait les considérer d'un œil neuf. Et cela la faisait se demander à quoi elle pensait, au nom du Ciel ! Coucher avec Josh, renouer avec lui, alors qu'ils n'avaient aucune perspective d'avenir ?

— Je vais te laisser la voiture si tu dois rentrer tard.

Non. Elle ne le voulait pas. Elle voulait être coupée de Josh pendant un moment, parce que tout ce qui le reliait à elle l'empêchait de réfléchir correctement.

— Prends-la, dit-elle. Je prendrai un taxi.

Il hocha la tête, lui décochant ce sourire exquis qui faisait disparaître tous ses doutes. Et elle ne voulait pas qu'ils disparaissent, car ils étaient la seule chose qui l'ancrait dans la réalité. Sans eux elle irait à la dérive et pourrait commettre des erreurs.

— D'accord. Je te garde quelque chose à manger ?

— Non, merci. Je ne sais pas pour combien de temps j'en aurai, et… Ne m'attends pas. Il se peut que je dorme quelques heures ici.

La lueur qui s'alluma dans les yeux de Josh lui indiqua qu'il comprenait qu'elle s'écartait de lui. Il leva une main et lui effleura la manche.

— Je te verrai le moment venu, alors.

Le dos de Josh était douloureux et il avait faim. Il s'efforça de décontracter ses épaules tandis qu'il faisait la queue à la cafétéria pour un café et un sandwich, puis il regagna sa voiture.

Pour dormir dans une salle de garde, il fallait être plus fatigué qu'Emma ne l'était actuellement. Il ne pouvait chasser l'idée lancinante que quelque chose n'allait pas, mais après tout Emma n'avait pas à lui expliquer ses décisions. Peut-être était-il en train de devenir hyper sensible, ce qui n'allait pas, car il lui avait promis une relation sans attaches.

Il s'endormit à peine arrivé chez lui et se réveilla à trois heures du matin sur le canapé. Un instant, il se demanda avec excitation s'il s'était réveillé parce qu'Emma était rentrée, mais tout était noir et silencieux. Lorsqu'il monta à l'étage, espérant qu'elle s'était peut-être couchée sans le déranger, la chambre était sombre et vide.

Il se jeta sur le lit, les yeux rivés au plafond. Il avait su que ceci arriverait et il éprouvait l'engourdissement familier qui le saisissait lorsqu'il devait aller de l'avant. Il l'avait déjà fait trop de fois, et subir une nouvelle perte l'accablerait. Pourtant il devait en accepter l'idée, parce que cela allait de pair avec Emma.

Mais il était bien réveillé, à présent. Sans même réfléchir, il alla à la salle de bains, se passa de l'eau sur la figure et se changea pour mettre un vieux jean et un sweater. Il chercha ensuite ses clés de voiture pendant dix minutes avant de descendre au garage.

Josh s'était attendu à devoir chercher Emma. Mais dès qu'il entra dans la cour de l'hôpital, il la vit devant l'entrée principale avec un homme. Il alla se garer sans cesser de la surveiller dans son rétroviseur et aperçut un taxi qui s'arrêtait devant elle. Peut-être était-elle sur le point de rentrer le rejoindre, finalement. Mais cette pensée optimiste fit place à la déception quand il vit l'homme monter dans le taxi, qui laissa Emma sur le trottoir.

Josh descendit de voiture et marcha jusqu'au banc où elle était assise. Les lumières de la réception faisaient briller ses cheveux. Il s'assit à côté d'elle. Ni l'un ni l'autre ne dirent un mot pendant un long moment.

— C'était le compagnon du donneur, dit-elle enfin. Je viens juste de réussir à le convaincre que rester assis toute la nuit dans la salle d'attente ne servait à rien.

Ainsi, elle avait réellement quelque chose à faire à l'hôpital cette nuit-là, pensa Josh. Il hocha la tête, se demandant si elle pensait vraiment à ce genre de tâches quand elle lui avait dit qu'elle ne rentrerait pas.

Emma regardait droit devant elle.

— Qu'est-ce que tu fais là, Josh ? Nous avions dit…

— Je sais. Pas d'attaches. Mais je devine que tu as des réserves sur le fait que nous couchions ensemble. Peut-être que la journée d'hier a tout mis en perspective.

Il sentit une boule lui monter dans la gorge. Néanmoins il s'agissait d'aborder les problèmes de front, s'il ne voulait pas la perdre complètement.

Elle poussa un soupir, puis esquissa un sourire réticent.

— Oui, la journée d'hier a mis les choses en perspective, comme tu dis. Et je me demande à quoi nous pensons, en fait.

— Moi aussi. Je sais que je suis en train de te perdre et…

Il haussa les épaules. Ce qui allait suivre était le plus dur à dire.

— Oublions le sexe un instant ! Ce qui compte vraiment pour moi, c'est de garder notre amitié. Quoi que tu dises et quoi que tu fasses, je ne te laisserai pas t'éloigner sans rien faire. Et moi, je ne m'en irai pas.

Emma, qui s'était tournée vers lui, haussa les sourcils.

— Tu veux oublier le sexe ?

— D'accord, c'est inoubliable. Mais je dois l'ignorer pour le moment. Je veux me battre pour conserver ton amitié.

Elle lui sourit.

— C'est l'une des choses les plus gentilles que l'on m'ait jamais dites.

— Que je veux rester ton ami ?

— Que tu veuilles te battre pour moi.

Elle lui prit la main.

— Je me battrai pour toi, moi aussi.

Il hocha la tête, se demandant si Emma mesurait à quel point ce qu'elle venait de dire comptait pour lui. Puis il sentit qu'elle resserrait les doigts autour des siens.

— J'aimerais vraiment être la première pour toi, Josh.

— La première ? répéta-t-il sans comprendre.

— La première amie que tu ne laisses pas tomber.

— Ah… Oui, cela me plairait aussi.

Quand elle se pencha vers lui, il la sentit frissonner. Il ôta sa veste et la posa sur ses épaules en l'étreignant un instant.

— Et le sexe ? demanda-t-elle.

Josh déglutit avec peine. Il regarda le ciel qui commençait à s'éclaircir.

— Je… Ce n'est pas aussi important que… Je ne veux pas que ce soit tout ou rien entre nous, Em.

— Compris. Maintenant que nous nous sommes mis d'accord sur le fait que ce ne sera pas *rien,* est-ce que *tout* te pose un problème ?

Il la sentit bouger contre lui et sut qu'elle le regardait. Mais il ne pouvait pas croiser son regard pour le moment.

— Je… hum… Je pensais que cela t'en posait un à toi, puisque tu es restée ici cette nuit.

Elle remua de nouveau et lui chuchota quelque chose à l'oreille. Elle se montra experte dans l'art de lui décrire le *tout* de leur relation, et il tenta de calmer les frissons qui le parcouraient. Fermer les yeux ne servit à rien.

— Nous devons tous les deux être de retour ici dans cinq heures, et tu n'as pas dormi, dit-il.

Il osa la regarder, alors, et le sourire qu'elle lui décocha l'excita encore plus que ses paroles.

— J'ai dormi deux heures dans ton bureau. Quand on met les fauteuils bout à bout, ils sont très confortables.

Elle se redressa pour l'embrasser sur la joue.

— Nous pourrions essayer de nous dépêcher ?

Il n'y avait rien à ajouter. Josh se leva, lui prit la main et l'entraîna vers sa voiture.

13.

C’était de la folie. Josh avait déjà été assez blessé. Elle l’avait été elle aussi, et elle avait besoin de trouver, dans sa vie, un point d’appui qui lui permette d’aller de l’avant. Or, elle doutait beaucoup de pouvoir le faire tant qu’elle serait avec Josh. Mais ce verbe, « douter », était la clé de tout. Et il marchait dans les deux sens. Tant qu’il existerait une chance qu’ils puissent tout arranger, elle se sentait incapable de quitter Josh.

Et cela fonctionnait. Elle avait pris peur, Josh avait ignoré ses peurs et il était venu la chercher. Il se battait pour elle, c’était ce qu’il avait dit, et cela signifiait beaucoup.

Amy se remettait bien. Elle avait quitté l’unité pédiatrique de soins intensifs le troisième jour après l’opération. Iain aussi se remettait bien. Il souffrait, mais il était encore plus positif qu’avant sur l’expérience, affirmant que le don qu’il avait fait faisait maintenant partie de son identité. Emma avait suggéré qu’il tienne un vidéo-journal et était allée dans sa chambre pour le premier enregistrement. Il avait dit tout ce qu’il souhaitait dire pour ce jour-là, avant de se mettre à somnoler. Elle était retournée dans le bureau de Josh.

— Alors, comment ça s’est passé ? demanda ce dernier.

— Bien. Donner une partie de son foie a changé sa vie, mais cela lui fait du bien d’en parler et de donner un sens à ce qu’il a vécu.

Josh hocha la tête.

— C’est un projet de valeur, qui pourrait intéresser la Fondation. Pourquoi n’en parles-tu pas à mon père ?

Emma s’assit dans un fauteuil.

— Je lui en ai parlé. Il a dit qu’il aimerait être tenu au courant.

Josh rit doucement.

— Pour moi, il est accroché et il attend de voir ce que tu vas en sortir. Tu veux qu'on fasse du brainstorming ?

— Tu n'as rien de mieux à faire ? Comme une opération, par exemple ?

— En fait, non. La chirurgie de cet après-midi a été annulée. Si tu n'as pas envie de te creuser la cervelle, tu pourrais toujours détacher tes cheveux…

— Ne me tente pas, Josh ! Et puis-je mentionner que la plupart des gens qui ont travaillé tard chaque soir de la semaine dernière seraient heureux d'avoir quelques heures de libres et de pouvoir rentrer chez eux tranquillement ?

Il n'eut pas le loisir de répondre, car le portable d'Emma vibra. Elle le tira de sa poche et lut le message.

— Il faut que j'y aille. On m'attend aux urgences. Tu devras trouver autre chose pour te distraire.

— On t'a demandé de faire un remplacement ? Pourquoi pas à moi ?

— J'ai proposé. Quelqu'un qui était de service aujourd'hui est malade.

Josh se leva et se dirigea vers la porte.

— Je vais te montrer le chemin le plus court.

Il la guida dans un escalier désert, puis dans un ascenseur et à travers des couloirs, pour atteindre une entrée latérale des urgences. Emma aurait mis quatre fois plus de temps toute seule. Arrivé là, Josh se dirigea vers une jeune femme médecin qui semblait faire trois choses à la fois. Celle-ci lui sourit.

— À quoi devons-nous cet honneur, docteur Kennedy ? Vous vous êtes perdu ?

Josh rit.

— Non, j'ai accompagné le médecin que vous avez demandé.

Il fit rapidement les présentations.

— Emma Owen… Demi Angelou.

— Merci d'être venue aussi vite, dit Demi à Emma en lui tendant un dossier médical. J'ai un patient de quarante-cinq ans qui souffre d'une insuffisance hépatique modérée. Je pourrais lui prendre un rendez-vous avec un spécialiste, mais je préférerais que quelqu'un le voie maintenant.

— Vous avez bien fait. Je m'en occupe. Vous avez demandé une échographie ?

— Oui. Un manipulateur va descendre, mais ça peut prendre un moment.

Emma leva les yeux vers Josh, qui essayait de lire la fiche par-dessus son épaule. Elle lui sourit.

— Vous voulez faire cette échographie ?

— Oui. Merci.

Demi éclata de rire.

— Un as de la chirurgie qui se propose de faire une échographie chez nous ? Je sens que ça va me monter à la tête !

Quelqu'un lui fit signe à ce moment-là.

— Hélas, je ne peux pas rester pour regarder. Box 4.

Le malade, Terry Adams, faisait plus que son âge. Il avait le teint cireux et souffrait visiblement. Emma se présenta et présenta Josh. La femme assise à côté du lit, Janet, se montra enchantée.

— Dieu merci ! Je crois que cette jeune fille ne savait pas grand-chose.

— Elle est jeune, mais très douée, assura Josh.

La femme cessa de se plaindre. Emma s'assit et commença à interroger Terry sur ses antécédents médicaux, en se référant aux notes de Demi. Il ne s'exprimait que par des signes de tête et c'était souvent sa femme qui répondait à sa place. Puis Emma passa à l'examen et palpa le ventre.

— Vous avez mal, là ?

— Il a mal un peu plus bas, en général, dit Janet.

Emma l'ignora.

— Il faut que vous me disiez, Terry.

— Un peu…

— Bien. Le Dr Kennedy est prêt pour l'échographie.

Josh hocha la tête et sourit à Terry, avant de commencer l'examen avec sa concentration habituelle. Janet l'observait, ce qui permit à Emma de parler à Terry.

— Quelle quantité d'alcool buvez-vous par semaine ?

— Je ne bois pas.

— Tant mieux. Et prenez-vous des médicaments ?

— Oui. J'ai des migraines. Je prends du paracétamol.

— Selon la dose recommandée ?

— Parfois un peu plus.

— Il ne faut jamais prendre plus que ce qui est prescrit. Ce médicament est fort et il est facile d'en prendre trop. Vous prenez autre chose ?

— Juste les tisanes aux plantes de Janet. Pour perdre un peu de poids.

— Quel est le nom de ces tisanes ?

Il le lui indiqua. Emma sortit son téléphone pour voir ce qu'elles contenaient. Pendant ce temps, Josh termina l'échographie, tout en répondant aux questions de Janet avec beaucoup plus de patience qu'elle n'aurait pu en montrer elle-même. Emma se leva en annonçant à Terry qu'elle revenait tout de suite, et tint la porte ouverte pour que Josh puisse sortir l'appareil.

— Tu as trouvé quelque chose ? demanda-t-elle après avoir refermé la porte.

— Une stéatose, mais cela n'explique pas les symptômes, répondit-il, les sourcils froncés. Et toi ?

— J'ai trouvé dans ces tisanes des ingrédients qui sont contre-indiqués en cas de problème hépatique. Je pense qu'il faut le garder deux ou trois jours pour faire des examens, mais apparemment, nous avons un cas de DHCM, désordre hépatique causé par des médicaments.

— Je suis d'accord. Tu veux que je monte faire préparer un lit pour Terry ?

— Passe un coup de fil à l'unité, cela suffira. J'aimerais que tu viennes annoncer le diagnostic avec moi.

Il était toujours délicat de dire à un patient qu'il s'était rendu malade sans le vouloir.

— Très bien. Je ne voulais pas t'encombrer.

Josh lui lança un regard charmeur, qu'elle fit de son mieux pour ignorer.

À eux deux, ils exposèrent leurs conclusions, calmement et

avec bienveillance. En insistant sur le fait qu'il n'y avait pas de lésion grave au foie, mais des dépôts graisseux qui pouvaient être diminués par un régime et une perte de poids.

— Alors qu'est-ce qui fait que je me sens si mal ? demanda Terry.

— Je pense que la douleur et les nausées que vous éprouvez sont dues aux médicaments que vous prenez, Terry, expliqua Emma. Nous aimerions vous hospitaliser deux ou trois jours pour faire des tests, afin de le confirmer.

— Quoi ? s'exclama Janet. Mais…

Son mari lui prit la main.

— Écoutons ce que le docteur a à dire, chérie.

— La bonne nouvelle, reprit Emma, c'est que le foie est surprenant. Il peut se régénérer de lui-même. Il faut juste lui permettre de le faire en trouvant exactement ce qui cause les dommages. Dans votre cas, il s'agirait d'un excès de paracétamol et des tisanes que vous prenez. Il est probable que tout ce que vous aurez à faire, c'est d'arrêter ces médications pour que votre foie guérisse.

Terry plissa le front d'un air inquiet.

— Mais… mes migraines ?

— En avez-vous parlé à votre généraliste ?

— Non. Le paracétamol marchait, alors…

— Eh bien, je pense que nous pourrions améliorer les choses, là aussi. Il faut essayer de voir ce qui déclenche vos migraines, et préconiser des remèdes alternatifs pour les contrôler.

Les épaules de Janet s'étaient affaissées et elle se couvrit le visage de ses mains.

— C'est ma faute !

— Non, madame Adams, déclara Josh. Et la meilleure chose que vous puissiez faire était d'amener votre mari ici.

— Mais mes tisanes…

— C'était une erreur de bonne foi, dit Emma. Nous allons régler ça maintenant, d'accord ?

— Oui, oui, nous allons le régler, Terry, acquiesça Janet en prenant la main de son mari.

Josh et Emma ne rentrèrent qu'à 7 heures.

— Je suis contente que Terry n'ait pas attendu plus longtemps, dit Emma en entrant dans le vestibule. Un DHCM est une pente très glissante.

— Oui. Tu lui as probablement évité une rencontre avec moi sur le billard.

Elle rit et leva les yeux au ciel.

— C'est le plan, Josh. Je serais heureuse de diminuer de moitié ta charge de travail en apprenant aux gens à s'occuper d'eux-mêmes.

— Je passerais le temps restant à t'écouter parler du foie. Tu sais que tu as les yeux qui brillent, quand tu expliques qu'il se régénère ?

— Tu ne trouves pas que c'est stupéfiant ?

Emma se laissa choir sur le canapé et dénoua ses cheveux. Ils pouvaient être amis, maintenant, même si les lignes de démarcation entre leurs différents rôles étaient de plus en plus floues.

— Si. Et encore plus quand je t'entends en parler. Un verre de vin ?

— Un demi-verre, s'il te plaît.

Il les servit sur le comptoir et prit sa tablette. Il vérifiait toujours ses mails personnels dès qu'il rentrait chez lui. Une fois par jour suffisait, et en général, il ne lui fallait que quelques minutes pour y répondre. Ensuite, il mettait la tablette de côté.

Mais ce soir-là, elle vit qu'il lisait quelque chose avec attention, les mains plantées sur le comptoir, la tête baissée. Cela venait peut-être de Jamie, pensa Emma. Josh ne lui en avait plus parlé, mais elle savait qu'il espérait une réponse de son demi-frère. Ou alors il s'agissait d'un long mail de David, énumérant une liste de choses à faire. Dans ce cas, Josh répondrait d'un bref « Oui, d'accord ».

Elle attendit quelques minutes sur le canapé, puis se dit qu'il serait plus agréable de patienter un verre à la main. Lorsqu'elle marcha jusqu'au comptoir, prenant son verre de vin, il ne sembla même pas la remarquer. Mais quand elle voulut se détourner, il poussa la tablette vers elle, le visage impassible.

Jamie. Emma vit son nom en haut. Elle prit la tablette et retourna lentement au canapé en lisant. Elle espérait que Josh sortirait de son mutisme et la rejoindrait. Mais au fur et à mesure de sa lecture, elle comprit pourquoi il ne bougeait pas.

Le ton de ce mail était très différent du premier ; il n'avait pas son excitation, ni sa chaleur. Le jeune homme se montrait tour à tour formel et désolé. Il expliquait qu'il avait dit à son père qu'il avait pris contact avec Josh et que celui-ci n'avait pas bien réagi. Si Jamie persistait à « fréquenter » Josh, il se retrouverait seul. Sa famille se couperait de lui, on ne lui paierait pas ses études à l'université. Il n'aurait plus rien. Il terminait par la suggestion un peu tiède qu'ils se rencontrent en secret, mais de toute évidence, l'idée ne lui plaisait pas.

— Josh, je suis tellement désolée ! dit Emma.

— Ce n'est pas grave.

Il haussa les épaules et vida son verre d'un trait.

— J'ai pris un risque. Il y avait toujours cette possibilité.

Il ouvrit le frigo et se resservit en vin. En boire deux verres ne lui ressemblait pas.

— Tu as une idée de ce que tu vas lui dire ?

— Oui.

Josh la rejoignit enfin sur le canapé, étalant les jambes devant lui.

— J'y avais déjà réfléchi. Je vais lui répondre que ce n'est pas grave. Que je serai toujours là, et qu'il pourra me contacter quand il le voudra, dans un avenir proche ou lointain.

— C'est généreux de ta part.

— Que veux-tu que je fasse, Em ? Il a vingt ans, et le père qu'il a connu toute sa vie menace de lui couper les vivres.

— Ce sont peut-être des paroles en l'air.

— Tu courrais ce risque, toi ? Cet homme a déjà fait la même chose avec ma mère et moi.

Josh avait raison. Cette situation devait le déchirer, mais il ne pensait pas à lui-même. Il essayait juste de faire ce qu'il fallait pour un frère qu'il ne connaissait même pas.

— Tu fais bien de t'assurer que Jamie ne risque rien. J'aimerais être sûre d'avoir ton courage, à ta place.

Il posa son verre.

— Veux-tu juste… venir ici ?

Il fut facile à Emma de se glisser jusqu'à lui et de l'enlacer, et il la serra fortement contre lui. Il lui fut moins facile, en revanche, de se demander si elle ne faisait pas la même chose que Jamie, au fond. Offrir quelque chose à Josh, en sachant qu'elle allait partir bientôt. Dire qu'ils ne s'étaient rien promis était une dérobade, parce que leurs promesses tacites avaient été renouvelées chaque nuit, au creux du lit.

— Ce que j'ai vraiment envie de faire, reprit Josh, c'est aller voir mon père biologique. Peut-être le bousculer un peu en lui disant qu'il n'a aucun droit de me dicter ce que je peux ou ne peux pas faire. Comme à Jamie, d'ailleurs ; ce garçon est majeur. J'ajouterai que, s'il n'assume pas ses responsabilités vis-à-vis de Jamie, il entendra de nouveau parler de moi.

Emma le pressa contre elle.

— Et tu es chirurgien. Tu sais où viser.

— Oui.

Ce n'était pas le moment de parler de ses doutes, ni de sa culpabilité croissante, se dit-elle. Ce soir-là, Josh avait besoin d'elle.

— Si nous sortions dîner ? proposa-t-elle. Je connais un restaurant très bien dans South Kensington. Je t'invite. Nous irons à pied, ça nous décrassera la tête.

— Une invitation à dîner ? Il faudra que je te fasse pitié un peu plus souvent.

— Je n'ai pas pitié de toi, Josh. Je suis fière de toi.

— Inspirer la fierté, c'est un peu plus difficile à obtenir… Dans ce cas, j'accepte ta proposition.

Elle n'avait jamais vu Josh quémander de la compassion. Cet homme-là ne flanchait pas, quoi qu'il arrive, et c'était l'une des choses qui faisait de lui un si bon chirurgien. Résolu, calme et toujours maître de lui. Même quand il souffrait.

— Je vais monter me changer, alors. Tu viens ?

— Dans une minute. Je réponds d'abord à Jamie.

— Maintenant ?

— Ce mail a dû être difficile à écrire pour lui – il aurait pu ne pas me répondre, tout simplement. Je veux qu'il sache que j'apprécie son honnêteté et que c'est bien de veiller à préserver sa famille. Et je veux être un ami pour lui, même s'il ne peut pas en être un pour moi.

Emma l'embrassa.

— Tu ne vas pas couper les ponts, alors…

Chaque fois qu'elle commençait à se demander ce qu'elle faisait avec Josh, il accomplissait une chose qui lui redonnait espoir.

— Non. Je veux qu'il sache que, quoi qu'il fasse, il pourra compter sur moi. C'est ce que m'ont appris tous les gens qui ont été importants dans ma vie.

David. Sa mère. Et peut-être elle-même, pour une petite part, mais elle n'était pas sûre d'en mériter du crédit. Elle ne faisait que tenir bon, fermant les yeux et espérant que, d'une manière ou d'une autre, les choses fonctionnent.

— Très bien. Écris ton mail.

Elle se dégagea de l'étreinte de Josh et se leva.

— Moi, je vais chercher quelque chose de vraiment joli à me mettre.

Josh remarquait toujours comment elle était habillée, et elle aimait ses regards appréciateurs.

— Ne me tente pas ! Sinon, je vais monter et trouver une stratégie pour te libérer de cette jolie chose dès que tu l'auras enfilée.

— Je te l'interdis expressément, Josh ! Quand tu me déshabilles, je préfère que ce soit spontané plutôt que le fruit d'une stratégie.

Elle l'entendit rire derrière elle tandis qu'elle montait l'escalier.

C'était l'un des mails les plus difficiles qu'il ait eu à écrire et il n'y arriverait pas s'il réfléchissait trop, se dit-il. Cependant, Emma lui facilita les choses en redescendant, parée d'un haut drapé qui moulait sa silhouette et paraissait assez compliqué à enlever. Un pantalon et des chaussures plates complétaient sa tenue, montrant qu'elle avait bien l'intention de marcher.

Elle s'assit pour lire avec attention ce qu'il avait déjà écrit, puis elle hocha la tête.

— C'est parfait, Josh. Ton texte ne laisse pas de place au doute, et tu exprimes clairement que tu accueilleras bien tout geste de sa part si les choses changent.

— Oui.

Soudain, son courage le quitta.

— Tu veux bien l'envoyer toi ? demanda-t-il.

— Moi ? Tu es sûr ?

— Oui. Envoie-le !

Il entendit la tonalité indiquant que le mail partait. Emma ferma la tablette et la rangea dans la bibliothèque.

— Va te changer, maintenant ! Et dépêche-toi, j'ai faim.

Emma était toujours délicieuse, mais ce soir-là Josh réalisa la pleine signification de ce qualificatif. Ce n'était pas une image fragile, qui pouvait disparaître n'importe quand ; le charme qu'elle dégageait avait de la force. Et Josh lui-même avait besoin de marcher, de rire, de sentir la brise du soir sur son visage. Il avait besoin d'Emma, et elle était là.

Josh pensait n'avoir aucun appétit, mais le temps qu'ils atteignent le restaurant, il s'aperçut qu'il avait faim. L'établissement choisi par Emma servait une cuisine simple et fraîche. Quand la jeune femme se pencha pour goûter son pudding au chocolat, elle le trouva trop sucré, mais lui-même estima qu'il était parfait.

Son téléphone vibra soudain et il le saisit, curieux de voir qui lui écrivait et oubliant qu'il avait décidé de ne pas regarder ses mails ce soir-là. Quand il vit la notification, il ne put reposer l'appareil.

— C'est un mail de Jamie.

Emma eut une expression pensive.

— Regarde-le, Josh. Tu sais qu'il est là, maintenant. Si tu ne le fais pas, tu vas te demander toute la soirée ce qu'il a écrit.

Le mail ne faisait qu'une ligne, et Josh tendit le portable à Emma pour qu'elle puisse la lire aussi.

— C'est gentil, dit-elle. Penses-tu que cet *au revoir* signifie qu'il espère des retrouvailles ?

— Je ne sais pas.

Mais Jamie l'avait remercié et appelé « frère ». Cela, en soi, signifiait beaucoup.

Emma éteignit le téléphone et le reposa sur la table.

— Ce mail montre qu'il comprend, Josh. Quoi qu'il advienne par la suite, j'espère que tu te diras toujours que tu as bien agi. Moi, c'est ce que je vois.

— Ça fait mal, quand même.

— Je le vois aussi. Veux-tu t'en aller ?

Il fit signe que non. Il avait perdu Jamie, au moins pour un certain temps, mais Emma était toujours là, et elle lui avait donné la force d'aller au bout de ce qu'il jugeait juste.

Ils prirent leur temps pour boire le café, Emma faisait un effort visible pour lui remonter le moral, de sorte que bientôt, il sentit ses tensions s'alléger et fut capable de sourire.

Quand ils sortirent, l'air frais du soir fit du bien à Josh. Il insista pour héler un taxi, estimant qu'Emma avait déjà assez marché et qu'elle devait être fatiguée. Quand ils descendirent de la voiture, il emboîta le pas à Emma dans l'escalier qui montait du garage. Arrivé dans l'appartement, il l'attira à lui pour l'embrasser. Il la désirait plus que jamais.

— Je crois avoir trouvé comment t'enlever ton haut, lui chuchota-t-il à l'oreille.

Les yeux verts, clairs et brillants ce soir-là, semblaient lire en lui.

— Tu pourrais bien découvrir que mon ingéniosité est difficile à contourner, répondit-elle, malicieuse.

— Ma stratégie viendra à bout de ton ingéniosité.

— Tu crois ?

Elle s'arracha à lui pour monter le deuxième escalier en courant. Il la rattrapa au sommet, l'embrassa de nouveau et l'orienta vers la chambre en une lente danse. Un jour peut-être, il aurait des nouvelles de Jamie. Mais, d'ici là, sa famille était constituée de gens qu'il choisissait, et la femme qu'il avait choisie était dans ses bras.

14.

Le lendemain matin, Josh devait opérer, tandis qu'Emma avait une longue liste de choses à faire. Vers midi, elle alla voir la petite Amy, qui se portait bien. Sa peau et le blanc de ses yeux étaient moins jaunes et rien n'indiquait que son corps rejetait la greffe. Les antalgiques étaient bien dosés, de sorte qu'elle ne souffrait pas. Sa mère paraissait moins tendue aussi. Emma passa un moment avec elles, puis elle alla rendre visite à Iain.

De ce côté, la situation était moins satisfaisante. Iain, en compagnie de Peter, semblait d'humeur maussade. Il n'avait pas pris son déjeuner et souffrait un peu. Emma lui examina le ventre, qu'elle trouva gonflé. La tension et le pouls étaient bons, mais il avait de la fièvre. Il expliqua qu'il ne se sentait pas bien et qu'il avait envie de vomir.

Emma lui donna un bassin et appela une infirmière. Quand celle-ci arriva, la jeune femme sortit dans le couloir pour appeler l'unité de transplantation. Alex Sargent était en salle d'opération et, à défaut, on lui passa Josh.

— Emma ?

— Josh, peux-tu venir voir Iain Warner, le donneur d'Amy ? Alex opère et je suspecte un écoulement biliaire. Chambre 407.

— Oui, j'arrive tout de suite.

Iain s'était rallongé sur le dos et Peter lui tenait la main. Josh se présenta et s'apprêta à examiner le patient. Emma fit sortir Peter.

— Qu'est-ce qu'il a, Emma ? lui demanda ce dernier, inquiet.

— C'est ce que nous essayons de déterminer. Laissez-nous travailler et ne vous inquiétez pas, nous allons prendre soin de lui.

— D'accord.

Elle retourna dans la chambre. Josh pratiquait son examen tout en mettant Iain à l'aise par ses plaisanteries et son style détendu. Quand il eut éliminé plusieurs éventualités, il se tourna vers Emma et lui murmura :

— Je pense que tu as raison.

Il s'adressa ensuite à Iain :

— Iain, d'après les symptômes, il semble que vous ayez un écoulement biliaire. Cela arrive après une opération du foie. Quand c'est pris tôt, comme ici, on peut y remédier facilement. Nous allons faire une endoscopie, qui consiste à passer un tuyau très fin muni d'une caméra miniature de la bouche à l'estomac, pour voir ce qui se passe. En général, cela se fait sous sédation. Quand avez-vous mangé pour la dernière fois ?

— Ce matin, j'ai pris un café au petit déjeuner.

— Bon. Ne mangez plus rien et ne buvez pas.

— Que se passe-t-il, alors ? demanda Peter quand Josh sortit dans le couloir, où il attendait.

— Nous allons pratiquer une cholangio-pancréatographie endoscopique rétrograde. C'est un terme un peu compliqué et je dois y aller, mais si vous avez des questions, le Dr Owen pourra y répondre.

L'endoscopie confirma qu'il y avait bien un écoulement biliaire, à traiter par un drainage par voie endoscopique. Josh procéda à l'opération avec soin et concentration. Quand il eut terminé et que Iain eut été conduit en salle de réveil, il ôta ses gants et tint la porte ouverte pour Emma, son petit sourire indiquant qu'il se permettait ce geste de galanterie, maintenant que les choses sérieuses étaient achevées. Puis il ôta son tablier et détendit ses épaules.

— Je vais parler à Peter, pour lui dire qu'il n'y a rien de grave et que Iain va bien se remettre.

— Je t'accompagne.

Emma lui sourit et lui emboîta le pas pour se rendre à la salle d'attente réservée aux familles.

Respect et amitié. Voilà qui leur permettait de bien travailler ensemble. Cela ajoutait à leur relation une profondeur qu'ils n'avaient pas connue la première fois, pensa Josh. Ils allaient bientôt rentrer à la maison et là, il détacherait les cheveux d'Emma et les délices pourraient commencer…

Heureux. C'était un bon mot. Aimer et être aimé… Josh avait toujours eu un peu plus de problèmes avec ces termes-là, mais il s'y faisait. Il était sûr d'avoir dit quelque chose de ce genre à Emma, la nuit précédente.

Iain irait de mieux en mieux, il quitterait bientôt l'hôpital et passerait quelques jours de convalescence chez ses parents, avant de rentrer à Liverpool avec Peter. Amy faisait beaucoup de progrès elle aussi. Il lui avait donné sa coiffe à étoiles, qu'elle mettait chaque fois que des médecins venaient la voir. Tout allait pour le mieux, donc, sauf qu'il y avait un hic : Emma devait partir elle aussi.

Toutefois, il avait un plan. Un plan qu'il avait tourné et retourné dans sa tête pendant des jours et qui semblait parfait. Il avait prévu de le dévoiler à Emma ce jour-là, puisque la jeune femme était censée prendre le train pour Liverpool le lendemain matin de bonne heure.

La journée commença par un capuccino servi au lit, accompagné de toasts à la confiture d'abricots, le petit déjeuner qu'Emma affectionnait le samedi matin.

— Tu es trop parfait !

Elle embrassa Josh avant de se lever.

— Tu pourrais bien être le produit de mon imagination, ajouta-t-elle.

— Comment crois-tu que je fonctionne quand tu n'es pas là, alors ?

Elle eut un large sourire.

— Est-ce que je sais si tu fonctionnes ? Peut-être ai-je rêvé tout ça. Ou alors, tu ne fais que suivre ton élan, comme une pierre qui dévale une colline.

Emma plaisantait, mais elle avait peut-être mis le doigt sur une vérité, par inadvertance. Josh commençait à avoir l'impression que, quand elle n'était pas là, ses actes ne faisaient que le porter vers le moment où il la reverrait, quoi qu'il fasse.

— Je pourrais te dire la même chose.

Seulement il ne pensait pas avoir assez d'imagination pour créer Emma de toutes pièces. Cette femme était trop vibrante, trop complexe, trop captivante.

— C'est vrai.

Elle se dirigea vers la salle de bains et Josh ramassa les assiettes et les tasses.

— Il faudrait que je fasse quelque chose de complètement inattendu, que tu n'aurais pas pu imaginer toi-même, déclara-t-il. Comme ça, tu saurais que tu n'as pas rêvé.

C'était ce qu'il était sur le point de faire : une chose inattendue qui avait de l'avenir. Quelque chose de réel.

Il faisait beau et ils se rendirent à pied au marché de Portobello. Ils admirèrent des fruits et des légumes qu'ils n'avaient pas l'intention d'acheter, prirent un café et firent du lèche-vitrines.

— Je voulais te demander…

Il tournait autour du pot depuis qu'ils avaient repris le chemin de la maison et il estima qu'il était temps qu'il se décide.

— Oui ?

Il prit une inspiration.

— Ça te dirait que je vienne te voir de temps en temps à Liverpool ?

Elle réfléchit un moment et il attendit, le cœur battant.

— Ça me plairait beaucoup, oui, répondit-elle enfin en souriant. Ce que nous avons…

— Je ne veux pas le laisser disparaître.

Il pouvait de nouveau respirer, et les autres questions qu'il avait à poser paraissaient maintenant plus faciles.

— Le week-end prochain ?

— Plutôt celui d'après. Je serai très occupée quand je rentrerai, et cela me donnera deux semaines entières pour me réjouir à l'avance.

Elle lui passa un bras autour de la taille, l'attirant contre elle tandis qu'ils marchaient.

Elle avait accepté ! songea-t-il, revigoré. Il allait à présent sortir sa dernière carte. Il touchait au but.

— Depuis un moment déjà, nous avons besoin d'un autre hépatologue dans l'unité, reprit-il. On cherche à recruter quelqu'un, mais ce n'est pas facile de trouver des praticiens qui ont l'expérience requise. Je suis sûr que mon père te fournirait d'excellentes références, et le logement ne poserait pas de problème. Je devrai simplement acheter une voiture plus petite, pour que ta Mini rentre dans le garage…

Soudain, le monde parut trembler et tout ce qu'il croyait acquis lui fut brusquement arraché. Car Emma le dévisageait fixement avec une expression d'horreur.

Emma avait été ravie que Josh propose de venir la voir, car elle s'était demandé comment faire pour l'inviter à Liverpool le week-end. Apparemment, ils étaient tous les deux du même avis : la relation qu'ils avaient forgée valait la peine de balancer les règles par la fenêtre, histoire de voir où elle les mènerait.

Et puis… et puis, le vernis avait craqué et elle s'était retrouvée devant le Josh d'autrefois. Un Josh qui aspirait à la sécurité et avait besoin d'engagement. Or elle avait besoin d'avancer dans la vie, de faire tourner ses roues pour se guérir de la mort de son père. Pour cela, elle non plus n'avait pas changé.

Mais peut-être devrait-elle quand même accepter. Quoique… Un *peut-être* n'était pas suffisant, et il ne fallait pas faire de promesses qu'elle n'était pas sûre de pouvoir tenir.

— Tu veux dire…

Elle se racla la gorge, s'efforçant de réfléchir correctement.

— Tu penses que je devrais déménager et renoncer à mon travail ?

— Ou alors, je pourrais aller m'installer à Liverpool…

Maintenant, il se raccrochait aux branches. Ce qui n'avait aucun sens, car on avait besoin de lui ici, à Londres.

— Josh, je suis désolée, mais… je ne pense pas que ce soit une bonne idée. Pas maintenant.

Il ouvrit la porte d'entrée, le visage grave. Et la riante perspective de le revoir dans deux semaines se ternit soudain.

Elle monta au premier et promena tristement les yeux sur

le living-room. Tout à coup, s'asseoir sur le canapé de Josh ou aller prendre un jus de fruit dans le frigo devenait des choses qui demandaient réflexion. Rien n'était plus aussi naturel qu'avant, quand elle se sentait chez elle dans cette maison.

— Em, tu ne vois pas ? Tu ne sens pas que nous devrions être ensemble ?

Manifestement, il n'allait pas lâcher prise.

— Ce que je sens, c'est que nous avons passé trois merveilleuses semaines ensemble. Mais tu ne trouves pas que c'est un peu tôt pour prendre ce genre d'engagements ? Me faire quitter mon travail et m'obliger à vivre à Londres ?

Il fronça les sourcils.

— Je t'ai dit que je pouvais m'installer…

— Non, Josh. Ce que je pense, c'est que nous ne devons déménager *ni l'un ni l'autre,* parce que…

Ils étaient tous deux trop fragiles. Ils voulaient toujours des choses différentes.

— Parce que quoi ? Le moins que tu puisses faire, c'est de me donner une raison.

Le visage de Josh était de pierre.

— Nous avons des personnalités très différentes, Josh. Toi, tu veux un engagement, et moi… Moi, je ne peux pas m'engager maintenant. J'ai besoin de trouver un sens à ma vie. C'est ce que j'ai perdu la dernière fois que nous avons été ensemble. Et je ne veux pas le perdre de nouveau.

Le visage de Josh s'assombrit encore.

— Tu dis que je t'ai enlevé ça ? Moi ?

— Je dis que j'ai perdu ça. Parce que je t'aimais et que ce n'était pas ce qu'il fallait.

— Si, Em. C'était exactement ce qu'il fallait. Tu devais m'aimer, parce que moi, je t'aimais. Parce que, quand on s'aime, on peut faire des compromis.

Emma poussa un soupir. Elle ne voulait pas prendre le risque que leurs cœurs se brisent, comme la dernière fois.

— Je ferais mieux de m'en aller.

Il se tourna vers elle avec une expression rageuse.

— Non, Emma. Je ne vais pas te regarder partir.

— Tu vas m'enfermer ?

Elle regretta ces mots dès qu'elle les eut prononcés. Elle savait que Josh était incapable de faire une chose pareille.

— Ne recommençons pas, Josh ! se reprit-elle. Je refuse de dire toutes les choses que je t'ai dites à l'époque.

Mais il était déjà trop tard. Même si ces choses restaient non dites, ils les avaient tous les deux à l'esprit.

— J'ai dit que je ne te regarderai pas partir, déclara-t-il d'un ton glacial. Je ne cherche pas à te dicter ta conduite, je dis simplement ce que je peux et ne peux pas faire.

Il tourna les talons et descendit l'escalier. Elle entendit ses pas résonner, puis la porte du garage s'ouvrir. Alors elle courut à la fenêtre de la cuisine. Josh avait sorti la voiture en marche arrière et en était descendu pour refermer la porte du garage.

— Ne prends pas le volant, Josh…, murmura-t-elle.

Elle ouvrit la fenêtre pour lui lancer ces mots, mais il s'était déjà remis à conduire. Il avança lentement, avec précaution.

C'était tout lui, ça. Elle-même aurait démarré sur les chapeaux de roues en faisant vrombir le moteur. Lui, le stress le rendait encore plus concentré.

Et il n'était plus possible de revenir en arrière. Ils avaient pris le risque de recommencer, pensant qu'ils pouvaient faire mieux, cette fois, s'ils se donnaient des règles. Mais cela n'avait pas fonctionné non plus et elle souffrait déjà parce que, s'ils avaient retenté leur chance, c'était pour la bonne raison qu'ils tenaient l'un à l'autre, malgré tout.

Elle ne devait pas y penser maintenant. C'était fait, on ne pouvait pas changer le passé. L'avenir, si, et son avenir à elle consistait à s'en aller avant le retour de Josh. Il n'était pas question qu'ils se disputent encore plus douloureusement.

Elle allait rentrer à Liverpool et peut-être finirait-il par rencontrer quelqu'un d'autre…

Imaginer Josh donnant à une autre femme tout ce qu'il lui avait donné lui était intolérable.

Déchirée, elle monta au second et se mit à faire ses bagages.

15.

Josh avait roulé longtemps. Il avait quitté le Buckinghamshire pour passer dans l'Oxfordshire, puis il avait réalisé où il allait et avait fait demi-tour. David l'accueillerait à bras ouverts, il n'en doutait pas. Il était toujours là quand Josh avait besoin de lui parler. Seulement, il n'avait pas envie de parler pour le moment.

Il faisait nuit quand il rentra chez lui. Son léger espoir de voir la maison éclairée fut déçu. Lorsqu'il monta au premier, le living-room était désert. Emma avait fait ce qu'il lui avait demandé, elle ne l'avait pas obligé à la voir partir.

Il s'affala sur le canapé et fixa le plafond. Deux nuits et un jour avant qu'il puisse retrouver la sérénité de la salle d'opération. C'était le seul endroit où il oubliait tout, concentré sur la vie qu'il tenait entre ses mains.

Quant au reste… Il aimait Emma plus qu'il n'aurait cru pouvoir aimer quiconque. Mais il avait tout gâché. Pour Emma, il était impossible d'aller de l'avant ensemble, il aurait dû le savoir. Maintenant, elle était partie et il fallait qu'il redonne du sens à son existence.

Emma avait essayé. Elle avait *vraiment* essayé. Au cours des deux dernières semaines, elle avait passé douze heures par jour à l'hôpital, puis elle s'était évertuée à faire le ménage en rentrant chez elle. Mais à présent les patients ne la supportaient plus et sa maison était impeccable. Alors elle avait passé tout le week-end au lit.

Rien ne parvenait à diminuer la douleur, et il lui était impossible de penser à autre chose. Quoi qu'elle fasse, elle avait l'impression que ses roues patinaient dans la boue, la laissant sur place. Et elle avait beau se traîner ou pleurer, misérable, elle ne pouvait pas expulser Josh de son organisme.

S'il n'avait pas tenu à elle, les choses en seraient restées là. Mais elle savait qu'il lui était attaché. Elle l'avait blessé, c'était clair, mais elle ne doutait pas qu'il lui pardonnerait en un clin d'œil si elle revenait. C'était bien le problème : elle pourrait retourner à lui, certes, mais dans ce cas, elle le ferait souffrir de nouveau.

Il y avait deux solutions. Soit se dire que cette période passerait et continuer à avancer, mais elle savait d'expérience qu'il n'était pas facile d'oublier Josh et que ce le serait encore moins cette fois-ci. Soit faire quelque chose de constructif. Mais quoi ? Elle ne pouvait ni revenir en arrière, ni aller de l'avant sans Josh.

Il était temps de faire un geste, conclut-elle finalement. Un geste qui les forcerait tous les deux à changer. Quelque chose qui prendrait sa source dans la confiance qu'ils avaient bâtie en tant que collègues et amis. Qui leur permettrait de dépasser leurs différences psychologiques. Et soudain, elle eut une inspiration…

Josh avait travaillé chaque fois que c'était possible. C'était épuisant, mais au moins il dormait la nuit et ne passait pas ses journées à penser à Emma.

Il avait décliné une invitation de David et Val à passer le week-end avec eux dans l'Oxfordshire. Il s'en sentait incapable. Le week-end prochain, peut-être, en espérant que Val ne parlerait pas trop d'Emma. Ce qui était sûr, c'est que son père remarquerait sa réaction à la mention de ce nom.

Il entendit la boîte aux lettres claquer, en bas, et descendit chercher son courrier. Des factures, une invitation à un barbecue, des revues médicales… et une carte postale de Liverpool. Il se demanda ce que Gran faisait là-bas et la retourna. Il n'y avait qu'elle qui lui envoyait des cartes postales…

Emma. Juste cette signature, rien d'autre. Il secoua la tête. Emma ignorait-elle que les cartes postales avaient une forte valeur symbolique ? Il remonta au premier en fulminant.

Et soudain il comprit. Emma savait exactement ce qu'une

carte postale signifiait pour lui : c'était la façon qu'avait Cerise de dire à son petit-fils qu'elle ne le laisserait jamais tomber. C'était précisément le message qu'il avait brûlé de recevoir d'Emma. Un geste audacieux, qui montrait bien qu'Emma était capable de tirer le meilleur parti des choses.

Assis sur la première marche de l'escalier, il étudia la carte avec soin. Son nom. Pas d'indices sur la photo. Pas de baisers. Il aurait aimé des baisers, comme ceux que Cerise lui envoyait. Pourtant, cette carte était précieuse. Il savait maintenant ce qu'Emma voulait lui dire. Ils n'avaient peut-être plus rien en commun, ils n'étaient peut-être arrivés à rien ensemble, mais elle ne renonçait pas à lui. Elle ne pouvait cesser de l'aimer.

Il devrait lui téléphoner, songea-t-il. Lui dire qu'il trouverait un moyen… Il attrapa son téléphone, mais interrompit son geste au moment de taper le numéro. Emma attendrait sans doute qu'il fasse preuve de la même élégance qu'elle, sans précipitation. Il saisit sa veste et ses clés et quitta la maison d'un pas guilleret, pour la première fois depuis des semaines. Il avait une carte postale à acheter, et il voulait qu'elle soit belle.

Le week-end avait été une torture. Josh comprendrait-il ? Voudrait-il entendre ce qu'elle avait à lui dire ? Quand elle rentra chez elle le lundi soir, elle trouva une carte postale derrière sa porte. Elle lâcha les sacs qu'elle portait et la ramassa.

La tour de Londres. C'était une belle photo. Elle n'osait pas retourner la carte, mais elle ne pouvait rester là toute la nuit à contempler l'image. Elle prit une grande inspiration…

Je t'attendrai, Emma.

Savoir que tu es là, il n'y a rien de plus important pour moi. Toujours, Josh.

Emma tomba à genoux, tremblante d'émotion. Ce n'était qu'un pas, il faudrait qu'il y en ait un deuxième, et bien d'autres après, mais ils l'avaient fait.

Le lendemain, elle sortit à l'heure du déjeuner pour acheter une carte et l'envoyer. Lorsqu'elle rentra chez elle, une carte de

Josh l'attendait. Chaque jour de la semaine, elle en envoya et en reçut une. Elle se mit à redouter le dimanche. Le samedi, ce fut une carte postale du London Eye, la grande roue de Londres, et elle sourit en la ramassant. Josh faisait visiblement la même chose qu'elle, il allait un peu plus loin chaque jour pour trouver des images à envoyer.

Je n'ai rien reçu de toi aujourd'hui.
Mais je t'aimerai toujours et je sais que tu es là.
Josh

Flûte ! Le courrier avait dû avoir du retard. Toutefois, Josh lui faisait confiance. Cette confiance qu'ils avaient fondée sur l'amitié passait enfin dans leur vie sentimentale ! Et c'était la plus douce des choses imaginables.

Quatorze cartes postales soigneusement épinglées au mur, dans l'ordre, à l'envers pour que Josh puisse lire les messages quotidiens d'Emma. Ils avaient commencé par un seul mot, celui qu'il aimait le plus au monde. Emma. Maintenant, il s'agissait de messages d'amour qui mettaient son univers sens dessus dessous, en lui rappelant qu'Emma pensait à lui. Et s'il n'avait pas de carte un jour, il savait qu'il en aurait deux le lendemain.

N'importe qui aurait pu dire que cette correspondance était une torture, une forme de punition pour avoir osé s'aimer. Mais il n'en était rien. Ils apprenaient à se faire confiance, à être ensemble sans les pressions de la vie. C'était un lent cheminement, mais qui, pour Josh, allait juste à la bonne vitesse.

Il passa le samedi matin à l'hôpital, puis rentra à Notting Hill à pied, en s'arrêtant pour acheter une jardinière et des plantes, comme ses voisins en mettaient à leurs fenêtres. Il n'avait jamais eu le temps de le faire jusque-là, mais à présent, le temps était de son côté.

Lorsqu'il arriva chez lui, il vit une voiture garée devant son garage. Une Mini rouge. Il lâcha ses achats et se mit à courir. Emma lui souriait, appuyée au capot, tout droit sortie des années 1960 avec son jean pattes d'éléphant, son haut aux couleurs de l'arc-en-ciel et la casquette qui lui allait si bien.

— Tu es venue…

Maintenant qu'il avait la possibilité de la tenir, il pouvait aussi s'arrêter de trembler.

— Je n'ai pas pu m'en empêcher.

Elle posa une main sur sa joue.

— Tu es prêt pour ça, Josh ?

— Je ne suis pas sûr d'être prêt pour toi un jour, Em, et c'est l'une des raisons pour lesquelles je t'aime tant. Mais je sais une chose : je ne renoncerai jamais à toi.

Il l'embrassa et la sentit fondre dans ses bras.

— Je t'aime tant, Josh ! J'ai tout l'avenir dont j'ai besoin, avec toi. Et moi non plus, je ne renoncerai jamais à toi.

— Je sais. Je l'ai su dès la première carte postale. Tu attends depuis longtemps ?

— J'ai attendu toute ma vie d'être avec toi.

Il rit.

— Je pourrais te dire la même chose. Mais là, je voulais dire… maintenant.

— Une demi-heure. J'allais te téléphoner, mais je suis contente de ne pas l'avoir fait. Ta mine quand tu m'as vue et que tu as lâché tes courses !

Elle lui dédia un immense sourire.

— Qu'est-ce que tu as acheté, au fait ?

— Rien de spécial… une jardinière et des plantes.

Josh l'embrassa de nouveau, heureux de la sentir réagir avec autant de passion.

C'était de l'amour qu'ils avaient là. Il le savait aussi sûrement qu'il se connaissait lui-même.

— Une jardinière ? Quelle bonne idée…

Elle lui rendit son baiser et soudain, les plantes passionnèrent Josh.

— Je vais les chercher.

— Encore un baiser, avant. Je t'aime, Josh.

Épilogue

Un an plus tard

C'était la journée d'été parfaite pour la conduite. Josh et Emma avaient suivi un itinéraire bis en prenant leur temps, pour traverser la France par des routes de campagne et de petits villages. Le lendemain ils arriveraient sur la Côte d'Azur, où ils passeraient toute une semaine dans l'appartement luxueux de Cerise.

— Josh ! Arrête la voiture…

Il ralentit et se rangea sur le côté.

— On s'est encore trompés ?

La carte glissa des genoux d'Emma.

— Non, je ne crois pas. C'est juste que j'avais très envie de t'embrasser.

— Alors, il s'agit vraiment d'une urgence.

Il se pencha vers elle, la prit dans ses bras et l'embrassa avec fougue.

— Six jours… murmura-t-elle. La vie de couple se passe très bien, jusqu'ici.

Josh rit.

— Je ne vois pas comment elle pourrait être plus agréable !

Ils s'étaient mariés dans une petite église de village dans l'Oxfordshire, près de chez David et Val, et la réception avait eu lieu sur les vastes pelouses du manoir. La journée avait été pleine de soleil, de rires et d'amour.

Grâce à l'amour, tout s'était mis en place. Les week-ends à Liverpool ou à Londres, quand ils passaient leurs journées à parler et leurs nuits à s'aimer. L'offre d'emploi qui avait permis à Emma de venir travailler à Londres et de vivre avec Josh. David avait ralenti le rythme de ses activités et transmis à Emma le poste dont elle rêvait : travailler dans différents hôpitaux de Londres en lien avec la Fondation GDK. La bague de fiançailles que Josh lui avait offerte à genoux en sachant qu'elle accepterait : deux diamants reliés par un entrelacs en or.

Cela n'avait pas toujours été facile, mais ils étaient restés proches, parlant beaucoup et s'écoutant tout autant. Peu à peu, leur vie ensemble était devenue plus merveilleuse que ce qu'Emma aurait pu imaginer.

— Tu es la femme de ma vie, Emma Kennedy.

— Ça tombe bien, puisque tu es l'homme de ma vie !

Elle se pencha pour lui chuchoter à l'oreille :

— J'ai un secret…

— Déjà ? Tu me caches des choses ?

— Depuis trois heures seulement. Je voulais te le dire ce soir, mais je ne peux pas attendre.

Josh rit.

— Ne pas pouvoir garder un secret est l'une des choses que j'aime chez toi. Il y a trois heures, nous étions encore à l'hôtel. Nous prenions le petit déjeuner…

— C'était avant le petit déjeuner.

Emma dansait presque sur son siège.

— Avant le petit déjeuner, tu as passé un temps fou dans la salle de bains. Et puis, tu as crié, je me suis affolé, mais tu m'as dit à travers la porte que tu avais vu une énorme araignée.

— Depuis quand ai-je peur des araignées, Josh ? J'espérais que tu allais trouver ça bizarre et entrer en trombe pour me demander ce que j'avais.

Il la dévisagea et elle put voir une lueur de compréhension poindre dans les yeux bleus. Alors elle sortit le test de grossesse de son sac et le lui tendit.

Il le regarda.

— C'est… c'est positif, non ?

— Oui, ces lignes signifient que c'est positif. Et j'ai fait trois tests, alors…

L'exclamation de joie que poussa Josh fit s'envoler tous les oiseaux des arbres qui bordaient la route. Il enlaça Emma et la serra si fort qu'elle eut peine à respirer.

— Comment te sens-tu ? lui demanda-t-il. Tu vas bien ?

— Oui, je vais bien.

Il s'écarta et lui posa les mains sur les épaules.

— Je ne vais pas te couver, Emma, sache-le ! Je t'enverrai faire les courses sous la pluie et je te ferai réparer la voiture…

— Ah oui ? Moi qui espérais des petits déjeuners au lit et des massages du dos !

Il sourit.

— Tu espérais ça ?

— Oui, parce que ce sont des choses que tu fais très bien, et que ce serait dommage de m'en priver. Mais je sais que j'ai un mari qui m'aimera et me protégera toujours. Et notre bébé en aura autant besoin que moi.

Josh lui toucha le ventre, les larmes aux yeux.

— Je promets d'être là pour toi, petit. Toujours.

C'était réel maintenant. Emma se jeta contre Josh et le serra contre elle de toutes ses forces. Elle sentit qu'il lui tapait sur l'épaule.

— Em… Em, desserre un peu, tu m'étrangles.

— Oh ! pardon !

— C'est bon. Veux-tu qu'on marche un peu ? Je ne pense pas pouvoir rester assis pour conduire, dans l'immédiat.

— Moi non plus.

Ils enjambèrent une barrière. Un long chemin partait devant eux et serpentait à travers champs. La brise chaude faisait frissonner les blés et, quand Emma prit Josh par la taille, celui-ci l'entraîna dans une longue valse lente.

BLANCHE

HARLEQUIN

Retrouvez prochainement, dans votre collection

BLANCHE

Le bonheur d'un vétérinaire, d'Alison Roberts - N°1611

SÉRIE : L'HÔTEL DES ANIMAUX - 1/2

Lorsqu'un bébé est abandonné dans sa clinique vétérinaire de Coogee Beach, le Dr Finn peine à croire qu'il s'agit là de l'enfant de sa fille dont il ignorait jusqu'ici l'existence. Bouleversé, il se tourne vers sa collègue Hazel. Si tous deux ont toujours été de simples amis, elle est la seule capable de l'aider à prendre soin de cette famille inattendue…

Un complice pour Alice, de Marion Lennox

SÉRIE : L'HÔTEL DES ANIMAUX - 2/2

La vocation de Kiara ? Trouver pour chaque animal le maître qui lui correspond. Aussi, quand le neurochirurgien Bryn Dalton lui demande un animal de compagnie pour Alice, sa petite nièce orpheline, est-elle sûre de faire une heureuse. Et, en effet, le chien qu'elle choisit ravit la fillette. Émue par cette jolie famille en construction, Kiara rêve bientôt d'en faire partie…

Une nuit avec un chirurgien sicilien,

de Tina Beckett - N°1612

Abandonnée par son fiancé le jour même de leur mariage, Bree part en voyage de noces seule. Et c'est en Sicile qu'elle tente d'oublier sa déception, dans les bras d'un sublime inconnu. Or, quelques semaines plus tard, elle découvre que son amant d'une nuit est chirurgien dans l'hôpital de Catane où elle vient d'être embauchée ! Si Diego et elle décident de repartir de zéro, le désir entre eux est toujours aussi vif…

Ce patron à convaincre, de Luana DaRosa

En franchissant les portes de l'hôpital de Chicago où elle exercera son métier d'anesthésiste, Emma sent l'émotion l'envahir. Et dire qu'elle travaillera tout l'été sous l'égide du mondialement célèbre Dr Mark Henderson ! Pressée de le rencontrer, elle reçoit une douche froide sitôt qu'elle doit faire face à une franche hostilité de sa part. Qu'importe l'arrogance de cet homme – et l'attrait qu'il exerce sur elle –, Emma lui prouvera qu'elle a toute sa place dans son bloc opératoire !

Leur mission : sauver des vies.
Leur destin : trouver l'amour.

BLANCHE

Nouvelle vie pour une infirmière, de Deanne Anders - N°1613

Infirmière de l'air, Katie atterrit sous le soleil de Floride pour y effectuer une mission de deux mois. Son but : laisser derrière elle le traumatisme qu'elle a connu à New York et prendre ensuite un nouveau départ. Mais, alors qu'elle voudrait pouvoir se consacrer entièrement à son métier qu'elle adore, elle est conquise par son nouveau collègue, Dylan, et son adorable petite Violet. Au point qu'elle se demande comment elle aura le courage de les quitter bientôt…

La pédiatre et l'urgentiste, d'Annie Claydon

Entre son travail de pédiatre le jour et son activité de bénévole la nuit, Robbie ne songe pas à l'amour. En fait, elle *veut* être seule ! Alors pourquoi est-elle irrésistiblement attirée par le Dr Joel Mason, le nouvel urgentiste ? Pourquoi se prend-elle à rêver de lui ? Ces questions se font plus vives encore quand Robbie se voit contrainte de collaborer étroitement avec lui…

Une tendre surprise, de Cindy Kirk - N°1614

Mary Karen n'hésite pas longtemps à céder au désir que Travis, perdu de vue depuis des années, lui inspire toujours : il est séduisant, drôle et, comme elle, ne veut pas d'une relation sérieuse. Or, après une nuit incroyable à Las Vegas, Mary Karen découvre avec effarement qu'elle a la bague au doigt. Sous le choc, elle parvient à obtenir de Travis qu'ils annulent ce mariage… avant d'apprendre bientôt qu'elle attend des jumeaux !

Passion à Santa Fe, de Molly Evans

Au bout de quelques semaines d'une brûlante liaison avec le Dr Taylor Jenkins, son patron à l'hôpital, Piper choisit de rompre, certaine que ce don Juan notoire finira par se lasser d'elle. Mais, à sa grande surprise, elle découvre que Taylor n'a nullement l'intention de tourner la page. Au contraire, il semble prêt à tout pour la reconquérir… Par orgueil ou par amour ?

HARLEQUIN

Leur mission : sauver des vies.
Leur destin : trouver l'amour.

HARLEQUIN
www.harlequin.fr

BLANCHE

HARLEQUIN

Amoureuse du play-boy, de Carol Marinelli - N°1615
SÉRIE : ROYAL HOSPITAL - 1/2
Trois ans. Cela fait trois ans que Hugh Linton est chirurgien dans le service où travaille Emily, et trois ans qu'elle lui cache soigneusement les sentiments qu'elle a éprouvés pour lui dès le premier regard, car elle refuse de n'être qu'une conquête de plus pour ce parfait play-boy. Mais tout bascule le jour où Hugh la met au défi de jouer le rôle de sa petite amie...

Le médecin italien, de Carol Marinelli
SÉRIE : ROYAL HOSPITAL - 2/2
Décidément, cette Louise Carter va le rendre fou ! C'est ce que pense Anton Rossi, obstétricien au Royal Hospital, chaque fois que la sage-femme lui adresse la parole. Car, si le comportement de Louise est parfaitement professionnel en salle de travail, elle passe son temps, en dehors, à lui adresser des sourires troublants. Or Anton est résolu à ne pas se laisser distraire par sa charmante collègue...

Leur mission : sauver des vies.
Leur destin : trouver l'amour.

HARLEQUIN
www.harlequin.fr